다섯 개의 픽업으로
남은 사람

다섯 개의 직업으로 남은 사람

프로 퇴직러의 인생 분투기

정미소

차례

0. 프롤로그   9

1. 방송 작가

-1.   뭐 해 먹고 사나   17

-2.   막내 작가의 이해   23

-3.   너, 요리 좋아하니?   32

-4.   막내 작가 데뷔   39

-5.   막내 작가의 주 업무   41

-6.   콜 포비아 1   48

-7.   첫 방송이 중요하지 않은 막내 작가   52

-8.   J의 지옥   56

-9.   상처받거나, 상처 주거나 혹은 위로받거나   62

-10.   콜 포비아 2   72

-11.   29세   78

2. 구두 수선공

-1.　새로운 끌림　　　　　　　　　　　　85

-2.　너무 부럽다 얘…　　　　　　　　　　89

-3.　몸으로 하는 일　　　　　　　　　　98

-4.　떠돌이 신입의 고충　　　　　　　105

-5.　마음 닫기　　　　　　　　　　　111

-6.　그런 의도가 아닌데　　　　　　　120

-7.　닮고 싶은 어른　　　　　　　　　128

-8.　자주 보고 싶은 얼굴들　　　　　　138

-9.　해보고 싶은 것과 잘할 수 있는 것　　145

3. 제약 영업 사원

-1.　서른한 살 취준생　　　　　　　　153

-2.　서른한 살 신입 사원　　　　　　　158

-3.　얼굴에 철판을 까는 일　　　　　　162

-4.　적응의 동물　　　　　　　　　　174

-5.　얇고 긴 인연　　　　　　　　　　179

-6.　원장의 선택　　　　　　　　　　184

-7.　밥값 이상의 가치　　　　　　　　189

-8.　뜻밖의 결심　　　　　　　　　　208

4. 콘텐츠 기획자

-1. 절이 싫으면 중이 떠나야지   215

-2. 다시 돌아온 상암동   223

-3. 상호보완관계   230

-4. 감시자를 감시하는 감시자   239

-5. 방전   246

5. 인테리어 시공 관리자

-1. 원점   255

-2. 비대면 전문가   260

-3. 그럴 수도 있지 뭐   270

-4. 그건 내 생각이고   277

-5. 인복 많은 놈   288

-6. 올 스톱   294

6. 에필로그

-1. 그때도 맞고 지금도 맞다   303

-2. 다시 길을 잃지 않는 방법   310

0.
프롤로그

"네, 다섯 번째 직업입니다."

2020년 하반기 서초동 빌딩 4층에 위치한 면접실에서 내가 한 첫 번째 답변이었다. 겉으로 봤을 땐 30대 중반 청년의 당찬 외침이었지만 솔직히 말하면 자포자기의 심정을 담은 외침이었다. 서른셋이라는 나이. 사회 초년생의 시각에선 머지않은 미래같이 보이고 불혹의 시각에선 한창이라고 생각되는 서른셋이라는 나이에 다섯 번째 직업에 도전하는 나였다. 대학교에서 경영학을 전공했지만, 전공과는 관계없는 여러 일을 업으로 삼으며 지난 10여 년간 살아왔다.

타인의 시선에 비친 나는 도전하는 것을 두려워하지

않는 거침없는 사람이었다. 사실은 뒤죽박죽 일관되지 않은 커리어를 쌓으며 아등바등 살아오느라 정말 힘들었는데 말이다. 그래서 아무에게도 말할 수 없었다. 내가 선택한 삶이라 투덜거릴 수도 없었고 투정 부릴 대상도 없었다. 어쩌면 저 대답이 내 투덜거림이었을 수도 있겠다 싶다.

"(하……. 진짜 저도 이제 모르겠어요) 다섯 번째 직업입니다."

이렇게 말이다. 회사 대표는 마치 신기한 무언가를 보는 듯 말똥말똥한 눈빛으로 면접 내내 나를 응시했다. 내 이력이 흥미롭다는 대표의 반응을 부정적으로 해석해서 탈락할 줄 알았는데 이메일을 받고 보니 합격이었다.

방송 작가로 사회생활을 시작해서 구두 수선공과 제약 영업 사원, 독서 콘텐츠 기획자를 거쳐 인테리어 시공 관리자가 되었다. 일관성이라곤 찾아볼 수 없는 뒤죽박죽 커리어였다. 사회 초년생 시절엔 해 보고 싶은 것에 관한 욕구가 커서 남들은 한 번 해 볼까 말까 하는 전직을 거침없이 해 버렸다. 하지만 점점 나이를 먹고 삶에 치이면서 그 욕구는 점점 줄었다. '저 일을 하면서 밥 벌어 먹고살면 얼마나 좋을까?'로 시작했던 물음은 '이젠 뭐 해 먹고 살지?'로 변했다. 일은 내게 하고 싶은 것을 하게 해주는 수단이었는데 이제는 단지 돈을 버는 수단이 되어버렸다. 밥벌이 수단이었기에 딱 '밥벌이'하는 수준의 급여만큼만 받을 수 있었다. 커리어를 살려서 이직한 것이 아니라 계속 새로운 업계로 전직해서 연봉도 크게 오르진 않았다.

내 또래 사람들은 대부분 한 곳에서 계속 일하거나 커리어를 살려서 일관된 길을 걸었다. 그들은 차근차근 주어진 인생의 과업을 수행하며 착실히 살아가는 모범생처럼 보였다. 반면, 나는 이리저리 정신이 팔려서 집중을 못 하는 문제아처럼 느껴질 때도 있었다.

'어디서부터 잘못됐을까.'

일이 잘 안 풀릴 때면 주문을 외우듯 중얼거렸다. 잘못된 선택으로 인해 돌이킬 수 없는 강을 건너버렸고 그로 인해 고통받고 있으며 앞으로는 더 큰 고통만이 존재할 것이라는 생각이 머릿속을 지배했다.

'그때 그 일을 계속했다면 어땠을까?'

방송 작가를 계속했다면 지금쯤 12년 차 작가가 되어 후배들을 관리하면서 메인 작가의 서포트를 담당하고 있겠지, 제약 영업을 계속했다면 아마 회사 내 판매 랭킹에 들었겠지, 이런 종류의 의미 없는 상상을 하면서 씁쓸한 속을 달래기도 했다.

서른 중반이라는 나이 때문이었을까. 사실 지금껏 살아온 날보다 앞으로 살아내야 할 날이 훨씬 많은데 시간이 지날수록 마음이 조급해졌다. 내 나이쯤이라면 큰 성공은 아닐지라도 그동안의 세월을 담은 결과물 하나쯤은 남겼어야 한다는 생각이 강해졌다. 패배감을 떨칠 수 없었고 자책과 푸념은 점점 나를 좀먹었다. 그로 인해 우울감은 점점 커졌고, 불안 발작 증세가 심해지면서 내 일상은 무너졌다.

아이러니하게도 일을 그만두고 나서야 후회와 미련에 휩싸여 제대로 보지 못했던 지난날과 마주할 수 있었다. 기억을 더듬으며 잊고 있던 순간들을 하나씩 끄집어냈다. 다양한 직업을 통해 내가 배운 것들, 다양한 사람을 만나며 내가 느낀 것들을 하나하나 적어 내려갔다. 과거를 미루어 현재를 돌아보니 지난 12년간 내가 했던 선택들이 헛된 것이 아님을 확인했다. 후회로 남았던 과거의 장면들은 오히려 내게 위안으로 다가왔다. 내가 보고 듣고 느꼈던 모든 것이 나도 모르는 새 내 안에 차곡차곡 쌓여왔음을 확신했다. 지난 시간을 돌아봄으로써 내가 변화해 온 모습을 온전히 음미할 수 있었다.

잦은 이직으로 남들보다 뒤처진 채 제자리걸음만 반복하는 인생을 살고 있다고 생각했는데 나름대로 나쁘지 않은 인생을 살아냈다. 그걸 바보처럼 이제야 알았다. 아니, 지금이라도 알게 되어 다행이다. 어리석게도 몸과 마음이 너덜너덜해지고 나서야 얻은 깨달음이라 잊지 않기 위해 기록으로 남겨 두고 싶었다. 그래서 이렇게 글로 남기게 되었다.

약 12년간 5가지 직업을 거치며 느꼈던 감정을 솔직하게 담은 지극히 개인적인 글이다. 분명히 어딘가에는 나와 같은 심정으로 힘들어하는 분들이 있을 것이기에 그들에게도 좋은 교보재가 되었으면 하는 바람이다.

1.

방송 작가

1-1.
뭐 해 먹고 사나

"아… 뭐 해 먹고 사나…"

대학교 3학년 2학기 때부터 입에 달고 다녔던 말이다. 대학교에서 3년 정도 전공을 공부하면 앞으로 어떤 길을 걸어야 할지 확신이 설 줄 알았다. 하지만 어이없게도 '이 길은 내가 걸을 길이 아닌 것 같아'라는 확신을 얻어버렸다. 수많은 전공 중에서 경영학을 선택한 특별한 이유는 없었다. 단지 취업할 때 타 학과보다 수월하겠거니 생각했다. 그 선택은 별로 해보고 싶은 것이 없던 고3 수험생이 내린 최선의 것이었다.

대학교 1학년 때는 개론 위주로 살짝 경영학의 맛을 봤다면, 2학년부터는 본격적으로 전공을 배웠다. 경영학은 여러 갈래로 분야가 나뉘었는데 하나같이 재미없었다. 공부가 재밌으려야 재밌을 수가 없겠지만 조금의 관심조차 생기지 않았다. 학점을 위한 공부는 열심히 했으나 그 안에서 흥미를 찾을 수 없었다. 나라고 노력을 안 한 건 아니다. 마케팅학회에 가입해서 스터디도 하고 공모전도 나가고 대외 활동도 열심히 했다. 남들 하는 거 똑같이 따라 해봐도 딱히 끌리는 게 없었고 머릿속에선 한 가지 생각이 계속 맴돌았다.

'이렇게 재미없는 걸 평생 어떻게 하면서 살지?'

당장 내년으로 다가온 취업 시즌 때문인지 3학년 2학기 때부터는 이 생각이 점차 커졌다. 막막하면서도 한편으로는 이런 생각을 할 수 있음에 감사했다. 큰 빚을 갚아야 하거나 병환으로 입원한 가족의 치료비를 벌어야 하는 상황이 아니니까. 그러한 상황의 누군가에게는 감히 할 수 없는 고민일 것이다. 사안의 중함은 상대적이겠지만 그 고민은 내게 너무나도 중요한 부분이었다. 지금까지는 정해진 가이드 라인대로 별생각 없이 살아왔고 노력에 관한 결과는 성적으로 드러났다. 딱히 책임져야 할 부분도 없었고 다음 스텝도 정해져 있어서 큰 고민이 필요하지 않았다. 하지만 대학교 졸업 이후부터는 온전히 내 결정에 따라 결과가 달라지며 모든 책임도 고스란히 내 몫이었다. 그래서 더 신경이 쓰였다.

관심을 가졌던 분야나 꾸준히 즐겨온 것에 관해 생각했다. 관심사 분야에서 일하거나 즐겁게 했던 무언가를 업으로 삼으면 조금이라도 재밌게 일할 수 있지 않을까. 첫 번째로 떠오른 분야는 포터블 오디오 분야였다. 다룰 줄 아는 악기는 하나도 없었지만, 음악 듣는 건 참 좋아했다. 마트에서 구매한 싸구려 헤드폰이나 번들 이어폰만 쓰다가 고등학교 2학년 때 엉겁결에 고급 헤드폰에 입문하면서 신세계를 보았다. 이전에 내가 들었던 모든 음악이 새로이 들렸고 18년 인생에서 가장 큰 환희를 맛봤다. 그 관심이 쭉 이어져서 대학교 3학년 때부터는 홍대입구역 근처에 위치한 이어폰/헤드폰 전문 매장에서 아르바이트를 시작했다. 오디오 관련 지식과 경험을 상대방에게 공유하는 즐거움이 쏠쏠했다. 제품 납품을 위해 한 달에 한 번 정도 매장을 찾는 수입처 과장님이 혹시나 일할 생각 있으면 연락하라며 명함을 주기도 했지만, 그 명함은 책상 서랍에 고이 모셔 놓았다. 취미는 취미로 남기고 싶기도 했고 아르바이트로 한번 맛을 봤으니 새로운 일을 해 보고 싶었다.

두 번째로 떠오른 건 수 년째 꾸준히 챙겨봤던 MBC

TV 프로그램인 〈무한도전〉이었다. 매주 토요일 저녁에는 배달 음식을 시켜 먹으며 〈무한도전〉을 보는 것이 나의 고정 스케줄이었다. 〈무한도전〉을 보며 한 주간 쌓인 스트레스를 풀었고 월요일에는 친구들과 함께 〈무한도전〉을 리뷰하면서 월요병을 이겨냈다. 혹여 결방이라도 되는 주에는 힘이 나질 않았고 주말이 되어도 즐겁지 않았다. 〈무한도전〉은 나를 배신하지 않는 약속된 행복과도 같았다. TV 속 출연자들의 모습도 굉장히 행복해 보였다. 물론 편집된 모습이었지만 언제나 그들은 웃고 있었다. 시청자를 즐겁게 해야 한다는 사명감으로 인한 웃음이 아니라 자기들끼리도 너무 재밌어서 터져 나오는 웃음 같았다. 그러다 문득 이런 생각이 들었다.

'TV로 보는 것도 이렇게 재밌는데 촬영 현장에 있는 제작진은 얼마나 재밌을까?'

예능 프로그램 제작진이 된다면 재밌게 일할 수도 있겠다는 생각이 들었다. 물론 촬영 준비 과정은 힘들겠지만 웃음이 끊이질 않는 예능 프로그램이라면 힘들어도 웃음이 절로 나올 수밖에 없을 것이다. 만약 내가 예능 프로그램 제작진이 된다면 어떤 역할이 잘 맞을까. 머릿속에 떠오르는 역할은 PD, 작가 정도였다. PD보다는 작가라는 타이틀이 조금 더 멋져 보였다. 독특한 아이디어로 대본을 쓰고 출연자들과 소통하는 것이 주 업무일 것이라고 예상되었지만 확실한 것은 아니었다. 방송 작가는 무슨 일을 하는지, 내 생각처럼 재밌게 일하는지, 그리고 방송 작가 업무가 내게 잘 맞을지 확인이 필요했다. 인터넷을 통해 정보를 찾아봤으나 접할 수 있는 정보는 극히 제한적이었다. 커뮤니티에는 카더라 정보밖에 없었고 지식in에는 광고가 판을 치고 있었다. 실제로 일하는 방송 작가의 이야기를 듣고 싶어서 여기저기 수소문했다. 친구 아버지의 도움으로 교양 프로그램 작가 한 분을 만났고 평소 친하게 지내던 교수님을 통해 스포츠뉴스 작가를 하고 있는 교수님의 제자를 만났다. 비록 예능 프로그램 작가는 만나지 못했지만 두 분을 통해 방송이 어떻게 돌아가는지 작가의 롤은 무엇인지 등 전반적인 얘기를 들을 수 있었다. 힘들지만 재밌고 뿌듯한 순간이 많으며 돈을 많이 벌기 위해서는 메인 작가가 되어 프로그램을 여러 개 해야 한다는 게 두 분의 공통 의견이었다. 특히 목동 SBS 사옥 1층 카페에서 교양 작가분이 내게 해줬던 말은 아직도 기억에 남는다.

"처음 봤는데도 편하게 대화를 이끌어 가는 걸 보니

방송 작가로 일해도 잘할 것 같은데요?"

　　교양 프로그램 메인 작가가 내게 해준 한마디는 꽤 강력했다. 집으로 돌아오는 버스 안에서 방송 작가 아카데미를 검색하고 있었으니 말이다. 아카데미는 방송국(MBC, KBS)에서 운영하는 아카데미와 방송 작가가 개인적으로 운영하는 아카데미로 나뉘었다. 방송국에서 운영하는 아카데미는 체계화된 커리큘럼으로 나를 유혹했지만, 최종적으로 개인 아카데미에 다니게 되었다. 개인 아카데미의 위치가 자취방과 아르바이트를 하는 가게와 가까웠다는 점에 점수를 후하게 줬다. 학업과 아르바이트를 병행해야 했기에 이동 시간과 피로도를 고려할 수밖에 없었다.

　　일면식 없는 작가를 인터뷰하고 아카데미를 찾아 등록하기까지 일주일이 채 걸리지 않았다. 일이 일사천리로 진행되는 것을 보며 '내가 방송 작가에 정말 관심이 있긴 있구나'라는 생각이 들었다. 뭔가를 궁금해하고 그 궁금증을 해소하기 위해 이리저리 뛰어다니며 신이 나서 움직인 게 참 오랜만이었다. 두근거리는 마음으로 무언가를 좇는 게 이런 느낌이었구나. 지금 느낀 이 설렘을 잊지 않고 간직했다가 어디로 향해야 할지 모를 때 꼭 기억해 내야겠다고 생각했다.

1-2.
막내 작가의 이해

아카데미 오리엔테이션에 참석해 보니 의외로 수강생 수가 적었다. 나까지 포함해서 10명이었고 역시나 예상대로 나 혼자 남자였으며 대부분 나보다 나이가 어렸다. 고등학교 졸업 후 대학교로 진학하지 않고 아카데미로 들어 온 동생도 있었다. 나는 반에서 두 번째로 나이가 많았고 가장 나이가 많았던 분은 서른을 앞둔 누님이었다. 오리엔테이션에 들어 온 작가 선생님이 나와 그 누님을 콕 집어 나이가 많아서 막내 작가로 일하기 힘들겠지만 견뎌내라고 말했다. 그 말을 듣고 솔직히 아차 싶었다. 만약 새로운 막내 작가를 구해야 한다면 나이 많은 남자 작가보다는 갓 스무 살이 된 여자 작가를 뽑는 곳이 대다수일 것 같았다. 말도 고분고분 잘 들을 것 같고 나이도 어리니 말이다. 너무 늦은 나이에 방송 작가에 지원한 건 아닌지 살짝 걱정됐지만 서른을 앞두고 방송 작가에 도전한 누님을 보며 몰래 위안을 얻었다.

선생님과 수강생들의 간략한 소개를 시작으로 수업 계획에 관한 설명 및 이전 기수들의 취업 현황 발표가 이어졌다. 끝으로 수강생들의 Q&A 차례가 되었는데 거의 모든 수강생이 손을 들었다. 아마 인터넷으로만 방송 작가에 관한 정보를 접하다가 가장 정확한 정보를 얻을 수 있는 순간이었기에 모두가 손을 든 것 같았다. 대부분의 질문은 수업보다는 실제 막내 작가의 처우에 관한 내용이었다. 프로그램에는 어떻게 들어가는지, 어떤 막내 작가가 선배 작가들의 선택을 받는지, 하나의 프로그램이 끝나면 다음 프로그램은 어떻게 지원해야 하는지와 같은 질문들이었다. 다들 빙빙 돌려서 다른 질문만 한다는 생각이 들 때쯤 서른을 앞둔 누님이 급여에 관해 물었다. 아마 다들 궁금하지만 꺼내기에 껄끄러운 부분이었을 것이다. 지금은 조금만 검색해 보면 블로그, 뉴스, 브런치, 유튜브 등에서 방송 작가 급여에 관한 정보를 얻을 수 있지만, 2012년이던 당시에는 카더라 정보조차 찾을 수 없었다.

막내 작가의 급여 지급 방식은 두 가지가 있었는데 팀마다 달랐다. 첫 번째는 한 달 동안 일한 것에 관해 월급으로 지급하는 방식이다. TV 방영에 상관없이 일반 직장인처럼 다달이 월급으로 꼬박꼬박 받는다. 이는 1~2년 차 막내 작가에게만 적용되는 방식으로 대략 3년 차부터는 회당 페이를 기준으로 지급한다. 두 번째는 TV 방영을 기준으로 한 회당 페이를 지급하는 형태이다. 예를 들어 매주 수요일에 방영되는 프로그램이며 한 달간 총 4번의 수요일이 껴있을 경우, 총 4회 차 분의 페이가 지급된다. 첫 번째 방식은 TV 방영이 미뤄져도 월급을 받을 수 있다는 장점이 있었지만 두 번째 방식보다는 액수가 조금 적었다. 두 번째 방식은 TV 방영이 이뤄져야만 페이를 지급받을 수 있다는 단점이 있었지만 첫 번째 방식보다는 액수가 약간이나마 높았다. 2012년 기준으로 첫 번째 방식으로 지급하는 프로그램의 경우 막내 작가의 월급은 100만 원 선이 대부분이었고 두 번째 방식으로 지급하는 프로그램은 1회당 30만 원으로 책정해서 한 달에 120만 원을 지급했다. 아카데미 등록 이전에 두 작가분과의 만남에서 익히 들었던 내용이라 놀랍지 않았다. 하지만 몇몇 수강생은 놀랍다는 듯 눈을 크게 떴고 한 명의 입에서 "헐"이라는 소리가 작게 새어 나왔다. 그 작은 소리가 마치 지금이라도 늦지 않았으니 어서 도망치라는 경고음 같기도 했다. 첫 수업 전부터 방송 작가의 삶이 녹록지 않을 것이라는 걸 다시 한번 마음에 강제로 새겨야 했다.

　　수업이 진행되면서 차차 구성 작가가 무엇인지 몸으로 익혀갔다. 방송 작가는 크게 드라마 작가와 구성 작가 두 종류로 구분된다. 드라마 작가는 말 그대로 드라마에 필요한 대본을 쓰는 작가이고 구성 작가는 드라마를 제외한 교양, 예능, 시사, 다큐 및 라디오의 기획과 구성을 담당하는 작가이다. 〈무한도전〉과 같은 예능 프로그램의 작가가 되고 싶었기에 당연히 구성 작가 클래스에 지원했다. 교육 과정은 크게 예능, 교양, 라디오 세 과목으로 나뉘었고 필드에서 직접 작가 일을 하고 있는 작가분들이 수업을 맡았다. 막내 작가들 대부분은 예능이나 교양 프로그램으로 처음 일을 시작했기에 라디오보다는 예능과 교양 프로그램 위주로 수업이 진행됐다. 직접 프로그램 기획안과 구성안을 쓰거나 동기들과 함께 프로그램 모니터링을 하면서 그동안 인터넷으로 희미하게나마 접했던 구성 작가의 롤을 선명히 머릿속에 그릴 수 있었다.

　　가장 기억에 남는 수업은 '막내 작가의 이해'라는 수업이었다. 막내 작가로 뽑혀 팀에 들어가서 해야 할 업무에 관해 배우고 직접 해보는 수업이었다. 예를 들면, 프로그램 아이템이나 출연자에 관한 자료조사, 언론사에 보낼 보도 자료

작성, 프로그램 예고 문구 작성 등의 일이었다. 자료 조사와 보도 자료는 인터넷 뉴스 기사를 토대로 작성하고 프로그램 예고 문구는 이미 방영된 프로그램들의 예고 문구를 참고해서 작성하니 큰 어려움은 없었다. 출연자/촬영 장소 섭외도 막내 작가의 주된 업무였으나 수업으로 진행할 수는 없어서 대략적인 설명만 들었다.

　　예능 프로그램만 생각하고 아카데미에 들어왔지만 수업이 진행될수록 라디오 프로그램이 어쩌면 내 성향과는 더 잘 맞을 수도 있겠다는 느낌이 들었다. 특별 편성을 제외하면 실내 스튜디오에서 거의 모든 라디오 프로그램이 진행된다는 점, 실내에서 정해진 시간에 맞춰 진행하기에 별다른 돌발 변수가 없다는 점이 매력적이었다. 아무리 생각해 봐도 귀찮은 거 싫어하고 루틴에서 안정감을 느끼는 내게 딱 맞는 것 같았다. 한번은 라디오 오프닝 멘트를 적는 과제를 했다. 쓰고 싶은 주제를 정하고 육성으로 읽었을 때 1분 내외의 분량으로 적는 것이었다. 고작 1분짜리 별것 아니라고 생각했는데 큰 오산이었다. 글감을 찾는 것부터 일이었고 짧은 글을 쓰는 데도 오랜 시간이 걸렸다. 매일 새로운 주제를 찾아서 오프닝 멘트를 적는 라디오 작가들이 대단하다고 생각했다. 라디오 작가 선생님께 글재주가 없어도 라디오 작가가 될 수 있냐고 물었다. 선생님은 본인도 글 쓰는 재주가 없는 편이었는데 필사하는 걸 습관으로 들이며 많이 나아졌다고 했다. 이 말을 듣고 라디오 작가에 관한 희망이 다시 보이나 싶던 찰나, 라디오 쪽은 우스갯소리로 누구 하나 죽어야 자리가 난다는 선생님의 말씀에 깨끗하게 라디오 작가는 포기하기로 했다.

아카데미 커리큘럼이 거의 끝나갈 때쯤 천금 같은 기회가 찾아왔다. 아카데미 측으로 막내 작가를 구해 달라는 요청이 들어온 것이었는데 누구라도 혹할 만한 세 가지 포인트가 있는 프로그램이었다. 첫 번째 포인트는 공중파 3사 중한 곳의 저녁 예능프로그램이라는 점이다. 지금은 종편이나 케이블에서도 막강한 프로그램들이 쏟아지고 있지만 저 당시에는 공중파 프로그램의 힘이 상대적으로 셌다. 첫 시작을 공중파 프로그램에서 한다면 프로그램이 끝난 후 함께 일했던 선배를 따라서 또 공중파 프로그램을 할 가능성이 높았다. 구성 작가의 커리어 상으로도 첫 번째 이력에 공중파 프로그램이 적혀있으면 두 번째 프로그램 면접을 볼 때 더 매끄러울 수밖에 없었다. 이렇게 말이다.

공중파 채널의 유명한 프로그램에서 일했을 경우

선배: "오~ 이 프로그램 나도 재밌게 봤어요. 거기 내 후배 있

는데, OOO이라고 알아요?"

케이블 채널의 신생 프로그램에서 일했을 경우

선배: "음… 혹시 무슨 프로그램이었는지 설명해 줄 수 있어
요?"

리모컨으로 TV 채널을 돌려본 사람이라면 케이블 채
널이 공중파 채널에 비해 그 수가 압도적으로 많다는 걸 알
것이다. 그만큼 공중파 프로그램에 들어갈 기회는 현저히 적
었다. 두 번째 포인트는 레귤러 프로그램이라는 점이다. TV
프로그램은 파일럿(시험) 프로그램과 레귤러(정규 편성) 프로
그램으로 나뉜다. 파일럿 프로그램은 특별 편성으로 1~2회
정도 방송되는 프로그램이다. 보통 추석이나 설날에 파일럿
프로그램을 방영해서 시청자들의 반응을 살펴본 후 반응이
좋으면 레귤러 프로그램으로 편성된다. 파일럿 프로그램에
들어가면 1~2회분만 촬영하고 새로 일할 프로그램을 찾아야
할 가능성이 높았다. 막내 작가의 입장에서는 짧게 일할 파
일럿 프로그램보다는 상대적으로 길게 일할 수 있는 레귤러
프로그램에서 안정적으로 커리어를 시작하는 편이 낫다. 세
번째 포인트는 메인 MC가 무려 유재석 님이라는 점이다. 어
쩌면 이 부분은 나만 매력적으로 느꼈을 수도 있지만, 아마

모든 사람이 한 번쯤은 함께 일해보고 싶은 연예인이 아닐까. 〈무한도전〉을 보고 방송 아카데미에 지원한 만큼 〈무한도전〉 멤버들과 함께 일해보는 것은 내 버킷리스트 중 하나였다.

수강생들이 준비해야 할 것은 해당 프로그램의 코너 개선 아이디어를 정리해서 제출하는 것이었다. 평소에 챙겨 보지 않던 프로그램이라 최신 회차 위주로 다시 보면서 프로그램을 파악했다. 매회 공통점이 있는 게스트 여러 명을 묶어서 그들과 함께 토크를 하는 콘셉트였다. 예를 들면 연예계에서 활동하는 배우 중 아역 시절부터 배우로 활동해 온 사람들을 게스트로 묶어서 토크를 하는 식이다. 토크 형식은 그대로 유지하면서 색다른 재미를 주려면 어떻게 해야 할까. 공통점이 있는 게스트 여러 명의 대화도 좋지만 서로 대비되는 게스트 집단 간의 서로를 이해할 수 없는 대화도 재밌을 거라고 생각했다. 예를 들면 연예계 대표 짠돌이와 대표 큰손, 연예계 대표 약골과 대표 몸짱 간의 대화였다. 여기에 꽂힌 나는 술술 개선안을 정리해서 자기소개서와 함께 해당 팀 메일로 보냈다. 막내 작가 지망생의 첫 번째 아이디어치고 꽤 괜찮다고 생각했지만 첫술에 배부를 순 없었다. 내가 아닌 다른 수강생 중 한 명이 뽑혀서 가장 먼저 일을 시작하게 됐다. 수업 도중에 아카데미 측으로 일하자는 연락이 와서 수강생과 작가 선생님 모두가 축하했다. 나도 손뼉을 치며 축하했지만 아쉽고 속상한 건 사실이었다. 그렇게 나와 생일이 똑같아서 괜히 친밀하게 느껴던 유재석 님과의 만남을 기약 없이 미뤄야 했다.

1-3.
너, 요리 좋아하니?

    한 명의 동기를 떠나보내고 모든 교육 일정이 끝났다. 앞으로는 학원 측으로 작가 구인 소식이 들어오면 수강생별 선호 프로그램을 고려하여 개별 연락을 줄 거라는 안내를 받았다. 교육 일정이 끝나기 전에 면접 한 번은 보고 싶었는데 아쉬웠다. 한편으로는 학업과 아르바이트까지 소화하던 일정에서 아카데미 일정이 빠지면서 숨통이 트이는 느낌이었다. 돌이켜보면 인생에서 정말 열심히 살았던 때가 아닌가 싶다. 다시 학업과 아르바이트에 전념하며 아카데미 측의 연락을 기다렸다.

    두 달 정도 지났을까. 나를 제외한 모든 동기가 프로그램에 들어갔다. 시트콤, 다큐멘터리, 예능, 교양 등 다양한 프로그램에 들어갔는데 신기하게도 대부분이 공중파 채널이었다. 남몰래 위안받았던 서른을 앞둔 그 누님도 공중파 교양 프로그램에 들어갔다. 아카데미 원장님도 유난히 이번 기수는 공중파 3사에 많이 들어가는 것 같다며 기운이 좋다고 하셨다. 그런데 왜 내게는 그 기운이 닿지 않는 걸까.

하루라도 빨리 일을 시작하고자 4학년 1학기를 마치고 휴학계를 냈다. 한 살이라도 덜 먹었을 때 일을 시작해야 여기저기서 불러 줄 것 같았다. 스물다섯 살짜리 남자 막내 작가가 들어왔는데 바로 위 선배가 스물한 살짜리 여자 작가라면 함께 일하기에 껄끄러울 것 같았다. 물론 내가 아니고 선배가 말이다. 아카데미에서 알선해 주는 프로그램으로 몇 번 이력서와 자기소개서를 보냈으나 대부분 답장이 없었다. 면접도 몇 군데 봤지만 번번이 떨어졌다. 이대로 시간을 죽일 순 없었다. 변화가 필요했다.

내가 취할 수 있는 방법은 두 가지였다. 첫 번째 방법은 기존 자기소개서를 기가 막히게 수정하는 것이었고, 두 번째 방법은 아카데미 연락을 기다리지 않고 막내 작가를 구인하는 프로그램을 직접 찾는 것이었다. 그동안 보냈던 자기소개서를 다시 살펴봤다. 막내 작가의 통통 튀는 느낌도 없었고 정성도 부족해 보였다. 메인 작가라면 어떤 막내 작가를 데리고 일을 하고 싶을지, 그 이전에 어떤 자기소개서를 읽고 싶을지 생각해 봤다. 그러던 중 친구들과 자주 하던 〈위닝일레븐〉이라는 축구 게임이 생각났다. 해당 게임에서는 공격력, 방어력, 테크닉, 스피드, 슈팅, 파워 총 6개 부문으로 선수별 능력치가 수치화되어 있었다. 수치화된 능력치는 한눈에 보기 편하도록 육각형으로 도식화되어 있었는데, 자기소개서에도 나에 관한 정보가 한눈에 들어오도록 도식화하면 눈에 잘 띌 것으로 생각했다. 근성, 적극성, 센스 등 막내 작가로 일하는 데 필요한 소양 8가지를 정하고 총 5점 만점을 기준으로 각 항목에 관한 나의 능력치 점수를 매겼다. 그나마 포토샵을 할 줄 아는 룸메이트의 도움으로 내가 나온 사진에서 전신 모양대로 누끼(외곽선)를 땄다. 누끼를 딴 전신 모습 옆에 도식화한 8각형 이미지를 붙이니 조잡하지만 게임 캐릭터처럼 보였다. 해당 이미지를 자기소개서에 삽입하고 내용을 수정해 자기소개서를 완성했다. 이젠 이 자기소개서를 보낼 곳을 찾아야 했다. 보통 방송 작가 구인은 사람인이나 잡코리아 같은 일반 구인 사이트가 아니라 KBS 구성 작가 협의회의 게시판을 통해 이뤄졌다. 게시판을 살펴보니 막내 작가를 구하는 프로그램은 많이 보이지 않았다. 그나마 막내 작가를 구하는 곳도 대부분 교양 프로그램이었다. 마음은 조급했지만 무턱대고 교양 프로그램을 들어가고 싶진 않았다. 첫 시작을 교양 프로그램을 해버리면 그다음 프로그램도 자연스레 교양 프로그램을 할 가능성이 높았다. 또한 예능 프로그램 쪽에서 사람을 뽑을 땐 이왕이면 교양 프로그램 출신보다는 예능 프로그램 출신을 선호했다. 그리고 무엇보다도 작가 일을 해봐야겠다고 마음먹은 계기가 예능 프로그램이었기 때문에 작가 이력의 첫 줄은 무조건 예능 프로그램이어야 했다.

매일 구인 게시판에 들어가 괜찮은 예능 프로그램에서 막내 작가를 구하진 않는지 확인하다 보니 어느덧 8월 중순이 되었다. 어김없이 내 생일날 포털 사이트 뉴스 탭에는 익숙한 기사로 도배되어 있었다.

하하, 유재석 생일 맞아 "예능신 축하해요"

유재석 겹경사! 네티즌 축하 '봇물'

설리, 유재석 생일 축하 "나는야 무한 재석교"

동기 대신 내가 유재석 님과 함께 일했다면, 어쩌면 촬영장에서 함께 커플 생일 사진을 찍었을 수도 있겠다는 망상을 하며 속상해했다. 마음속으로 유재석 님을 축하하며 쓸쓸한 생일을 보냈다. 이틀 뒤, 아카데미 원장님의 전화가 왔다.

"솔아, 너 요리 좋아하니?"

요리로 대결하는 예능 프로그램에서 막내 작가를 구하니 이력서와 자기소개서를 보내 달라는 내용이었다. 이미 기획과 편성은 다 끝난 상태였고, 첫 회 촬영까지는 약 한 달가량 남은 상황이었다. 처음 들어보는 채널에서 방영하는 신규 프로그램이라 조금은 아쉬웠지만 가릴 처지가 아니었다. 준비해 둔 이력서와 자기소개서를 보내니 해당 프로그램의 작가가 바로 연락을 줬다.

"안녕하세요, 원장님 통해서 이력서 잘 받았습니다. 혹시 오늘 시간 괜찮으실까요?"

생각하지 못한 전개였다. 오늘 저녁에 팀 회의 겸 회식이 있으니 시간이 괜찮으면 오라는 연락이었다. '밥 먹는 게 면접인가? 많이 급한 팀인가? 원래 있던 막내 작가가 도망갔나?' 순간 별의별 생각이 스쳤다. 그래도 나를 불러주는 곳이 있으니 감사한 마음으로 참석하겠다고 답했다. 그날 저녁, 1호선 시청역 근처 김치찌개 집에서 첫 대면을 했다. 메인 PD님 한 명과 작가 네 명이 자리에 앉아 있었는데 특이하게도 작가 중 두 명은 남자였다. 작가 일을 그만두는 날까지 내가 만나봤던 남자 작가는 딱 세 명이었는데 이때 두 명을 만난 것이다. 기존 작가 인원 중 남자 작가가 두 명이나 있어서 남자 작가에 관한 선입견이나 거부감이 없을 가능성이 높을 것 같아 안심됐다. 약간의 음주를 곁들인 식사를 하면서 평범한 질문과 응답이 오갔다. 몇 살인지, 대학교는 어디인지, 전공은 뭔지, 왜 작가를 하고 싶은지 등 면접이라는 느낌보다는 그냥 처음 만난 사람들과의 술자리 대화 느낌이 강했다. 한 시간 정도 이어진 식사가 끝나고 지하철역 앞에서 다음 주 월요일에 보자는 말과 함께 각자의 집 쪽으로 발걸음을 옮겼다. 나에 관해서는 별말 없이 흩어지길래 얼른 나에게 전화를 줬던 작가를 붙잡고 물었다.

"저기… 저는 어떻게 되는 건가요?"

"아, 일하는 건 확정이고 월요일부터 나오면 돼요. 이따 문자 보내줄게요."

열심히 수정한 자기소개서가 먹힌 것일까? 내가 일하는 건 확정이 된 터라 다들 그렇게 편하게 식사했구나 싶었다. 얼떨떨하기도 했고 후련하기도 했고 휴학계를 미리 내길 참 잘했다는 생각도 들었다. 수정한 자기소개서를 보낸 첫 번째 프로그램에서 일하게 되다니. 진즉에 이런 아이디어가 떠올랐다면 유재석 님을 만날 수 있었을 텐데. 또 아쉬움이 밀려왔다. 어찌 됐든 나를 끝으로 아카데미 7기 수강생 전원 취업에 성공하게 됐다. 2012년 8월의 푹푹 찌는 여름날에 내 인생 첫 번째 직업인 방송 작가로서의 삶이 시작됐다.

1-4.
막내 작가 데뷔

작가 팀의 구성은 이러했다. 전체 회의 및 촬영 날에만 참석하는 왕 메인 작가(남자), 실질적인 업무를 총괄하는 메인 작가(여자), 메인 작가를 서포트하는 두 명의 서브 작가(남자1, 여자1), 그리고 막내 작가(나)까지 총 5명이었다. 정말 다행이었던 점은 다들 나보다 나이가 많으신 분들이었고 바로 위 선배와도 4~5년의 연차 차이가 있었다. 20대 중반의 남자 막내 작가를 부리기 쉬운 분들이었다.

전체 회의를 하지 않는 날에는 왕 메인 작가를 제외한 4명만 출근했다. 보통 출근 시간은 오전 11시였고 퇴근 시간은 오후 5시였다. 생각보다 출근 시간은 늦고 퇴근 시간은 일러서 놀랐지만 일을 시작하고 보니 출퇴근 시간이 무의미하다는 것을 깨달았다. 그냥 일하는 장소가 다를 뿐 퇴근 후에도 일을 계속해야 하는 경우가 대부분이었다.

첫 출근 장소는 프로그램을 방영하는 방송국 내의 회의실이었다. 주말 드라마에서 자주 보던 대회의실 형태였다. 드라마 속에서 대주주들이 편을 나눠 마주 보고 피 튀기는 설전을 벌이는 ㄷ자 형태의 테이블이 있는 곳이었다. 머릿속으로 상상했던, 화이트보드와 벽면을 포스트잇으로 가득 채운 자그마한 회의실은 없었다. 작가들이 쓸 회의실이 아직 정리가 덜 되어서 대회의실에서 회의하는 거라고 생각했다. 하지만 두 번째 출근부터는 요리 대결이 펼쳐질 촬영 세트장으로 향했다. 폐업한 이탈리안 레스토랑을 촬영 세트장으로 사용했는데 특이하게 한쪽은 복층 구조로 되어 있었다. 작가 팀은 복층에 있는 테이블을 모아서 옹기종기 앉아서 일했다. 이전에 이름 모를 손님들이 피자와 파스타를 맛있게 먹었을 테이블에서 생애 첫 작가 업무를 시작했다.

1-5.
막내 작가의 주 업무

팀마다 다르겠지만 막내 작가의 주 업무는 대략 네 가지 정도로 나뉘었는데 혼자서 하기 힘들 경우에는 바로 위 선배도 함께 일을 처리하곤 했다.

◊ 회의록 작성

일주일에 한 번 전체 회의를 진행했다. 모든 PD와 작가들이 모여서 회의하는 시간이다. 촬영 일정은 언제인지, 게스트는 누구로 할지, 요리 대결 주제는 무엇으로 할지, 요리 대결을 펼치기 전에 어떤 코너(게임)를 할지에 관해 대략적인 틀을 잡는다. 세부 사항 하나하나까지 확정하기에는 너무나 시간이 오래 걸리고 게스트의 일정 가능 여부도 알아봐야 하기에 굵직한 부분들 위주로 논의한다. 여기저기서 아이디어가 튀어나오고 반려당하고 채택되는데 이를 잘 선별해서 회의록에 적는다. 반려당한 의견이라도 웬만하면 회의록에 적어두고 왜 반려되었는지 이유도 함께 적어두는 게 좋다. 왜냐하면 회의에서 채택된 아이디어가 촬영을 준비하면서 변경될 수도 있고 선배들이 물어볼 수도 있기 때문이다.

"이거 말고 회의 때 나왔던 아이디어가 뭐였지?"

선배의 물음에 바로 기억해 내 대답하지는 못하더라도 회의록을 보고 정확하게 대답하는 막내는 되어야 하지 않을까. 회의할 때 나올 수 있는 물음에 관해 미리 정리해두면 사랑받는 막내 작가가 될 수 있다. 예를 들면 지금까지 촬영했던 아이템이나 출연자에 관한 내용을 표로 정리하는 것이다. 이전에 촬영했던 것과는 최대한 겹치지 않아야 다양한 그림을 만들 수 있기 때문에 회의에서는 이전 회차에 관한 복기를 자주 한다.

"그때 OOOO 특집 언제 (방송) 나갔지?"
"그때 게스트로 OOO 나왔을 때 무슨 요리 만들었

지?"

"지금 한식 대결만 연속으로 몇 번째지?"

회의하다 보면 이런 질문이 심심찮게 나온다. 이런 질문에 바로바로 답할 수 있도록 매회 자료를 정리하는 게 좋다.

◇ 자료 조사

주로 대본은 메인 작가가 쓰는데, 대본을 쓸 때 필요한 자료는 막내 작가가 담당한다. 항상 나오는 메인 출연자는 물론이고 매회 달리 나오는 게스트 출연자에 관한 자료조사가 필요하다. 연예계 데뷔 이래 지금까지 어떤 활동을 해왔는지, 메인 출연자와 게스트 출연자 간 접점은 없는지와 같은 것들이다. 이러한 자료에 기반을 두고 메인 출연자가 게스트 출연자에게 질문할 거리를 만들고, 함께할 게임이나 코너를 만든다. 이들의 데뷔 연도가 오래될수록 정보 수집에 걸리는 시간은 그만큼 오래 걸렸다. 우리 프로그램의 메인 출연자는 데뷔 12년 차 방송인이었다. 그나마 홀로 활동하는 방송인이었으니 망정이지 그룹이었으면 자료의 양이 어마어마했을 것이다.

자료는 찾을 수 있는 만큼 최대한 찾는다. 이전 출연 프로그램, 인터넷 뉴스 기사, 라디오, 유튜브 영상, 나무위키 등 프로그램에서 사용할 만한 출연자의 흔적을 찾는다. 그리고 제삼자가 보기 편하게 분류한다. 요리 대결 프로그램일 경우 출연자가 일전에 어느 프로그램에서 요리를 해봤었고 그때의 요리 실력은 어땠는지 혹은 좋아하는 음식, 싫어하는 음식, 못 먹는 음식, 잘 만드는 음식, 특별하게 사연이 얽힌 음식은 무엇이 있는지와 같은 정보를 수집·분류하는 것이다.

일을 시작한 지 1년 미만인 막내 작가일 때는 어떤 정보가 쓸모가 있는지 감을 잡기 어렵다. 녹화가 어떻게 진행되는지, 편집은 어떻게 되며 자막은 어떤 식으로 들어가는지 직접 눈으로 보고 몸으로 익혀야 어떤 정보가 프로그램에 도움이 될지 감을 잡을 수 있다. 그렇기 때문에 막내 작가일 경우 정보의 중요도 판단은 선배에게 넘기는 것이 좋다. 차라리 선배가 빠르게 판별할 수 있도록 비슷한 자료는 묶어서 분류해 둔다면 칭찬받는 막내가 될 수 있다.

◇ **장소 섭외**

스튜디오가 아닌 장소에서 촬영할 경우, 해당 장소를 섭외하거나 미리 촬영 협조를 구해서 매끄러운 촬영이 진행될 수 있도록 해야 한다. 회의를 통해 스튜디오가 아닌 다른 장소에서 촬영하는 것이 확정될 경우 인터넷 검색을 통해 촬영에 적합한 곳을 몇 군데 추린다. 그중에서 괜찮은 곳들을 선배가 골라주면 전화를 해서 특정 시간대 촬영 가능 여부, 촬영 비용을 물어본 후 정리해서 보고한다. 최종 결정은 선배 작가나 PD와 함께 해당 장소를 답사한 후 확정을 하는 경우가 많다. 급하거나 중요한 촬영이 아닌 경우에는 답사를 생략하기도 한다.

대형마트나 쇼핑몰처럼 방송 섭외 연락을 많이 받아본 곳은 진행이 한결 수월하다. 정해진 룰대로 담당자가 붙어서 연락을 취하고 공문을 보내고 필요에 따라 촬영 비용을 납부하면 된다. 오히려 개인이 운영하는 업장의 섭외가 힘든 경우가 많다. 섭외를 거절하는 곳들은 아이러니하게도 촬영 경험이 있는 곳이 대부분이다. 방송에 나가도 딱히 도움이 안 되고 오히려 촬영하면서 가게 운영에 방해만 된다는 게 그 이유다. 섭외를 거절하는 업장을 대체할 만한 곳이 있다면 큰 문제가 안 되지만 촬영할 만한 곳이 해당 업장이 유일하다면 어떻게든 허락을 받아내야 한다. 그런 경우가 가장 어렵다.

꾸려진 촬영 팀과 촬영 구성에 따라 특별히 고려해야 할 부분이 생길 수도 있다. 조명 팀이 없을 경우 실내가 너무 어두운 곳은 촬영하기가 힘들다. 내부가 좁고 복잡하거나 파손 위험이 있는 고가품이 많을 경우에는 다수의 인원이 출입하기 힘들다. 자료 조사와 동일하게 경험이 쌓이면서 어떤 곳이 촬영하기에 적합한지 판별하는 눈이 생긴다.

◇ 자막 작업

자막 작업은 방송국마다 팀마다 달리한다. 공중파 프로그램의 경우 자막 팀이 따로 있거나 PD가 직접 자막을 쓰지만, 케이블 프로그램의 경우 보통 작가가 자막을 쓴다. 메인 작가와 서브 작가가 자막을 나눠서 쓰는 게 대부분이고 간혹 막내 작가에게도 조금이나마 자막 작업을 시키기도 한다. 나의 경우 첫 번째 프로그램부터 마지막 프로그램까지 전부 다 자막을 썼다. 자막을 쓸 줄 아는 막내가 팀에 들어오면 선배 작가들이 반긴다. 본인들이 써야 할 자막의 몫이 조금이라도 줄기 때문이다. 물론 선배의 손길이 많이 필요하지 않을 정도의 수준은 되어야 환영받는다.

여러 대의 카메라로 촬영한 영상을 PD가 하나의 영상으로 편집해서 작가 팀에 넘겨준다. CG나 BGM 등 아무런 꾸밈이 없는 날것의 영상이다. 메인 작가가 연차에 맞게 자막 쓸 분량을 나눠주면 후배 작가들은 영상을 보면서 장면에 어울릴 만한 자막을 워드 프로그램에 텍스트로 적는다. 출연자의 말을 그대로 쓰는 말 자막, 상황을 정리해 주는 상황 자막, 상황을 강조하는 강조 자막, 의성어나 의태어 등 출연자를 꾸며주는 꾸밈 자막 등을 나눠 적는다. 후배 작가들이 자막을 다 쓰면 메인 작가가 하나로 합친다. 여러 사람이 나눠서 썼기에 자막의 느낌이 튀는 부분이 있는데 메인 작가가 마치 한 사람이 자막을 쓴 것처럼 전체 톤을 맞춘다. 톤을 맞춘 전체 자막은 CG 팀으로 넘어가서 자막 종류에 맞게 디자인을 입힌다. 최종적으로 PD가 각 자막이 발생했다가 사라지는 타이밍을 조절해서 자막을 삽입한다.

　　　위 업무 외에도 소품 준비, 촬영 현장 정리 등 자잘한 잡무도 막내 작가의 몫이다. 첫 프로그램이 요리 대결 프로그램이었던지라, 요리 대결이 끝난 후 촬영에 쓰인 식기류를 설거지하고, 사용하고 남은 식재료를 정리하고 촬영 후 남은 음식물 쓰레기도 처리해야 했다. 이처럼 누군가는 해결해야 하는 자잘한 일이 생기면 그건 내 몫이었다. 열심히 해도 티가 잘 나지 않는 일들이었지만 불만은 없었다. 오히려 조금이라도 밉보이면 프로그램이 끝난 후 선배들이 다른 프로그램에 들어갈 때 나를 데려가지 않을까 봐 더 열심히 했다. 첫 프로그램에서 고꾸라질 수는 없었다. 어떻게든 살아남고 싶었다.

1-6.
콜 포비아 1

콜 포비아(Call Phobia)라는 말이 있다. 전화 통화를 기피하는 현상으로 통화보다는 문자나 모바일 메신저, 이메일로 소통하는 것을 선호하는 것이다. MZ세대 10명 중 3명은 콜 포비아 증상을 겪고 있고, 스피치 학원에서는 콜 포비아 극복을 목표로 하는 관련 강좌를 열 정도로 통화를 어색해하거나 두려워하는 사람이 생각보다 많다. 나 역시 작가 생활을 하면서 비슷하면서도 조금은 다른 두려움을 느꼈다. 보통 콜 포비아를 겪는 사람은 직접 통화하는 상황에 관해 두려움을 느끼지만, 나의 경우는 통화 내용을 누군가가 옆에서 듣는 것에 관한 두려움이었다. 정확히 말하면 두려움보다는 부끄러운 감정이었다.

요리 대결 프로그램이라서 식재료를 장 보는 장면을 자주 촬영했다. 촬영 세트장과 가까운 마트를 섭외해야 했고 당연히 내 담당 업무였다. 다양한 장면을 연출하고 출연자들에게 최대한 많은 재료 선택지를 주기 위해서는 대형마트를 섭외하는 편이 나았다. 세트장이 위치한 청담동에는 대형마트가 있을 리 없었다. 인터넷 검색을 통해 양재에 위치한 대형마트가 그나마 가까운 것을 파악하고 해당 마트를 섭외 대상으로 정했다.

막상 전화를 걸자니 주변이 너무 조용했다. 통화 내용을 다른 사람이 적나라하게 듣게 된다는 게 부끄러웠다. 적막함과 고요함을 깨고 섭외 전화를 한다면 이런 뉘앙스가 아닐까 생각했다.

"선배님들! 막내의 첫 섭외 통화를 한번 들어보지 않으시렵니까?"

결국 2층 계단을 내려가 멀리 있던 세트장 문을 열고 밖으로 나가서 섭외 통화를 했다. 통화를 마치고 들어와 섭외 성공했다고 말하니 선배들이 축하해 줬다. 그 후로도 몇 번 나가서 통화를 했는데 그 모습을 본 메인 작가가 물었다.

"너 왜 나가서 통화해? 밖에 더운데 그냥 여기서 해."

백번 맞는 말이었다. 하지만 부끄러워서 선배들 앞에서는 못 하겠다는 말 대신 이렇게 답했다.

"조용히 일하고 계시는데 괜히 방해되는 것 같아서요!"

메인 작가는 피식 웃으며 답했다.

"너 괜히 부끄러워서 그렇지? 아무도 네 통화에 관심 없어. 그냥 여기서 해."

부끄러운 마음에 갑자기 얼굴, 등, 가슴 쪽이 뜨거워졌다. 메인 작가는 십수 년 동안 나 같은 막내 작가를 수도 없이 봤을 텐데 그런 사람 앞에서 다 보이는 거짓말을 하다니. 정말 어리석었다. 다음부터는 자리에 앉아서 통화를 해야 했는데 좀처럼 쉽지 않아서 나름대로 계획을 세웠다. 우선 그나마 가까워진 남자 선배와 둘이 있을 때만 자리에서 통화했다. 그리고 '선배는 나한테 관심 없고, 내가 하는 통화에는 더더욱 관심 없다'를 속으로 되뇌었다. 어느 정도 익숙해지니 다른 선배 옆에서도 곧잘 통화했다. 통화할 때 버벅거렸다고 혼이 나는 일은 없었다. 다른 사람 눈치 안 보고 사는 성격이라고 생각했는데 내게도 이런 면이 있다는 걸 알게 되어 놀라웠다. 아마 눈치를 봐야 하는 막내였기 때문이었을까. 해보고 나면 별것 아닌 것을 왜 그렇게 두려워했을까. 정식으로 첫 번째 사회생활을 하면서 겪은 첫 번째 충격이었고 빠르게 꼬집어 준 메인 작가 덕에 회피하지 않고 정면으로 부딪칠 수 있었다.

1-7.
첫 방송이 중요하지 않은
막내 작가

구성 작가가 갖춰야 할 소양에는 어떤 것들이 있을까. 우선, 새로운 프로그램을 기획하거나 매회 다른 구성을 만들기 위해서는 새로운 아이템을 발굴하고 창의적인 아이디어를 내는 능력이 필요하다. 그리고 촬영에 필요한 사람과 장소를 섭외하기 위해서는 능수능란한 의사소통 능력도 갖춰야 한다. 정해진 시간 내에 촬영이 순조롭게 진행될 수 있도록 현장 조율 능력도 필요하고, 만약 급작스러운 상황으로 촬영 일정이 꼬일 경우 빠르게 대처하는 순발력도 필요하다. 새벽부터 늦은 밤까지 회의나 촬영이 이어질 수 있기에 든든한 체력도 뒷받침되어야 한다. 특히 막내 작가일 경우에는 팀 내 분위기를 빠르게 파악할 수 있는 눈치, 선배가 시키지 않아도 먼저 일을 찾아서 하는 능동적인 자세, 그리고 여력이 된다면 선배의 짐을 조금이나마 덜어줄 수 있는 센스가 있으면 좋다. 회의하고, 자료 조사하고, 촬영 장소 섭외하고, 세트장에서 첫 번째 촬영하면서 깨달은 것들이다. 하지만 정작 가장 중요한 소양은 첫 방송이 송출된 이후에 깨닫게 됐다.

　첫 방송이 방영되기 하루 전, 선배들은 시청률이 잘 나올지 시청자들 반응은 어떨지 걱정하면서도 기대하는 눈치였다. 보통 막내 작가도 첫 방송을 기대하기 마련이다. 방송이 끝난 후 스크롤에 드디어 본인의 이름이 올라가기 때문이다. 어쩌면 공식적으로 사람들에게 '나 드디어 방송 작가가 됐어요!' 하고 공표하는 것과도 같다. 그만큼 막내 작가에겐 기념비적인 순간이다. 하지만 나는 첫 방송이 기대되지 않았다. 촬영을 준비하면서 촬영의 전 과정을 숙지하다시피 했고, 촬영 중에는 신경을 곤두세우며 현장을 살폈기에 어차피 다 아는 내용이라고 생각했다.

　보통 새로 만들어진 프로그램의 첫 방송은 고생한 PD팀과 작가 팀이 함께 모여서 시청하는 경우가 많다. 왜 그랬는지 기억이 나지는 않지만, 나의 첫 프로그램은 모여서 보지 않고 각자가 알아서 시청했다. 그래도 고생은 했으니 첫 방송은 함께 자취하고 있는 룸메이트와 함께 챙겨보려고 했으나 집 TV에서는 해당 채널이 나오지 않았다. 집주인은 관리비를 아끼려고 대기업 케이블 TV 서비스 대신 지역 케이블 TV 서비스를 이용했고 해당 업체는 첫 프로그램을 방영하는 채널을 서비스하지 않았다. TV를 볼 수 있는 동네 치킨집 세 군데를 들렀지만 세 군데 모두 해당 채널은 나오지 않았다. 단골 백반 가게와 분식 가게도 들렀지만 끝내 채널이 나오는 곳은 찾을 수 없었고 첫 방송을 시청하는 대신 친구와 치맥을 먹으며 쓰라린 속을 달랬다. 혹시나 하는 마음에 새벽에 불법 다운로드 사이트에도 들어가 봤지만 해당 프로그램은 업로드되어 있지 않았다. 조금은 슬프기도 했고 비참하기도 했다. 보고 싶은데 볼 수 있는 방법이 없는 프로그램이라니. 불법 다운로드 사이트도 외면한 프로그램이라니. 허탈했다.

첫 방송 다음 날, 선배들은 방송 게시판, SNS, 뉴스 기사 댓글을 하나도 빠짐없이 확인하면서 시청자의 반응을 살폈다. 출연자 콘셉트, 편집 스타일, 자막 등 앞으로 보완해야 할 점에 관해 얘기를 나눴다. 메인 작가가 물었다.

"솔이는 TV로 보니까 어땠어?"

할 말이 없었다. 보려고 애를 썼으나 채널 나오는 곳이 없어서 못 봤다고 이실직고했다. 그때 처음으로 메인 작가한테 엄청나게 혼이 났다. 첫 방송을 안 본 막내 작가는 처음 본다며 불같이 화를 냈다. 이 프로그램에 관한 애정은 있는지, 작가 일은 계속하고 싶은 게 맞는지 물었다. 자기 이름을 걸고 만들었으면 마지막 갈무리도 완벽하게 해야 한다고 말했다. 머리를 한 대 얻어맞은 것 같았다. 따지고 보면 살면서 처음으로 내 이름을 걸고 만든 결과물이 세상에 공개되는 것인데 확인을 안 했으니 말이다. 해당 채널이 나오는지 미리 체크하고 어떻게든 볼 수 있는 방법을 찾았어야 했다. 그렇게 할 만큼 프로그램에 관한 욕심과 애정이 부족했다고 보는 게 맞겠다. 수많은 인원과 함께 만들었지만 스스로 '내 것'이라고 생각하는 자세가 필요했다. 이름을 걸지 않더라도 노력이 투입된 결과물에 관해선 자긍심을 가져야 한다. 그래야 나를 혼낸 메인 작가처럼 내가 하는 일을 오래도록 사랑할 수 있지 않을까.

내 첫 직업과 첫 프로그램을 더 사랑하기 위해 집주인에게 사정을 말했다. 월세에 추가금을 얹어서 우리 호수만 케이블 상품을 업그레이드했다. 두 번째 방송부터는 챙겨볼 수 있었고 나도 당당히 의견을 내는 막내 작가가 될 수 있었다.

1-8.
J의 지옥

언제부터 대한민국에 MBTI 열풍이 불었을까. 아마 코로나19로 인해 사회적 거리 두기를 시작하게 되면서 유행이 퍼진 것 같다. 그 당시 너도나도 채팅 앱을 이용해 MBTI 검사 링크를 주고받았다. 친구의 검사 결과와 자신의 검사 결과를 비교해 보기도 하고 각 검사 결과 간의 궁합을 맞춰보기도 했다. 다른 사람들과의 교류가 줄어들자 자연스레 자신을 돌아보는 시간이 많아진 것이다.

나도 주변 사람들의 권유에 떠밀려 몇 번 검사를 했었다. 검사를 하면 항상 ISTJ, ISFJ 두 가지로 나왔다. 일을 쉴 때는 ISTJ가 많이 나왔고 일을 하고 있을 때는 ISFJ가 많이 나왔다. T형은 사고형(Thinking)을 뜻하고, F형은 감정형

(Feeling)을 의미한다. T형이 이성적이고 논리적인 판단을 중시한다면 F형은 감성적이고 대인관계를 중요시한다. 사람을 대하는 직종에서의 경험이 많다 보니 아무래도 일을 할 때는 나도 모르게 공감 능력이 더 발휘되는 것 같다.

MBTI 중에서 나를 가장 잘 나타낼 수 있는 건 J가 아닐까 싶다. J형은 판단형(Judging)으로 매사 꼼꼼하고 신중하며 미리 계획을 세우고 실천하는 경향이 강하다. 나의 경우 완벽하게 계획을 세우고 계획이 어긋날 경우를 대비한 플랜B, 플랜C까지 세운다. 계획이 변경되어도 큰 틀 안에서는 문제가 없게끔 조처한다.

한 번의 촬영에는 제작진과 출연진 수십 명의 인력이 투입된다. 수십 명의 인력이 한날한시에 함께 촬영하기 위해 약속한 것이기에 약속에 영향을 주지 않게끔 꼼꼼히 계획한다. 촬영 장소의 섭외 사항이나 소품 준비는 물론 차량의 주차 공간 확보까지 완벽히 해 놓아야 정해진 대로 촬영을 매끄럽게 진행할 수 있다. 이러한 내용은 한 장의 큐시트에 담기고 촬영 당일 모든 제작진이 큐시트를 소지한다. 큐시트는 어쩌면 가장 J스러운 문서이자 내게 심적 안정감을 주는 문서였다.

하지만 프로그램을 거듭할수록 J형의 성향이 업무를 수행하는 데는 도움이 되지만, P형의 성향도 갖춰야 스트레스를 덜 받을 수 있다는 걸 깨달았다. P형은 인식형 (Perceiving)으로 자유분방하고 여유로우며 계획을 세우더라도 그 계획이 언제든 변경될 수 있다는 걸 염두에 둔다. 그렇기 때문에 돌발 상황이 발생하더라도 J처럼 얼음이 되지 않고 별일 아니라는 듯 유연하게 대처한다. 촬영하다 보면, 생각보다 돌발 상황이 많이 발생한다. 여러 명이 몇 날 며칠을 고생하며 완벽하게 계획을 세워도 어떻게든 발생한다.

요리 프로그램인 만큼 요리하는 과정에서 돌발 상황이 종종 발생했다. 예를 들면, 요리 대결을 펼치는 도중에 출연자가 세트장에 준비되지 않은 재료를 요청하는 경우다. 대결에서 이기고자 하는 욕심 때문인지 촬영 중 여러 번 제작진에게 세트장에 없는 재료를 공수해달라고 요청했다. 하루는 출연자가 미나리와 익힌 김치를 구해달라고 했다. 출연자는 PD를 바라보며 말했지만 내게 말한 것과 다름없었다. 메인 작가도 당연하다는 듯 내게 눈빛을 보냈다. 제한 시간 안에 요리를 완성해야 하는 룰이 있어서 최대한 빠르게 공수해 와야 했다. 문제는 세트장이 청담동 한복판에 있었다는 것이다. 카페와 고급 식당, 중고 명품 판매점은 눈에 치일 정도로 많았지만 식자재 마트는 눈을 씻고 찾아봐도 없었다. 그나마 근처 지리에 밝을 법한 건물 관리소장과 주차 관리인에게도 물어봤지만 이 동네 사람들은 식자재를 다 백화점으로 사러 간다는 답변을 들었다. 부자 동네니 그럴 법도 했다. 재빠르게 백화점엘 다녀온다고 해도 제한 시간 내에 도착하는 것은 힘들었다. 세트장 주변에서는 승산이 없다고 판단해서 대로변을 건넜다. 그나마 일반 음식점이 많이 보였다. 돼지고기구이 가게라면 밑반찬도 나오고 고기와 함께 먹을 익힌 김치도 있을 것 같아서 눈에 보이는 삼겹살집으로 뛰어갔다. 점심시간이 끝난 때라 그런지 아주머니 두 분이 의자에 앉아 TV를 보고 있었다. 거친 숨을 고르고 아주머니에게 사정을 말했다. 주방 담당으로 보이는 아주머니 한 분이 미나리는 없고 익힌 김치는 있다며 조금 챙겨서 줄 테니 가져가라고 했다. 위생 봉투에 한 번, 검은 비닐봉지에 또 한 번 감싸서 주시며 아들 같아서 주는 거니까 일 열심히 하라고 말했다. 허리를 90도로 접으며 감사하다는 인사를 드리고 세트장을 향해 뛰었다. 요리 대결이 끝나기까지 시간이 얼마 남지 않았기 때문에 미나리는 과감히 포기했다. 다행히 적절한 타이밍에 도착해서 익힌 김치를 건넬 수 있었고 구하지 못한 미나리에 관해 질타하는 사람은 없었다.

줄기콩이라는 식재료 때문에 애를 먹은 적도 있다. 촬영에 들어가기 며칠 전, 출연자가 자신의 요리에 줄기콩을 꼭 넣어야 한다고 제작진에게 신신당부했다. 인터넷에는 판매처가 많았지만 오프라인에서의 판매처를 찾기란 쉽지 않았다. 세트장과 가까운 마트 여러 곳에 전화를 돌려 판매하는 곳 한 군데를 찾았다. 촬영 날짜에 출연자들이 장 보는 장면을 촬영하면서 사는 것으로 마트 측과 협의도 했다. 촬영 당일, 세트장에서 두 팀으로 찢어져 장 보는 장면을 촬영하러 갔고 나는 세트장에 남아서 요리 대결에 필요한 도구를 미리 세팅하고 있었다. 시간이 얼마 지나지 않아 선배한테서 전화가 왔다.

"야, 김술 어떻게 된 거야. 줄기콩 없다잖아!"

심장이 빠르게 뛰었다. 혹시 선배가 못 찾는 건가 싶어 물어봤다. 선배는 이미 마트 직원들과도 얘기를 마치고 전화한 것이었다. 통화했던 직원을 찾아 따지고 싶었지만 그럴 여유가 없었다. 선배는 촬영 팀 먼저 세트장으로 보내고 본인이 사 올 테니 빠르게 찾아봐달라고 했다. 부랴부랴 근처 마트에 전화를 돌렸고 조금은 먼 이태원의 마트에서 어렵사리 구할 수 있었다. 촬영이 끝난 후 선배에게 왜 확실히 확인하지 않았냐며 질타를 받았다. 분명히 직원과 통화로 확인하고 협조까지 구해놨는데 솔직히 뭘 어떻게 더 확인해야 했는지 이해가 가질 않았다. 그깟 줄기콩이 얼마나 중요하길래 이렇게 혼이 나야 하나 싶었고 줄기콩을 사야 한다고 했던 출연자가 미웠다. 대꾸하고 싶은 마음이 굴뚝같았지만 다음부터는 더 잘하겠다고 선배에게 사죄했다. 11년이 지난 지금도 줄기콩이라는 단어를 외우고 있는 걸 보면 그때의 기억이 익힌 김치 때처럼 강렬했나 보다.

막내 작가 시절부터 작가를 그만두기까지 수많은 돌발 상황과 마주해야 했고 그때마다 속으로 '아, X됐다'를 외쳤다. 다행히 상의에 받쳐 입은 에어리즘 속옷이 식은땀을 흡수했기에 내가 극도로 스트레스를 받으며 안절부절못했다는 걸 아는 사람은 없다. 선배들은 이런 상황을 많이 겪어보면 언젠간 익숙해진다고 했지만 전혀 익숙해지지 않았다. 똑같은 케이스의 돌발 상황은 하나도 없었다. 이전의 경험이 다음 번 돌발 상황을 수습하는 데 전혀 도움이 되지 않았다. 어떻게 하면 돌발 상황에서 초탈할 수 있을지, 과연 내가 허허허 웃으며 의연하게 돌발 상황을 처리할 수 있는 사람이 될 수 있을지 궁금했다. 약 10년 뒤, 생각지도 않았던 일을 하면서 이 궁금증은 해결된다.

1-9.
상처받거나, 상처 주거나
혹은 위로받거나

첫 프로그램인 요리 프로그램 이후부터는 쭉 아이돌 관련 프로그램을 했다. 의도치 않게 방송 작가 생활을 끝낼 때까지 계속 아이돌 관련 프로그램을 했는데 딱히 아이돌에 관심이 많아서 관련 프로그램을 골라서 한 건 아니다. 물론 프로그램을 골라서 갈 연차도 아니었다. 나를 거두어 준 왕메인 작가가 아이돌 관련 프로그램을 많이 했기에 자연스레 나도 아이돌과 밀접한 프로그램을 할 수밖에 없었다.

당시에는 아이돌이 무대 위 모습이 아닌 자연스러운 일상의 모습을 보여줄 수 있는 리얼리티 프로그램이 열풍이었다. 평소에 보여주지 못했던 모습을 리얼리티 속에서 보여줌으로써 반전 매력을 발산하거나 진솔함을 보여주면서 팬들의 욕구를 충족시켜 주는 게 프로그램의 특장점이었다. 만약 아이돌에 관심이 많은 작가였다면 아이돌 리얼리티를 하는 것이 덕업일치의 기회였을 것이다. 가장 가까이서 아이돌과 함께 일할 수 있고, 프로그램을 통해 본인이 궁금했던 아이돌의 모습을 볼 수 있으니 말이다.

하지만 내 사정은 조금 달랐다. 아이돌과 함께 일해서 기쁘다는 감정보다는 리얼리티라는 프로그램 형식 때문에 받는 스트레스가 훨씬 컸다. 요리 프로그램을 할 때는 촬영의 중심이 되는 세트장이라도 있었는데 리얼리티 프로그램은 따로 세트장이 없었다. 팬들은 집이나 숙소에서 보내는 아이돌의 일상을 가장 궁금해하겠지만, 집이나 숙소에서의 모습은 일부만 짤막하게 공개했다. 워낙 민감한 부분이라 소속사 입장에서도 껄끄러웠고 남자 아이돌이 아닌 여자 아이돌이어서 더욱 조심스러울 수밖에 없었다. 그래서 대부분의 촬영 장소를 섭외해야 했다.

한번은 아이돌이 번지점프를 하는 아이템을 위해 괜찮은 곳을 찾아야 했다. 서울 근교에 위치해 이동이 수월한 곳을 찾았고 전화로 프로그램 촬영 및 사전 답사에 관한 동의를 얻었다. 촬영 일주일 전에 PD와 해당 장소로 답사를 갔다. PD는 어떻게 촬영하면 좋을지 구도를 살폈고 나는 직원을 만나 촬영에 관해 이야기를 나눴다. 순조롭게 진행될 수 있도록 촬영할 때는 일반인의 번지점프 이용을 제한하는 것으로 협조를 구했다. 부탁이라면 뭐든 다 들어줄 것 같은 직원의 태도에 촬영 날도 문제가 없을 거라고 생각했다.

촬영 당일, 약속된 시간보다 조금 일찍 번지점프 하는 곳에 도착했다. 방학 시즌이라 그런지 일반인이 꽤 많았다. 선배 작가가 일반인은 언제 통제할 거냐고 묻길래 촬영 팀이 일찍 와서 아직 일반인들이 이용 중인 것 같다고 말했다. 촬영 시작쯤에는 직원들이 알아서 정리할 거라고 선배를 안심시킨 후 사전 답사 때 만났던 직원을 찾으러 사무실로 향했다. 사전 답사 때 만났던 직원에게 일반인 통제 시기를 물으니 조금만 기다려 달라고 답했다. 번지점프 이후에도 계속 촬영 일정이 있어 늦어지면 곤란하니 빨리 일반인 통제를 해달라고 부탁했다. 계속되는 부탁에 '기다려 주세요'라는 대답은 '기다리세요'로 바뀌었다. 상냥한 요청의 말투에서 단호한 명령의 말투로 변했다. 마치 칼자루는 본인이 쥐고 있다는 걸 어필하는 것처럼 들렸다. 사전 답사 때 봤던 상냥한 얼굴은 온데간데없었다. 어처구니없고 분통 터졌지만 촬영을 무를 순 없었기에 선배에게 도움을 요청했다. 상황을 전해 들은 메인 작가가 직접 사무실에 와 직원에게 부탁했으나 직원은 짜증만 낼 뿐이었다. 결국 줄 서 있던 모든 일반인이 번지점프를 한 후에야 촬영을 시작할 수 있었다.

번지점프 직원이 내게 씁쓸한 기억을 남긴 것처럼 나역시 섭외를 하면서 타인에게 안 좋은 기억을 남긴 적도 있다. 가로수길 초입 골목에 위치한 평범한 카페였는데 오프닝 촬영 장소로 섭외했었다. 사진으로만 봐도 촬영하기에 문제가 없어 보여 사전 답사는 가지 않고 카페 사장과 전화로만 섭외에 관해 협의했다. 카페에서 촬영하게 되면 촬영 인원에 따라 대관 방식이 달랐다. 출연자와 제작진 인원수가 적을 경우 카페 측과 협의해 부분 대관으로 진행할 수 있었고, 인원수가 많을 경우에는 카페 전체를 대관해서 촬영해야 했다. 이번 촬영은 아이돌 멤버 전원이 나오는 오프닝 촬영이라 카페 전체를 대관해야 했다. 카페 사장은 대관비는 촬영 끝난 후에 줘도 좋으니 잘 부탁한다며 오히려 자신의 카페를 선택해 줘서 고맙다고 했다. 카페 사장은 좋은 사람 같으니 제작진만 잘하면 되겠다는 생각이 들었다. 하지만 그 생각은 오래가지 않았다. 촬영 전날 출연자 매니저로부터 연락을 받았다. 동남아에서 공연을 마치고 돌아가야 하는데 태풍 때문에 비행기가 못 뜨고 있다는 것이다. 어쩔 수 없이 촬영 일정을 미뤄야 했고 미리 섭외해 놓은 카페 사장에게도 내용을 전달했다. 카페 사장의 양해를 구하고 다음 촬영 일정을 잡았다. 어김없이 촬영 날짜가 다가왔고, 이번에는 매니저를 통해 아이돌 멤버 중 한 명이 심하게 아프다는 연락을 받았다. 멤버를 빼놓고 촬영할 순 없으니 또 촬영 일정을 미뤄야 했다. 이번에도 카페 사장은 연신 괜찮다며 오히려 나를 안심시켰다. 세 번째 촬영 날짜를 잡았지만 전체 회의를 통해 촬영 아이템이 바뀌면서 카페 오프닝 촬영이 필요 없어졌다. 섭외 과정을 전부 알고 있던 선배도 어쩔 수 없다는 표정으로 나를 바라봤다. 얼굴도 모르는 사람에게 전화로 벌써 두 번이나 약속을 미룬 상황인데 이젠 퇴짜를 놓으라니. 해도 해도 너무했다. 카페 사장의 심경이 감히 예상되지 않았다. 이런 일들 때문에 일반인들이 우릴 보고 '방송국 놈들'이라고 말하는구나 싶었다. 아무리 내가 철면피라고 해도 카페 사장에게 전화할 수는 없었다. 회의가 끝나자마자 신사역으로 향하는 버스를 탔다. 버스 정거장에서 내려 카페로 향하는 길에 약국에 들러 박카스 한 박스를 샀다. 블로그 후기에서 사진으로만 봤던 카페 외관이 보였다. 저녁 식사 시간대라 그런지 카페는 한산했다. 주문을 받는 곳에 남자 한 명이 서 있었는데 직원이라고 하기엔 나이가 꽤 많아 보였다. 사장인지 묻기 위해 카운터로 가자 그 남자가 말했다.

"주문하시겠어요?"

　몇 주 동안 수화기 너머로만 들었던 그 목소리였다. 카페 사장이 맞는지 물었고 역시나 맞다는 답을 들었다. 그동안 통화했던 작가라고 말하며 박카스 한 박스를 건네자 반갑게 맞아줬다. 어쩐 일로 직접 카페에 왔냐는 물음에 어렵게 입을 떼었다. 자초지종을 들은 사장은 멋쩍은 웃음을 지으며 또 괜찮다고 말했다. 그러면서 전화로 말해줘도 되는데 추운 날 직접 와서 말해줘서 고맙다고도 했다. 괜히 미안해서 커피와 샌드위치를 주문했다. 사장은 연신 일부러 안 그래도 된다고 했지만 저녁을 못 먹어서 배가 너무 고프니 빨리 만들어 달라고 했다. 그리고 다음에 카페 촬영할 일이 있으면 어떻게 해서든 꼭 여기에서 촬영하게끔 메인 작가를 설득하겠다고 했다. 사장에게 꼭 그 말을 해주고 싶었다. 사장은 말만이라도 고맙다고 말하며 샌드위치를 만들기 위해 주방으로 들어갔다. 어느 정도 예상했지만 프로그램이 끝날 때까지 그 카페에서 촬영할 일은 없었다. 나도 어쩔 수 없는 방송국 놈들이었다.

　섭외와 관련된 기억이 전부 안 좋기만 한 것은 아니다. 오히려 처음 보는 사람에게서 힘을 얻고 위로를 받은 기억도 있다. 대부분의 아이돌 리얼리티 프로그램에서 한 번쯤은 꼭 나오는 장면이 있다. 아이돌이 직접 요리하는 장면이다. 아이돌의 요리 실력이나 음식 취향을 알 수 있고 자연스레 먹방으로 이어진다. 팬의 입장에서는 안 볼 수가 없는 콘텐츠였지만 내게는 피곤한 마트 섭외 업무를 처리해야 하는 상황이었다. 요리 프로그램을 할 때는 항상 청담동 근처 마트만 섭외했었는데 이번에는 아이돌 숙소 근처의 마트로 섭외해야 했다.

합정역 주변에는 대기업에서 운영하는 대형마트 하나와 일반 마트 하나가 있었다. 대형마트에 먼저 섭외 전화를 해봤지만 촬영 협조는 불가했다. 일반 마트에 희망을 걸고 전화했지만 결과는 마찬가지였다. 합정역 근처는 포기하고 망원역과 상수역까지 범위를 넓혔지만 헛수고였다. 촬영 스케줄 때문에 최대한 가까이 있는 마트로 섭외해야 했기에 더 이상 멀어지는 건 무리였다. 아무리 생각을 해봐도 합정역 근처 일반 마트가 최선의 선택지였다. 전화로는 거절당했으나 직접 마주하고 애원하면 촬영을 허락해 주지 않을까 생각했다. 이럴 땐 나도 여자였으면 좋겠다는 생각을 했다. 아무래도 남자가 부탁하는 느낌과 여자가 부탁하는 느낌의 차이는 크니까.

가로수길 카페 섭외할 때가 떠올라 이번에도 약국에

들러 박카스 한 박스를 샀다. 마트에 도착해서 카운터에 있는 직원에게 사정을 말했더니 사장이 있는 사무실로 안내했다. 마트 구석을 개조해 창고 겸 사무실로 만든 공간이었는데 좁고 긴 구조의 2평 남짓한 공간이었다. 수화기 너머로 들었던 목소리와 매칭되는 50대 중후반의 남성이 가죽이 다 해진 의자에 앉아 다리를 꼰 채로 돌아봤다. 설득하기 쉽지 않을 것 같은 느낌이 팍 들었다. 비닐봉지에 담긴 박카스를 책상에 올리며 내 소개와 함께 섭외 관련 내용을 설명했다. 사장은 별 관심 없다는 듯 듣는 둥 마는 둥 하더니 담배에 불을 붙였다. 담배를 뻐끔뻐끔 피우며 본인이 섭외 요청을 거절한 이유에 관해 설명했는데 그 이유가 상당히 디테일했다. 여러 번 방송 촬영을 해보면서 겪었을 법한 일들을 말해주었다. 예를 들면, 방송 촬영 중에는 출연자 멘트가 들어가야 하기에 외부 소음을 최소화해야 한다. 그래서 마트 내에서 재생하는 노래는 꺼야 하고 마이크를 이용해 손님을 끌어모으는 일도 하지 못한다. 사장은 이 부분을 정확히 짚으며 마트 영업에는 도움이 하나도 되지 않는 걸 본인은 너무나 잘 알고 있다고 했다. 거기에 더해 홍보 효과도 전혀 없다는 말에 솔직히 할 말이 없었다. 사장의 말이 전부 사실이었으니 말이다.

　　섭외는 글렀다고 생각할 때쯤, 사장이 대뜸 방송 촬영

을 허락해 주겠다고 했다. 너무 뜬금없어서 눈이 휘둥그레졌지만, 일단 너무 감사하다고 고개부터 숙였다. 이윽고 사장이 왜 촬영 허락을 해주었는지 말했다.

"남이 볼 땐 별거 아닌 것 같아 보여도, 당신네는 이런 거 목숨 걸고 하잖아?"

사장은 자신의 매부도 방송 관련 일을 했었는데 무슨 일이든 목숨 건 듯이 열심히 했다고 말했다. 지금까지 여러 번 방송 섭외 요청 전화는 받았어도 이렇게 직접 찾아와서 섭외를 요청했던 적은 없었다고 했다. 내 모습을 보고 그때의 매부가 떠올랐다고 했다. 그리고 열심히 일하는 직원들 잠깐이라도 연예인 보고 즐거웠으면 좋겠다고, 이번 촬영은 직원들을 위한 깜짝 선물이라고도 말했다. 촬영 당일, 사장의 말대로 깜짝 선물을 받은 마트 직원들은 함박웃음을 지었다.

수년이 흐른 지금, 번지점프 직원을 아주 조금은 이해할 수도 있을 것 같다. 어쩌면 당일 목표 매출을 달성하기 위해 무리해서 일반인을 받았을 수도 있고, 그 직원도 상사에게 사정을 말했지만 받아들여지지 않았을 수도 있다. 카페 사장과 마트 사장에게는 더욱 감사함을 느낀다. 본인에게 피해를 줬음에도 나를 먼저 생각해 줬고 별 도움이 되지 않을 걸 알면서도 나를 도와줬으니 말이다. 트라우마로 남을 뻔했던 순간이지만, 그들이 자신보다 나를 더 생각해 줘서 그 순간은 좋은 추억으로 남았다. 나도 그들처럼 타인의 악몽을 추억으로 바꿔줄 수 있는 사람이 될 수 있을까. 더 늙기 전에 그런 사람이 되고 싶다.

1-10.
콜 포비아 2

아이돌 리얼리티 프로그램에서 일을 할 시기에 일반인들이 직접 참여하는 원데이 클래스 열풍이 불었다. 간단한 운동이나 빠르게 만들 수 있는 요리를 배우거나 자신만의 액세서리나 소품을 만드는 등 다양한 아이템을 활용한 원데이 클래스가 많이 열렸다. 그중에서도 가장 인기가 많았던 것은 '소이 캔들 만들기 클래스'였다. 쉽고 간단하게 만들 수 있고 완성품은 본인이 사용해도 되고 다른 사람에게 선물해도 된다는 장점 때문에 많은 사람이 클래스를 찾았다.

아이돌의 매력과 함께 트렌디함까지 화면에 담아야 하는 아이돌 리얼리티가 이 부분을 놓칠 리 없었다. 아이돌 멤버를 개별로 촬영하는 콘셉트였는데 그중 한 명이 소이 캔들 만들기 클래스에 참여했다. 역시나 장소 섭외는 내 담당이었고 조금이라도 더 예쁜 곳에서 찍기 위해 꽃과 캔들을 함께 판매하는 곳으로 섭외했다.

　　대본은 메인 작가가 직접 썼는데 대본을 쓰기 위해서는 소이 캔들 만들기에 관한 정확한 정보가 필요했다. 메인 작가는 내게 촬영을 도와줄 사장과 전화로 사전 인터뷰를 해보라고 했다. 처음 도전하는 사전 인터뷰라 떨렸지만, 내게 기회를 준 것에 감사했다. 문자 메시지로 사장에게 통화가 가능한 요일과 시간대를 물어 인터뷰 약속을 잡았다. 인터넷 검색을 통해 소이 캔들 만드는 법에 관해 대략 알아본 후 질문지를 준비했다. 소이 캔들을 만드는 과정 자체가 단순했고 쓰이는 재료 또한 많지 않아서 딱히 신경 쓸 것이 없었다.

　　약속한 인터뷰 시간에 맞춰 사장에게 전화를 걸었다. 예상대로 사장도 기다리고 있었다는 듯 바로 전화를 받았고 이내 준비한 질문을 쏟아내기 시작했다. 캔들을 만드는 과정의 난도는 어떠한지, 캔들에 넣는 오일의 종류와 캔들 사이즈는 몇 가지나 되는지, 만드는 방법과 소요 시간은 얼마나 되는지, 나만의 캔들을 만들 수 있는 방법은 무엇이 있는지 등을 물어봤고 사장도 천천히 친절히 답해줬다. 큰 어려움 없이 인터뷰를 마쳤고 내용을 문서로 정리한 파일을 메인 작가에게 전달했다.

첫 인터뷰를 무사히 끝냈다는 안도감을 느끼고 있을 때 메인 작가의 한숨 소리가 들렸다.

'뭐, 뭐지? 내가 뭘 잘못한 거지?'

떨리는 마음으로 메인 작가에게 보냈던 문서 파일을 다시 열었다. 준비했던 질문도 전부 잘 정리했고 오탈자도 없었다. 무엇이 문제인지 살피던 중 메인 작가가 나를 불렀다.

"솔아, 아이스크림 캔들 만드는 방법은 어디에 있어?"

아이스크림이라는 단어를 듣고 아차 싶었다. 섭외한 가게에서는 두 가지 모양의 캔들을 만들 수 있었다. 텀블러에 담긴 캔들과 스쿱으로 뜬 아이스크림 모양의 캔들을 만들 수 있었는데 아이스크림 모양을 만드는 방법에 관해서는 따로 질문하지 않았던 것이다. 누가 봐도 일반 캔들보다는 아이스크림 캔들이 더 예뻤다. 촬영한다고 해도 아이스크림 캔들을 만드는 과정이 더 재밌게 보일 게 뻔했다. 왜 그걸 놓쳤을까. 후회해 봤자 이미 늦었다. 메인 작가에게 빠르게 다시 정리해서 파일을 보내드리겠다고 했다. 부랴부랴 사장에게 다시 전화를 걸었다. 다시 걸려 온 전화에 혹시 문제라도 있냐는 뉘앙스였지만 자초지종을 설명하니 이번에도 친절히 답을 해줬다. 파일을 정리해 다시 메인 작가에게 보냈다. 파일을 살펴보던 메인 작가는 다시 나를 불렀다.

"각 과정 당 소요 시간은 몇 분 정도 되는 거야?"

아뿔싸. 아이스크림 캔들을 만드는 방법에 관해서만 알아봤지 소요 시간에 관해서는 물어보지 않았다. 급한 마음에 기계적으로 움직였다. 메인 작가가 내게 입력한 정보는 '만드는 방법'이었고, 입력값 그대로 '만드는 방법'에 관해서만 정확히 출력했다. 다시 한번 메인 작가에게 사죄하고 사장에게 전화를 걸었다. 사장은 어색한 웃음과 함께 소요 시간에 관해 말해줬다. 또다시 내용을 정리하면서 허점이 있는지 살폈다. 트집잡힐 부분은 없어 보였지만 새 파일을 받은 메인 작가가 또 나를 불렀다.

"꼭 거품기로 10분 동안 저어야 해? 다른 방법은 없니?"

일반적인 소이 캔들은 고체 왁스를 녹인 뒤 오일을 넣고 텀블러에 담아 굳히면 그만이었다. 하지만 아이스크림 캔들은 고체 왁스가 어느 정도 굳어졌다 싶을 때 거품기를 이용해서 10분 정도 저어 크림 상태로 만들어야 했다. 메인 작가는 촬영 당일 시간이 넉넉하지 않을 경우의 대처 방안까지 염두에 두고 있었다. 고개를 푹 숙였다. 더 이상 죄송하다는 말도 나오지 않았다. 마음 같아선 선배 작가한테 물어봐달라고 부탁하고 싶었다. 정말 마지막이라 생각하고 핸드폰을 들었다. 엄지손가락도 번호 누르길 거부하는 것 같았다. 사장은 네 번째 전화도 거부하지 않고 받았다. 웃음기 사라진 목소리로 거품기 대신 아이스크림 모양 몰드를 이용하는 방법을 알려줬고 그 전화를 끝으로 길었던 전화 인터뷰는 끝났다.

집으로 퇴근해서 다시 한번 내가 준비했던 질문지를 살펴봤다. 마치 '소이 캔들 만들기의 이해'라는 과목의 개론서 같은 느낌이었다. 평범한 질문들이었고 인터넷 검색으로도 충분히 얻을 수 있는 대략적인 정보들이었다. 메인 작가는 촬영과 편집을 고려한 부분까지 체크했다. 사실 사전에 체크하지 않아도 현장에서 조율한다면 충분히 문제가 되지 않을 부분들이었다. 하지만 메인 작가는 내가 직접 깨닫고 똑똑히 기억해서 다음 인터뷰에서는 달라지길 원했던 것 같다. 조금만 더 고민해 보고 촬영 순서와 편집 과정을 머릿속에 그려봤더라면 충분히 도출해 낼 수 있는 물음들이었다. 못난 모습을 보인 것 같아서, 눈앞에 있는 문제만 해결하기 위해 급급했던 것 같아서 나 자신이 미웠다. 나름대로 꼼꼼하다고 자부했던 편이라 충격이 컸다. 아직도 그때가 떠오르면 고개를 절로 젓게 된다. 하지만 그때의 기억 덕분에 누군가와 업무상 전화를 하기 전에는 질문에 대한 파생 질문까지 정리해 놓고 머릿속으로 시뮬레이션까지 돌려보게 되었다. 그때처럼 서로 어색한 웃음을 주고받으며 여러 번 통화하지 않기 위해 말이다.

1-11.
29세

아이돌 리얼리티 프로그램이 끝났다. 이제 아이돌과는 작별인가 싶었는데 다시 아이돌 버라이어티 프로그램에서 일하게 됐다. 이전의 리얼리티 프로그램은 총 12회를 끝으로 막을 내렸으나 새로 들어간 버라이어티 프로그램은 방영한 지 5년이나 된 레귤러 프로그램이었다. 지금껏 몸담았던 프로그램 중 가장 유명했다. 아이돌에 관심 없던 나도 몇 번은 본 적이 있었으니 말이다.

해당 프로그램에 들어가면서 막내 딱지도 뗐다. 4년 차에 막내를 벗어났다. 후배가 들어오면 뭔가 조금 달라질 것만 같았는데 큰 변화는 없었다. 늘 하던 업무 그대로 진행했다. 자료 조사를 하고 아이디어를 내고 촬영 준비를 하고 자막을 썼다. 이전과의 차이점은 함께 선배 눈치볼 사람이 생겼다는 점이었다. 다행히 실내 스튜디오에서만 촬영했기에 더 이상 장소 섭외는 하지 않아도 됐다.

그렇게 1년이 지나고 29세가 되면서 5년 차 작가가 되었다. 5년 차에 회당 50만 원을 받았다. 한 달에 네 편이 방영되면 200만 원이니 대략 내 월급은 200만 원이라고 생각했다. 물론 프리랜서이기에 4대 보험 같은 건 없었고 세금은 3.3%만 떼어 갔다. 첫 회당 페이는 30만 원을 받았었으니 4년간 회당 페이는 20만 원이 오른 셈이다. 서른을 바라보는 동년배들과 비교하면 굉장히 낮은 수준의 급여였다. 하지만 애초에 돈을 보고 선택한 직업도 아니었고 연차가 쌓일수록 회당 페이는 올라가는 것이었기에 크게 아쉽진 않았다.

새로운 프로그램에서 1년간 수많은 아이돌을 게스트로 맞이했다. 아이돌을 좋아하는 사람이었다면 아마 직업 만족도가 100점 만점이었을 것이다. 격주에 한 번씩 새로운 아이돌 두 팀과 만나서 함께 일할 수 있으니 말이다. 촬영 시간도 이전 프로그램들에 비해 훨씬 짧았다. 이전에는 하루 종일 촬영해서 1회분을 만들었다면 이 프로그램은 온종일 촬영해서 2회분을 만들 수 있었다. 무엇보다 5년간 해온 프로그램이다 보니 어느 정도 스케줄이 고정되어 있어 개인 시간을 확보할 수 있었고, 나름대로 잘나가는 프로그램이었기에 프로그램 폐지에 관해 걱정하지 않아도 됐다. 정년이 보장된 공무원이 된다면 이런 기분일까 싶었다. 지금껏 몸담았던 프로그램 중 가장 안정적이고 편한 프로그램이었는데 정작 내 마음은 싱숭생숭했다.

아마 29라는 숫자가 꽤 신경 쓰였던 것 같다. 첫 프로그램을 함께했던 남자 작가 선배가 서른이 되는 걸 보고 엄청나게 놀렸었는데 이제 내가 그 처지가 될 나이가 됐다. 서른이 되는 날, 어디론가 잡혀간다거나 서른 이후에는 그동안 꿈꿨던 것들을 못 하게 되는 것도 아닌데 왠지 모르게 걱정됐다. 지금 어디론가 틀지 않으면 앞으로 쭉 이 일을 해야만 할 것 같은 느낌이었달까. 계속 작가라는 일을 해도 상관은 없었지만 뭔가 아쉬운 느낌이 들었다. 아무런 근거는 없었지만 한 번쯤 다른 시도를 할 거라면 지금이 딱 적기라고 생각했다.

지금까지 했던 일과는 전혀 다른 일을 해보면 어떨까. 모두가 힘을 합쳐 하나의 프로그램을 만들어 내고 수많은 시청자에게 선보이는 작가 일과 상반된 일은 무엇일까. 혼자의 힘으로 하나의 결과물을 만들어 내 단 한 명에게 선보이는 일은 무엇일까. 혼자의 힘으로 무언가를 해서 돈을 벌려면 특출난 기술이 필요하지만 내겐 그런 능력이 없었다. 경영학을 전공하고 줄곧 방송 일만 했으니 말이다.

내가 서른을 앞두고 두 번째 직업을 고민할 때, 친구들은 서른을 앞두고 결혼식장과 신혼집을 고민하고 있었다. 대학교 졸업 후 바로 취직해서 어느 정도 자리를 잡고 인생 2막을 준비한다는 신호 같았다. 대학생 시절까지는 그들과 동일한 세계에서 살았던 것 같은데 이제는 전혀 다른 삶을 살게 되는 것 같았다. 영화 〈분노의 질주7〉의 주인공 도미닉 토레토와 브라이언 오코너가 각자의 자동차로 같은 도로를 함께 달리다가 갈림길에서 헤어지는 엔딩 장면처럼. 부러움과 씁쓸한 감정이 뒤섞였다. 결혼했다는 사실보다 안정된 삶 속에서 조금은 여유롭게 미래를 그려볼 수 있다는 게 부러웠다. 싱숭생숭한 마음이 더 복잡해졌다.

친구의 결혼식에 입고 갈 옷을 미리 고르고 신발장에서 오랜만에 구두를 꺼냈다. 구두를 보니 가죽 상태가 좋지 않았다. 가죽 관리가 필요할 것 같아서 인터넷 커뮤니티에서 추천받은 구두 수선 매장으로 향했다. 다행히 집에서 멀지 않은 백화점에 입점해 있었다. 내 머릿속 백화점 구두 수선 매장의 모습은 백화점 주차장 어귀나 연결 통로 한쪽 구석에 숨어 있는 형태였다. 그러나 해당 매장은 남성 의류를 취급하는 6층에 자리 잡고 있었다. 남성 구두 코너 옆에 하나의 브랜드 매장처럼 자그마하게 자리 잡고 있었다. 검은색 데스크가 매장 앞에 길쭉하게 놓여있었고 데스크 뒤로 남색 가운을 입은 직원이 서 있었다.

검은색 데스크 위에 가져온 구두를 올려놓고 가죽 관리 서비스를 신청했다. 직원은 구두를 들고 이리저리 살펴보고 어떤 식으로 관리가 진행되는지 간략하게 설명했다. 뒤이어 지금 하면 좋을 수선도 추천해 주고 비용과 소요 시간을 안내했다. 시간 내서 온 김에 가죽 관리와 함께 직원이 추천한 수선도 추가해서 결제했다. 다행히 기존에 접수된 물량이 많이 없어서 30분 뒤에 찾기로 했다. 직원은 구두를 들고 등 뒤에 있던 유리문으로 들어갔다. 수선실로 보이는 곳이었는데 큼직한 기계와 각종 도구가 벽에 걸려있었다. 작업을 시작한 직원을 뒤로한 채 평소에 궁금했던 브랜드 매장을 구경하려고 자리를 떠났다. 이곳저곳을 둘러봤지만 계속 구두 수선 매장과 작업을 시작하던 직원의 모습이 떠올랐다. 직원은 특별한 기술로 혼자서 하나의 결과물을 만들어 내는 중이었다. 단 한 명의 고객인 나를 위해 말이다. 나는 속으로 외쳤다.

'이거다!'

2.

구두 쉬선금

2-1.
새로운 끌림

5년 전, 두근거리는 마음으로 방송 작가 아카데미에 등록하던 때가 떠올랐다. 이것저것 따지지 않고 온전한 호기심과 설렘으로 무언가를 좇던 그 감정과 비슷했다. 그때와 다른 점이 있다면 구두 수선을 할 경우 어떠한 업무를 수행하게 될지 대략 머릿속에 그림이 그려졌다는 것이다. 담당 매장을 관리하면서 고객을 응대하고 구두를 수선하는 모습을 머릿속에 그려봤다. 방송 작가를 하기 전에 했던 이어폰/헤드폰 판매 아르바이트와 비슷해 보였다. 가장 큰 차이점은 이어폰/헤드폰을 판매할 때는 제품에 관한 지식만 갖추면 되지만, 구두 수선의 경우 지식뿐만 아니라 수선 기술이 필요하다는 점이다. 그 점이 가장 매력적이었다. 직접 내 손으로 결과물을 만들어 낼 수 있는 기술이 있다면 어딜 가서든 굶어 죽지 않을 것 같았다. 시간이 지남에 따라 숙련도는 높아질 것이고 그에 따른 나의 가치도 상승할 것이라고 생각했다.

구두 수선 업무에 관해 조금 더 자세히 알아보고 싶었다. 이번에도 방송 작가에 관해 알아봤을 때처럼 무지한 상태에서 알아봐야 했다. 당연히 주위에는 구두 수선을 하는 사람이 없었다. 지인들에게 물어봐도 없을 게 뻔해 보였다. 인터넷을 뒤져보았지만 구두 수선 업체 후기나 광고가 대부분이었다. 이렇게 된 이상, 그 일을 하고 있는 사람에게 직접 물어보는 수밖에 없었다. 지난번에 방문했던 매장엘 다시 방문했다. 이전에 나를 맞이해 준 직원 대신 다른 직원이 있었다. 그 직원에게 실례가 안 된다면 몇 가지 질문을 드려도 되겠냐고 물었더니 늘 있는 일이라는 듯 흔쾌히 응대해 주었다. 구두에 관한 질문이 아닌 구두 수선 업계와 관련된 질문이 이어지자 약간은 경계하는 눈으로 나를 쳐다봤다. 혹시나 오해가 생길까 봐 구두 수선 업계에 취업을 희망하는 사람이라고 밝혔더니 직원의 표정은 다시 밝아졌다. 간혹 개인적으로 구두 수선 사업을 하는 사장님들이 염탐하러 오기에 의심할 수밖에 없었다며 직원은 사과했다. 다른 손님이 오기 전까지 직원과 짤막하게 대화를 나눴다. 직원은 구두 수선 업무에 관해 꽤 만족하는 듯한 뉘앙스였다. 급여는 적은 편이지만, 흔히 길거리 구둣방에서 행해지는 구두 수선과는 차원이 다른 기술을 배울 수 있어 좋다고 했다. 개인 업장을 차릴 생각이 있다면 최고의 선택이라고 말했다. 그리고 현재 회사에서 구인하고 있으니 지원해 보라고 했다.

집에 돌아와 해당 업체의 홈페이지에 들어가 봤지만 어디에도 구인 공고는 보이지 않았다. 게시판을 확인해 보니 약 1년 전부터 구인을 하지 않은 것 같았다. 따로 문의할 수 있는 게시판이 없어서 홈페이지 하단에 적힌 이메일 주소로 메일을 보냈다. 방송 작가로 일하고 있는 스물아홉 살 청년임을 밝히며 가볍지 않은 마음으로 문의하는 점을 어필했다. 이틀 후 실장이라고 하는 사람에게 답장이 왔다. 지원을 원한다면 이력서와 자기소개서를 첨부해서 보내달라는 내용이었다. 다만, 중요한 이직인 만큼 보다 신중히 생각하고 일하고자 하는 목적이 무엇인지 충분히 고민한 후 지원해달라는 말을 남겼다.

앞서 말했듯 나는 매사 꼼꼼하게 체크하고 신중하게 결정하는 성격이다. 그런데 아이러니하게도 본인의 업을 택할 때는 그렇지 않은 것 같다. 단순한 끌림에 이끌려 방송 작가가 되었는데 이번에는 우연한 기회로 구두 수선에 눈을 돌리고 있었다.

특별한 기술로 오롯이 혼자서 하나의 결과물을 만들어 내는 일을 해보고 싶다는 마음은 방송 작가로 일을 하면서 가지게 되었다. 왜 그렇게 '특별한 기술'로 '혼자서' 하는 일에 집착했을까. 아마 방송 작가로 일하면서 채울 수 없는 부분이어서 그랬던 것 같다. 방송 작가 특성상 딱히 본인만의 기술을 가질 수도 없었고 1부터 100까지 온전히 혼자서 방송을 만들 수도 없었으니 말이다. 그래서 누군가가 직업을 물어보면 방송 작가라고 간결하게 답할 수 있었지만, 자세히 어떠한 일을 하냐고 물어보면 주저리주저리 설명해야 했다. 다음 직업은 간결하게 단어만으로도 머릿속에 그려지는 직업이었으면 좋겠다고 은연중에 생각했다.

끌림을 통해 첫 직업을 택했고 그에 관한 후회는 없었다. 첫 번째 끌림은 딱히 하고 싶은 게 없던 상태에서 두근거리는 감정을 느끼게 해준 것에 관한 감정이었다. 5년 만에 접한 두 번째 끌림의 느낌은 조금 달랐다. 이번엔 해보고 싶은 게 있었지만 그것이 무엇인지 정확히 알지 못했다. 점점 마음이 조급해지던 상황에서 '구두 수선공'이라는 직업을 발견한 것은 마치 신의 계시처럼 적시에 나의 숙명을 마주한 듯한 기분이었다.

2-2.
너무 부럽다 얘…

하지 않고 후회하는 것보다는 뭔가를 해보고 후회하는 것이 더 낫지 않을까. 뭐라도 해보고 난 뒤엔 경험치가 쌓이고, 그 경험치로 후회의 감정을 상쇄할 수 있을 거라고 생각했다. 그리고 두 번째 끌림을 따라도 후회하지 않을 것만 같은 느낌이 강하게 들었다. 결국 그 끌림을 따라가기로 했다.

소재지를 서울에 둔 구두 수선 업체는 두 군데가 있었다. 한 곳은 한국 태생의 업체였고 한 곳은 일본에서 들어온 일본 업체였다. 한국 업체는 로드샵의 형태로 여러 곳에서 운영되고 있었고 일본 업체는 1호점을 제외한 전체 매장을 서울 내 여러 백화점에 입점해 운영하고 있었다. 내가 입사하고 싶었던 곳은 일본 업체였다. 일본 업체는 한국 업체보다 수선

비용이 미세하게 높았으나, 작업물의 마감의 질이 한국 업체보다 더 뛰어났다. 두 업체의 작업물을 비교한 블로그 포스팅이나 인터넷 커뮤니티 글에서도 일본 업체의 수선 실력을 조금 더 높게 쳐주는 분위기였다. 기왕 기술을 배우기로 결정했으면 조금 더 실력 있는 곳에서 배우고 싶었다. 그리고 백화점 내에 입점해있다는 점도 매력적인 부분이었다. 백화점이 실력도 없고 매출도 안 되는 브랜드를 입점시킬 리 없을 것이라 생각했다. 매출 상위권을 유지하는 일부 백화점에만 입점해 있는 것으로 보아 매출이 나쁘지 않을 것 같았다.

사실 일본 업체를 선택한 가장 큰 이유는 백화점 매장의 근무 환경이 나와 잘 맞을 것이라고 생각해서였다. 백화점은 고객의 편의를 위해 온도조절에 힘쓴다. 온종일 쾌적한 온도를 유지해야 고객들이 장시간 백화점에 머물면서 돈을 쓰기 때문이다. 특히 여름철에는 조금 춥다 싶을 정도로 에어컨을 가동하기 때문에 타고난 땀쟁이인 내게 백화점 매장만큼 일하기 좋은 곳도 없을 것이라고 판단했다. 직접 몸을 쓰면서 수선 작업을 하는 동안에는 더울 게 분명하니 말이다.

당장이라도 구두 수선 업체에 이력서를 보내고 면접 일자를 잡고 싶었다. 하지만 마음이 내키지 않았다. 멋모르는 막내 작가를 거둬둔 왕 메인 작가님과 대장 PD님에 대한 예의가 아닌 것 같았다. 방송 일을 완벽하게 매듭지은 후 새로운 일에 도전하는 것이 순리에 맞지만, 한편으로는 이러한 걱정도 들었다.

'보기 좋게 작별 인사를 하고 떠났는데 면접에서 떨어지면 어쩌지?'

면접의 기회를 받는다고 해도 합격을 장담할 순 없었다. 그동안의 커리어를 접어두고 도전했는데 바로 가로막혀 버리면 절망할 것 같았다. 그래도 이미 마음을 먹었기에 '서른을 앞둔 백수' 타이틀을 걸고 도전하기로 했다. 모든 결심을 마치고 메인 작가를 찾아가 말했다.

"선배님, 저 그만두겠습니다."

메인 작가의 눈이 동그래졌다. 전혀 낌새가 없었으니 놀랄 만했다. 도대체 무슨 일이냐며 집에 무슨 일이 있는 건 아닌지, 혹시 다른 프로그램으로 옮기는 건 아닌지 물었다. 작가 일을 그만두고 다른 일을 해보려 한다고 말하니 더 놀라는 표정이었다. 자세한 속마음까지는 말하지 않았고, 단지 서른이 되기 전에 다른 직업도 경험해 보고 싶은 마음이라고 말했더니 메인 작가는 의외의 답을 들려줬다.

"너무 부럽다 얘…"

    메인 작가가 되기까지 여러 번의 기회가 있었고 그때마다 고민했었지만 결국엔 작가의 길을 걷게 되었다고 했다. 본인이 못 했던 걸 나는 한다며 부러운 눈빛과 함께 응원을 해줬다. 메인 작가를 시작으로 함께 일하는 사람들에게 차례차례 소식을 전했다. 다들 의외의 소식에 놀라는 눈치였고 아쉬운 표정을 지어주어서 내심 '다행히 미움받는 작가는 아니었네'라는 생각이 들었다. 가장 가까이서 함께 고생했던 막내 작가에게 마지막으로 소식을 알렸다. 왜 자기를 놔두고 혼자 나가냐며 약간 울먹이는 표정을 짓길래 당황했다. 본인도 그만두려고 했는데 내가 먼저 나가는 바람에 계획이 다 무산됐다며 장난 반 진담 반으로 투덜거렸다. 막내 작가는 자신을 꼼꼼하게 봐줬듯 무슨 일을 하더라도 꼼꼼하게 잘할 거라 걱정은 안 한다며 내게 행운을 빌었다. 그렇게 마지막 녹화를 끝으로 방송 작가의 커리어를 마감했다. 작가를 그만둔다고 해서 그동안의 경력이 사라지는 것은 아니었다. 만에 하나 다시 방송 업계로 돌아오더라도 다시 5년 차 작가로 일할 수 있었다. 마지막 회식 날, 왕 메인 작가님과 PD님은 일이 안 맞으면 언제든 돌아오라고 말했다. 다른 곳으로 떠나기 전에 재취업 기회가 완벽히 보장되는 보험에 가입한 기분이었다. 하지만 그 보험을 쓸 생각은 없었다. 다시 돌아온다고 해도 지금껏 해온 작가 일이 더 재밌어지진 않을 것 같았기 때문이다.

평소라면 출근해서 후배 작가와 서로 찾은 자료를 검토해야 할 시간에 이력서와 자기소개서를 적었다. 이력서에 넣을 증명사진도 새로 찍었다. 셔츠에 넥타이를 매고 재킷을 입은, 누가 봐도 사회 초년생의 모습이었다. 방송 작가를 시작할 때만 해도 평생 넥타이를 맨 증명사진은 찍을 일이 없을 거라고 생각했는데 오산이었다. 이전 이력서에는 경력 사항에 아무것도 적을 게 없었는데, 이번 이력서의 경력 사항에는 그동안 했던 프로그램의 제목으로 가득 찼다. 한 칸 한 칸 채울 때마다 열심히 살았다는 걸 증명하는 것 같아서 뿌듯했다. 룸메이트가 작업해 준 사진이 박힌 자기소개서도 다시 작성했다. 일반적인 기업에서 많이 사용하는 항목 위주로 채웠다. 쓸 게 없을 거라고 생각했는데 방송 작가 때의 경험이 도움이 됐다. 정성스레 작성한 이력서와 자기소개서를 구두 수선 업체 실장에게 보냈다. 이틀 후 전화로 연락이 와서 면접 장소와 날짜를 잡았다.

신사동 어느 카페의 테라스에서 그동안 메일을 주고받았던 실장과 회사의 대표를 만났다. 밝은 표정으로 맞이해 줘서 한결 마음이 놓였다. 면접이라기보다는 가볍게 커피 한잔 하면서 얘기하는 느낌이었다. 지원 동기와 업계에 관한 관심 등 예상했던 질문이 이어졌고 별 어려움 없이 답했다. 다만 예상 못 한 두 가지 질문에서 멈칫했는데, 첫 번째 질문은 합숙 생활을 할 수 있냐는 물음이었다. 실장은 이 회사가 일본계 기업이라서 기업문화나 시스템 역시 일본의 것을 그대로 따른다고 설명했다. 나는 조금이라도 더 뛰어난 기술을 체득하기 위해 한국 업체 대신 일본 업체를 선택했다. 그런데 일본의 기술을 얻기 위해서는 일본의 문화와 시스템도 받아들여야 했다.

본사가 위치한 성수동에 합숙소가 있다고 실장은 설명했다. 지방에서 올라온 사원들이 숙소로 사용하는 원룸을 합숙소로도 활용하고 있었다. 신입 사원이 입사하면 3개월간 합숙소에 들어가 함께 생활하는 것이 회사의 전통이며 일본의 각 매장도 동일하게 합숙 시스템을 운영하고 있다고 했다. 무상으로 제공되는 숙소였기에 서울에 터전이 없는 사람이라면 너무나도 좋은 조건이었다. 하지만 이미 서울에서 월세방을 구해 홀로 살고 있던 나로서는 월세는 월세대로 내고 집은 집대로 놀려야 하는 상황이었다. 실장에게 사정을 말했지만 단순한 '권유'가 아닌 지켜야 할 회사의 '전통'이자 '규칙'

이라는 답변을 들었다. 회사에 들어가기 위해서는 받아들여야 할 부분이었기에 합숙은 가능하다고 답했다.

이어진 두 번째 질문도 당혹스럽긴 마찬가지였다. 대구와 부산에 매장을 둔 백화점에 새로 매장을 낼 계획이라면서, 혹 대구와 부산에 내려가서 근무할 의향이 있는지 물었다. 큰 기업이었다면 뉴스 기사를 통해 이러한 사실을 미리 접할 수 있었겠지만 규모도 매출액도 작은 중소기업이었기에 이러한 정보는 내부자가 아니라면 결코 먼저 알 수 없었다. 새로운 직업을 위해 대학교 시절부터 이어온 서울 생활을 포기하는 건 쉽지 않았다. 아니, 정확히 말하면 홍대입구역 생활권을 포기하는 게 쉽지 않았다. 대학교 시절부터 홍대입구역 근처에서 보내는 시간이 많았다. 지금은 조용한 게 좋지만, 그 당시엔 북적북적하고 젊음이 느껴지는 분위기가 좋아서 홍대입구역을 자주 찾았다. 어쩌다 보니 이어폰/헤드폰 판매 아르바이트도 홍대입구역 근처 매장에서 했고, 방송 작가가 되기 위해 다녔던 아카데미도 아르바이트 매장에서 걸어서 갈 수 있는 곳이었다. 방송 작가 일을 시작하면서 홍대입구역에서 가까운 연남동에 새로운 원룸을 얻었다. 정말 신기했던 건, 내가 속한 외주 제작사가 홍익대학교 남문 근처에 있었기에 작가 생활의 절반은 홍익대학교 근처에서 일을 했던 것이다. 비록 홍익대학교를 나오진 않았지만, 이상하리만치 홍익대학교 근처 곳곳에 나의 20대 시절의 흔적이 묻어있었다. 그 흔적들을 통해 옛 기억을 떠올리며 추억에 잠기기도 했고, 눈에 들어오는 익숙한 것들로부터 안정감을 얻기도 했다. 이 모든 것을 포기하면서 타지로 떠나고 싶진 않았다. 새로 가야 할 곳의 환경이 더 좋다고 할지라도 새로운 일에 적응하는 데도 힘들 텐데 일상적인 부분에서도 적응이 필요하다면 그것은 큰 스트레스 요인이 될 게 뻔했다.

"거주지를 지방으로 옮겨서 근무하는 것은 어려울 것 같습니다."

솔직하게 대답했고 실장과 대표는 덤덤하게 고개를 끄덕였다. 답변을 끝으로 면접도 마무리되었다. 면접을 본 지 2주가 흘렀고 회사 측에선 아무런 연락이 없었다. 실장에게 면접 결과에 관해서 물어보고 싶었지만 혹시 실례가 될까 봐 꾹참았다. 시간이 지날수록 조금씩 답답하고 초조해졌다. 머릿속은 안 좋은 생각들로 점점 가득 찼다. 한 번쯤은 머릿속을 비워야겠다 싶어 친구와 함께 도봉산엘 올랐다. 산 중턱쯤 올랐을 때 전화가 왔다. 실장이었다.

"김솔 씨, 축하해요. 같이 한번 잘해보죠."

핸드폰을 붙들고 헉헉거리며 열심히 하겠다고 실장에게 답하고 전화를 끊었다. 오래 기다렸지만 원했던 답을 들어서 그런지 묵은 체증이 쑥 내려간 기분이었다. 전화를 받기 전까지만 해도 왜 이렇게 사람 애를 태우느냐고 따지고 싶었지만 그 마음은 합격 소식과 함께 말끔히 사라졌다. 한참 가파른 길을 오르느라 힘들었는데 실장의 전화 한 통에 발걸음이 한결 가벼워졌다. 그렇게 '구두 수선공'이라는 내 인생 두 번째 직업을 갖게 되었다.

2-3.
몸으로 하는 일

　강남에 위치한 백화점의 매장으로 첫 출근을 했다. 백화점에서 근무하기 위해서는 백화점 자체의 교육을 이수해야 했기에 백화점에서 운영하는 교육센터에서 교육을 이수하고 매장으로 향했다.

　매장에는 2명이 근무하고 있었고 부사수와 사수가 서로 활동하는 공간이 나뉘어 있었다. 부사수가 고객을 접대하고 가죽 관리 작업을 하는 카운터 공간이 있고, 카운터 안쪽 공간에는 가죽 관리를 받기 위해 접수된 구두와 이미 가죽 관리 작업이 끝난 구두가 박스에 담겨있었다. 카운터 뒤쪽으로는 사수가 구두를 수선하는 수선실이 있었고 수선 작업 시

발생하는 소음, 먼지를 차단하기 위해 유리문으로 구역이 나뉘어있었다. 내가 방문한 강남 매장뿐만 아니라 모든 매장이 비슷한 구조로 되어있었다. 두 명의 직원이 수행하는 업무는 크게 세 가지로 나뉘었다.

◊ 고객 응대

주로 카운터에서의 업무 수행이 잦은 부사수가 대부분의 고객을 응대했다. 구두 수선이나 가죽 관리에 관한 단순한 문의나 수선비용 문의, 전화 문의 등을 처리해야 했다. 지나가다가 매장이 신기해서 뭐 하는 데냐고 묻는 문의도 심심치 않게 있었다. 매장에 직접 구두를 들고 오는 고객의 열에 아홉은 수선이나 가죽 관리를 맡겼다. 열에 하나는 매장에서 수선할 수 없는 형태의 구두이거나, 돈을 들여도 호전이 되지 않을 만큼 상태가 심각한 경우였고 이런 경우에는 미안하지만 고객을 돌려보내야 했다. 접수가 가능할 경우, 고객이 어떠한 불편을 겪고 있으며 어떠한 해결책을 원하는지 물어봐야 했다. 그리고 구두의 상태를 면밀히 살펴본 후 해결 방법과 비용을 고객에게 안내 후 접수를 성사했다.

백화점에 내방한 고객뿐만 아니라 백화점 내에서 일하는 직원들도 매장을 찾았다. 그들이 신는 구두를 맡기는 경우도 있었고, 그들이 판매해야 하는 상품에 문제가 생겨서 도움을 청하러 올 때도 있었다. 모든 고객을 통틀어서 가장 절박하고 마음이 급한 고객은 판매 상품 검수 과정에서 문제를 발견한 구두 매장 직원이었다. 보통의 경우 구두 매장마다 연계된 수선 업체가 있었지만, 고객에게 제때 상품을 인도하기 위해서는 백화점 내에 있는 우리 매장에 도움을 요청할 수밖에 없었다. 문제가 생길 시 그들에게 큰 시련과 고통이 찾아올 것임을 누구보다도 잘 알았기에, 타 매장 직원의 요청은 웬만하면 최우선으로 처리했다. 이러한 상황이 여러 번 반복되다 보면 그들도 고마움을 느껴서 자신의 고객들을 우리 매장에 소개해 주기도 했다. 타 매장 직원과의 유대도 쌓고 고객 유치도 하는 일석이조의 일이었다.

◊ 가죽 관리(슈케어)

'구두 수선공'을 생각했을 때 머릿속에 떠오르는 이미지는 두 가지였다. 솔을 이용해 구두를 열심히 닦는 모습과 여러 가지 도구를 이용해 밑창 수선을 하는 모습이었다. 구두를 닦는 행위 즉, 가죽 관리 업무가 밑창 수선 업무에 비해 상대적으로 난도가 낮았기 때문에 부사수가 담당했다. 모든 신입 직원들은 업무 수행에 관한 기초적인 지식 습득 후 가죽 관리 방법부터 교육받았다.

구두에 구두약을 펴 바르고 솔을 이용해 문지르는 것만으로도 가죽을 관리하는 데 충분하다고 생각하는 사람이 많다. 특히 군 제대 후 직장에 취직해서 검은색 구두만 주야장천 신고 다니는 남성의 경우엔 대다수가 그러했다. 그들은 회사 근처 구둣방에 구두를 맡기곤 했는데 그곳에선 구두약을 이용해 흔히 말하는 '불광', '물광'을 냈다. 왁스 형태의 구두약을 여러 번 덧발라서 광택을 내는 것이었는데 구두 가죽에는 좋지 않은 관리법이었다. 이를 사람에 비유하자면 매일 씻지 않고 기초 화장품도 바르지 않은 채로 계속 색조 화장만 덧입히는 꼴이었다. 색조 화장에 켜켜이 파묻힌 피부의 상태가 좋을 수 없듯이 구두 왁스 아래에 덮인 가죽도 상태는 계속 안 좋아질 수밖에 없다.

가죽 관리 방법은 사람이 세안 후 기초 화장품으로 영양을 공급하고 색조 화장품으로 얼굴을 더 생기 있어 보이게 만드는 과정과 유사했다. 우선 가죽 클리너를 이용해 가죽에 묻은 오염물과 이전에 칠했던 구두약을 제거한다. 클리너를 사용하면서 가죽이 머금었던 수분과 유분도 많이 소실된 상황이기에 수분 크림과 가죽 로션으로 가죽에 영양을 공급해 준다. 이렇게 수분과 유분 밸런스가 맞춰지면 가죽이 부드러워지면서 은은한 광택감이 올라온다. 이후에 가죽과 비슷한 색상의 슈크림을 얇게 펴 발라서 전체적인 톤을 맞추고 광택감을 최고로 끌어 올리면 된다. 여기까지가 기본 가죽 관리 과정인데, 이 과정으로도 호전되지 않을 정도로 상태가 심각한 경우도 있다. 그러한 경우는 대개 여름에 많이 접수된다. 여름철 급작스러운 폭우로 인해 비에 젖어 축축한 채로 접수되는 구두가 많다. 가죽에 한 번 물이 닿을 경우 물 얼룩이 생기는데, 얼룩을 완벽히 제거하기는 쉽지 않다. 독한 성분의 약품을 이용해 여러 번 얼룩을 지우고 구두 색상보다 조금 더 진한 슈크림을 이용해 보이지 않게 가리는 것은 가능하다. 다만, 다시 물이 묻게 될 경우, 슈크림에 가려져 있던 기존의 물 얼룩이 다시 올라오는 경우가 대부분이다. 그렇기 때문에 물 얼룩의 경우, 고객에게 관리의 중요성을 다시 한번 인지시켜 준다. 이외에도 가죽의 종류나 가공된 방식에 따라 다양한 방법으로 가죽에 영양을 공급하고 색을 복원한다.

◊ 구두 수선

구두 수선은 대개 지면과 닿는 부분에 관한 수선이 대부분이다. 뒷굽이 심하게 닳아서 굽을 교체하거나, 앞쪽 바닥 끄트머리 부분의 마모를 방지하기 위해 쇠붙이를 붙인다거나, 가죽으로 된 바닥 창이 너무 미끄러워서 바닥 창에 고무를 덧붙이는 형식이다. 구두 수선을 하게 되면 보행감이 바뀔 수 있기 때문에 사전에 고지를 충분히 해야 한다. 예를 들어, 뒷굽을 새로 교체할 경우 이미 닳아버린 뒷굽의 높이보다 더 높아지기 때문에 구두를 신고 보행할 때 앞쪽으로 쏠리는 느낌을 받을 수 있다. 또 미끄러움을 방지하기 위해 바닥 창에 고무를 덧붙일 경우, 기존 보행감보다 뻣뻣해졌다고 느낄 수 있다. 이런 이유로 수선 후 실망을 표하거나 원상복구를 요청하는 상황이 발생할 수 있기 때문에 면밀한 상담과 안내가 필수다.

이미 닳고 헌 구두를 수선할 때는 마음이 편하다. 수선하면서 염료가 튀거나 본드가 묻어도 닦아내면 그만이고 혹여 기계를 사용하다가 흠집이 생길 경우 감쪽같이 수습할 수 있기 때문이다. 하지만 새 구두가 접수된다면 이야기는 달라진다. 구입 후 신지도 않은 새 구두를 바로 수선을 맡기는 경우가 생각보다 많다. 키 높이 효과를 위해 뒷굽을 추가한다든가 미끄럼 방지를 위해 미리 가죽 창에 고무를 덧대는 작업을 맡긴다. 새 구두의 바닥은 상처를 입지 않은 바닥이어서 매끄러운 상태다. 매끄러운 바닥 면에 매끄러운 새 자재를 본드로 붙일 경우에는 접착력이 떨어져서 쉽게 떨어진다. 접착력을 높이기 위해 본드를 바르는 면은 기계로 갈아내야 하는데 자칫 잘못하면 새 구두에 흠집을 내기 십상이다. 자재를 붙인 후에는 기존 자재와 새 자재의 색상을 맞추기 위해 염료를 바르는데 방심하면 염료가 가죽에 튈 수 있기 때문에 조심해야 한다. 만약 검정이 아닌 베이지나 흰색 계열의 구두나 털 장식이 달린 새 제품의 구두가 접수되면 고도의 집중력을 발휘해야 불상사를 면할 수 있다. 3만 원 언저리의 수선비를 벌려고 일을 하다가 100만 원을 호가하는 구두를 변상해야 하는 경우도 간혹 발생하기에 구두 수선 시에는 뛰어난 손기술뿐만 아니라 꼼꼼하고 신중한 마음가짐이 정말 중요하다.

2-4.
떠돌이 신입의 고충

회사에서는 총 6개의 매장을 운영하고 있었다. 판교 매장을 제외한 5개의 매장은 전부 서울에 자리잡고 있었다. 이미 매장마다 고정 출근 인원이 정해져 있어서 티오가 없는 상태였기에 붙박이로 하나의 매장에서 일을 하기보다는 여러 매장으로 업무 지원을 나가는 경우가 많았다. 고정 출근지가 정해지기 전까지는 강남 매장에서 많은 날을 보냈다. 강남 매장은 매출액이 크기도 했지만 특히 여성 고객들의 수요가 많았기 때문에 남성화 매장과 여성화 매장을 다른 층에서 각기 운영했다. 다른 층에서 운영되는 두 개의 매장이었지만, 한쪽이 바쁘면 바로 업무 지원을 할 수 있는 구조였다.

신입 사원은 출근한 매장에서 직접 교육을 받았다. 회

사에서 만든 교육 자료라든가 정해진 커리큘럼 같은 것은 없었다. 선배가 후배를 직접 가르치는 100% 도제식 교육이었다. 흔히 일본의 장인정신을 떠올렸을 때 그려지는 모습이었다. 나를 가르쳐주는 선배도 신입 시절엔 또 다른 선배에게 그 기술을 배웠을 것이다. 체계적이진 않았지만 돈을 받으면서 전문 기술도 배울 수 있으니 감지덕지한 마음이었다. 교육은 매장 운영 시간 내에 이루어졌다. 하루의 과업을 수행함과 동시에 짬짬이 교육이 진행되었다. 업무량이나 내방객이 너무 많은 날은 교육받을 시간조차 없었다. 그렇기 때문에 바쁜 시기에는 모든 매장이 신입 사원을 받는 것을 꺼릴 수밖에 없었다. 너무 바빠서 사람이 한 명이라도 더 필요한데 교육해야할 신입 사원은 오히려 방해가 되기 때문이다.

전화 받는 법, 포스기 사용 방법 등 매장에서 바로 실행할 수 있는 것부터 배웠다. 이후 구두 수선과 판매 상품에 관한 기본적인 지식과 고객 응대 방법을 익힌 후에야 비로소 가죽 관리법을 배웠다. 별다른 교육 자료가 없었기에 바로 실전에 돌입했다. 교보재도 따로 없어서 접수된 구두 중에서 손질이 쉬운 검은색 남성화부터 손질을 시작했다. 선배가 구두 한 짝을 가지고 시범을 보이면 내가 나머지 한 짝을 가지고 따라 하는 방식으로 교육이 진행됐다. 먼저 에어건을 이용해 구두 안에 뭉쳐진 먼지를 털어낸 뒤 구두에 슈트리(구두 모양의 틀)를 넣어 모양을 잡아준다. 이후엔 우리가 세안하는 과정과 동일하다. 클렌징으로 오염물을 제거하고 수분과 유분을 공급해 준 뒤 구두 색상에 맞는 슈크림을 펴 발라서 색을 보정한다. 블랙 → 다크브라운 → 미디움브라운 → 라이트브라운 순으로 손질 난도는 높아졌다. 동일한 크기의 얼룩이 있다고 가정해 보면, 블랙 색상은 슈크림을 바르면 쉽게 가려졌지만 라이트브라운은 얼룩을 가리기 쉽지 않았다. 또한 블랙의 경우 슈크림을 적게 바르든 많이 바르든 골고루 펴 바르면 톤이 일정하게 맞춰지는 반면, 라이트 브라운은 슈크림을 잘 펴 발라도 적게 바른 곳과 많이 바른 곳의 차이가 눈에 보였다. 그렇기 때문에 밝은 색상의 구두일수록 기초적인 클렌징 단계에서부터 마무리 단계까지 집중해서 작업해야 했다.

남성화 손질이 익숙해지면 여성화 손질의 기회가 주어졌다. 남성화보다 크기가 작은 만큼 업무량도 적을 것 같지만 오산이었다. 남성화는 투박하게 생겨서 거침없이 솔질을 해도 문제가 없었지만 여성화는 형태가 다양해서 개중에는 솔질을 아주 살살 해야 하는 것들이 많았다. 특히 오픈토의 형태나 샌들에 슈크림을 바를 경우 자칫하면 안쪽까지 슈크림이 묻을 수 있기에 조심히 솔질해야 했다.

기본적인 구두 손질이 가능해질 무렵부터 다른 매장에 파견을 나가기 시작했다. 한 달에 한 번 있는 백화점 휴무일을 제외하고 주말과 공휴일에 상관없이 매장이 운영되어야 했다. 그렇기에 전 직원은 스케줄 근무를 했고 해당 스케줄은 실장이 짰다. 각 매장에 근무하는 인원 두 명 중 한 명이 휴무일일 경우, 실장이 각 매장에 근무 지원을 나가서 빈자리를 메웠다. 아직 숙련도가 낮아서 큰 도움은 되지 못했지만 나 역시 타 매장의 결원을 메우는 역할을 수행했다. 여러 매장 중 명동 매장으로 출근할 때가 가장 좋았다. 타 매장보다 독보적으로 집과의 거리가 가까웠고, 교통편도 편리했다. 판교 매장으로 출근하는 날엔 녹초가 되어 돌아왔다. 판교 매장은 내방객이 적어서 업무를 수행하긴 편했지만, 너무나 긴 출퇴근 시간이 문제였다. 잦은 근무지 변경은 몸뿐만 아니라 마음도 지치게 만들었다. 팀을 이뤄 매장을 운영하는 다른 직원들을 보며 혼자 겉도는 느낌을 받을 수밖에 없었다. 소속감을 느끼기 힘들다는 점 이외에도 사내 정치로 인한 스트레스도 적지 않았다. 누가 시킨 것도 아닌데 그들은 서로를 견제했다. 카운터에서 혼자 구두 손질을 하고 있으면 선배가 와서 물끄러미 보고는 이렇게 물었다.

"누구한테 그렇게 배웠어요?"

어느 매장엘 가든 꼭 받는 질문이었다. 신입 사원이 정말 잘하고 있는지를 보기보다는 어느 매장에서 누가 어떻게 잘못 가르쳐줬는지 꼬투리를 잡으려는 모양새였다. 아무리 생각해 봐도 잘못한 게 아닌데 잘못된 것 같은 느낌이 들었고 이전 매장에서 애써 가르쳐준 선배에게도 괜히 미안해지는 순간이었다. 그들은 그들만의 방식대로 재교육을 시켰고 그들의 매장에서 일을 할 때는 가르쳐준 방식대로 행하길 바랐다. 아무래도 모든 직원이 각기 다른 선배로부터 기술을 배웠기에 작업 방식에서는 차이가 있을 수밖에 없었다. 결과물은 다들 비슷하게 나왔지만 손질과 수선의 과정은 사람마다 조금씩 달랐다. 개중에는 더 편하고 효율적인 방법을 찾아서 고도화한 사람도 있었고 굳이 대세에 영향을 미치지 않는 작업은 생략하는 사람도 있었다. 기술뿐만 아니라 접객 방식이나 재료 보관 방법도 사람마다 조금씩 달랐다. 직원 대부분은 이 다름을 포용하지 않았다. 그래서 각 매장의 스타일을 외워두고 매장의 주인이 원하는 대로 행동할 수밖에 없었다. 그래야 꼬리 질문을 받지 않았고 죄인이 된 것 같은 기분을 피할 수 있었기 때문이다. 이 매장에 치이고 저 매장에 치이던 중 회사에서는 대구와 부산에 새로 매장을 오픈했다. 그로 인해 매장 간 인원 변동이 생겼고 나는 가장 좋아했던 명동 매장으로 발령받게 되었다. 그렇게 떠돌이 생활은 끝을 맞이했다.

2-5.
마음 닫기

　　명동 매장으로 출퇴근하면서 워라밸과 근무 만족도가 높아졌다. 출퇴근 시간이 단축되었고 마음에 맞는 선배와 함께 팀을 이루게 되어 좋았다. 바로 옆 구두 매장 직원들과의 사이도 좋아서 일할 맛이 났다. 사람으로 인한 스트레스는 없었으니 반은 성공한 셈이었다. 본격적으로 구두 수선도 배우기 시작했다. 내방객이 많은 매장이어서 교육 시간을 빼기가 쉽지 않았다. 선배는 내 담당 업무였던 구두 손질을 도왔고 나는 출근하자마자 선배가 구두 수선에 사용할 부자재를 미리 준비하면서 교육 시간을 확보했다. 서로 양보하고 합을 맞추면서 더 큰 소속감을 느낄 수 있었다.

　　일이 잘 풀려서 너무 신이 났던 것일까. 안 하던 실수를 종종 하기 시작했다. 상품을 판매하고 기록을 해놓지 않아서 마감 때 애를 먹기도 했고 미리 재고 파악을 하지 않아서 다른 매장으로부터 지원을 받기도 했다. 이러한 실수는 내부적으로 수습할 수 있어서 그나마 다행이었다. 고객 접점에서 발생한 실수는 고객의 기분까지 헤아려야 하는 어려움이 있었다. 특히 고객과 약속한 인도일에 영향을 끼치는 실수는 항상 아찔한 기억을 남겼다.

수선이나 가죽 관리가 완료된 구두의 수령 방법은 두 가지이다. 고객은 접수할 때 구두의 수령 방법을 선택하게 되는데, 매장에 다시 방문해서 구두를 수령하거나 택배로 받을 수 있다. 접수증의 '매장 수령' 란에 체크가 된 구두는 매장에서 보관하고, '택배' 란에 체크가 된 구두는 택배 박스에 담겨 발송된다. 한번은 매장 영업 종료 1시간 전에 택배를 못 받았다는 고객의 항의 전화를 받았다. 늦어도 어제는 받아야 했을 구두를 아직 못 받았다는 내용이었다. 당장 내일 신어야 하는데 어떻게 된 거냐는 고객의 항의에 부랴부랴 택배 송장을 찾아봤지만 고객 이름으로 된 송장은 어디에도 보이지 않았다. 혹시나 하는 마음에 구두 보관함을 열어 박스를 하나씩 살폈더니 구석에서 고객 이름의 접수증이 붙은 박스를 찾을 수 있었다. 순간 아찔했지만 일말의 희망은 있었다.

간혹 고객들이 '매장 수령'에 체크를 하고 택배를 받는 것으로 착각하는 경우가 있었기 때문이다. 접수증을 떼어 확인하는 순간 희망은 절망으로 바뀌었다. 명확하게 '택배' 란에 체크가 되어있었다. 머리가 지끈거렸다. 목과 등 부위에 갑자기 열이 올라 입고 있던 작업 가운을 벗었다. 선배에게도 상황을 공유했다. 100% 우리 쪽 책임이었고 변명의 여지가 없었기에 고객에겐 이실직고했다. 고객은 어이가 없다는 듯 한숨을 내뱉었다. 고객의 한숨 소리와 함께 내 가슴도 철렁 내려앉았다. 고객은 퀵 서비스라도 불러달라고 했지만 퇴근 시간이라 퀵 서비스도 잡히지 않았다. 뾰족한 수가 없을까 생각하다가 주소지를 자세히 보니 아현역 부근의 신축 아파트단지였다. 집에서 그리 멀지 않은 곳이었기에 퇴근길에 고객에게 직접 가져다줘도 될 것 같다는 생각이 들었다. 고객 입장에서는 오늘 안에만 구두를 수령하면 내일 일정은 지장이 없었다. 하지만 고객은 이미 기분이 상한 상태였기 때문에 고객의 기분을 풀어줄 뭔가가 있으면 좋겠다는 생각이 들었다. 퇴근 시간까지는 1시간도 채 남지 않았고 더 이상 할 일도 없었기에 선배와 상의 후 지금 바로 고객에게 가져다주는 쪽으로 결론을 지었다. 이렇게 되면 우리 측에서 드는 비용은 기껏해야 시내버스 비용 정도였다. 하지만 고객에게는 우리가 이 사안을 중대하게 여겨 다른 일을 제쳐두고 최우선으로 처리한다는 인상을 줄 수 있었다. 선배는 본인이 직접 가겠다고 했지만 고객과 통화했던 내가 가서 고개 숙여 사과하는 그림이 제일 낫다고 설득했다. 고객에겐 집 앞으로 가서 전화를 드리겠다고 설명하고 곧장 아현역으로 향했다. 아현역 부근에 도착하니 재개발 지역이었던 부지에 신축 아파트가 들어서 있었다. 눈으로는 주소지에 적힌 건물이 보이는데 아파트 단지 내로 들어가는 길을 찾을 수 없어 지하 주차장으로 들어갔다. 주소지에 적힌 동·호수 라인 입구에 가서 고객에게 전화를 걸었다. 5분 정도 지나자 출입구에서 수면바지를 입은 30대 후반의 남자가 나왔다. 나는 정중히 허리를 90도로 접어 인사했다.

"불편을 드려 죄송합니다. 고객님. 다시는 이런 일 없도록 하겠습니다."

"아휴, 고생하셨어요. 감사합니다."

아까 통화를 할 때는 본인도 너무 경황이 없어서 대뜸 화부터 냈다며 고객도 사과의 인사를 했다. 고객은 멋쩍은 웃음을 지으며 구두를 건네받고는 총총걸음으로 사라졌다. 고객이 시야에서 사라질 때까지 멍하니 뒷모습을 바라봤다. 고객이 멀어질수록 마음속에 쌓여있던 걱정과 불안이 하나씩 사라졌다. 다 제쳐두고 오길 잘했다는 생각도 들었다. 고객이 다시 우리 매장을 재방문할지는 모르겠지만 적어도 다른 사람들에게 우리 매장을 욕하고 다니진 않겠다는 느낌이 들었다. 조금은 과하다 싶어도, 상대방의 기분을 해치지 않는 선에서 내가 닿을 수 있는 데까지 마음을 쓴다면 상대방도 조금은 알아주는 것 같았다.

고객의 양해로 실수를 용서받은 적도 있었다. 구두 수선 중 가장 수선 기간이 오래 걸리는 수선은 '전창 교체'이다. 말 그대로 구두의 바닥 전체를 새것으로 교체하는 작업인데, 해당 작업을 하기 위해선 별도의 기계가 필요했다. 아쉽게도 해당 기계는 한국 지점에는 없었고 일본 본사에만 있었다. 그렇기 때문에 한국에서 접수된 전창 교체 구두는 각 지점에서 밑 작업을 거친 뒤 일본으로 보내졌다. 그렇기 때문에 고객들에게는 한 달 내외의 시간이 걸린다고 안내했다. 여느 때처럼 일을 하던 도중 고객의 문의 전화를 받았다. 전창 교체 작업을 맡긴 지 4주 차가 됐으니 이번 주에 백화점 방문하면서 수령이 가능한지를 물었다. 고객의 말을 듣고 전창 교체 구두 보관함을 확인했다. 머리 위 선반에 손을 뻗어 고객 접수증이 붙어있는 박스를 꺼내는데 느낌이 이상했다. 전창 교체를 맡긴 구두의 경우 대부분 접수 시점으로부터 4주 차 막바지쯤 매장에 입고됐다. 막 4주 차에 접어드는 때에는 매장에는 빈 박스만 있어야 하는 게 정상이었다. 하지만 박스를 꺼내는 손끝으로 묵직함이 느껴졌다. 선반 높이에서 가슴 춤으로 박스를 내리는 찰나에 뭔가 크게 잘못됐다는 걸 알아차렸다. 박스에는 고객의 구두가 접수 때의 상태로 떡하니 들어있었다. 한숨을 내쉬며 눈을 질끈 감았다. 딱히 해결 방법이 떠오르질 않았다.

어찌 됐든 일본에서 작업이 진행되어야 했기에 다음 주까지 완성하는 것은 불가능했다. 선배에게도 상황을 공유했지만 뾰족한 방법은 없었다. 대안도 없이 고객에게 사실을 알릴 수는 없어서 우선 고객에게 수령 일정을 자세히 알아본 후 다시 연락을 주겠다고 했다. 우리 쪽에서 시도해 볼 수 있는 것은 최대한 빨리 구두를 일본으로 보내고 수선해서 받는 것이었다. 하지만 냉정하게 따져봤을 때, 나와 선배 선에서 해결하는 것은 어렵다고 판단해서 회사 대표에게 상황을 설명했다. 대표는 마침 다음 주에 일본 출장 일정이 있다며 본인이 직접 구두를 들고 가서 수선받은 뒤 도로 가져오겠다고 했다. 그 일정대로라면 인도 예정일보다 약 2주일 정도 더 늦어지게 되는 것이었다. 현시점에서 최선의 대안이라고 생각되어 대표에게 그렇게 해달라고 부탁했다.

"솔직하게 말해줘서 고맙습니다!"

6년이 지났지만 대표의 저 말은 잊히지 않는다. 꾸지람을 들을 줄 알았는데 오히려 감사의 인사를 받다니. 너무 뜻밖의 말이어서 얼떨떨했다. 사고를 더 키우기 전에 본인 손으로 해결할 수 있음에 감사하다는 뜻이었을까. 안 좋은 상황 속에서도 직원을 격려할 줄 아는 게 회사의 대표라면, 나는 죽었다 깨어나도 못 할 것 같다. 아무튼, 대안이 생겼으니 이젠 고객의 의중을 물어야 했다.

"너무나도 죄송한 말씀을 드려야 할 것 같습니다."

사죄의 인사로 통화를 시작했고 모든 것을 솔직하게 털어놓았다. 그리고는 매를 덜 맞고 싶어서 공약을 거는 아이처럼 고객의 기분을 녹일 수 있는 말들을 내뱉었다. 늦어지는 2주 동안 진행 과정을 체크해서 문자로 보내드릴 것과 가죽관리도 무상으로 해드릴 것을 약속했다. 제안이 마음에 안 들 경우 당연히 전액 환불도 해드릴 수 있다는 말도 조심스레

전했다.

"급한 건 아녜요. 천천히 해주세요. 문자 안 주셔도 돼
요."

고객은 대수롭지 않은 일이라는 듯 쿨하게 답하고 전
화를 끊었다. 고객은 원래 쿨한 사람일까. 아니면 공약이 마
음에 들었던 것일까. 또 아니면 애쓰는 모습이 가여워 한 번
져 준 것일까. 일은 잘 풀렸으니 어느 쪽이든 상관없었다. 한
시름 놓으며 다시 접수증과 박스를 정리하다가 문득 이런 의
문이 들었다. 구두를 수령하기 위해 내방한 고객에게 아무런
일도 없었다는 듯 무심히 구두를 내어주면 고객은 어떤 기분
일까. 의도하지 않은 행동이라도 충분히 기분을 상하게 만
들 수도 있겠다는 생각이 들었다. 혹시라도 이 고객을 까먹을
까 봐 형광펜으로 접수증에 커다랗게 별 모양 표시를 했다.
혹여 선배가 고객을 응대할까봐 당구장 표시와 함께 '고객님
오시면 저 불러주세요.'라고도 적었다.

2주가 흘러 구두는 무사히 매장에 도착했고 다행히도
내가 응대하게 되었다. 정중히 사과했고 이번 일로 이름과 얼
굴을 외워뒀으니 앞으로 더 잘해드리겠다고 약속했다. 고객

은 기분 좋게 매장을 떠났다. 구두를 수령하고 매장을 떠날 때까지 당신을 잊지 않고 신경 쓰고 있다는 걸 보여주면 고객이 기분 좋게 집으로 돌아갈 것 같았는데, 그 생각이 맞았다. 그걸 직접 눈으로 봐서 더 좋았다.

2-6.
그런 의도가 아닌데

우리말에 '아' 다르고 '어' 다르다는 말이 있다. 같은 내용이라도 어떻게 표현하느냐에 따라 상대방이 다르게 받아들일 수 있기에 신중히 말해야 한다는 뜻이다. 단어 선택이나 어감도 중요하지만 상대방을 면밀히 살피고 이해한다면 상대방이 오해할 만한 표현을 피할 수 있을 것이다. 상대방을 대하는 시간이 길고 횟수도 잦아서 깊은 대화가 가능하다면 상대방에 관해 많은 정보를 얻을 수 있다. 얻은 정보를 바탕으로 실례가 될 표현이나 피해야 할 대화 주제를 피해서 대화를 할 수 있을 것이다. 하지만 상대방을 대하는 시간이 짧고 단 한 번의 기회만 주어진다면 어떨까. 상대방의 속사정은 모른 채 이야기를 하다가 상대방을 화나게 하거나 상처를 줄 수도 있다.

　　매장에 구두를 들고 와 접수하는 고객들이 대부분이었지만 매장을 발견하고 수선 관련 문의를 하는 고객들도 많았다. 이렇게 즉흥적으로 매장에 방문하는 고객들은 자신이 신고 있는 구두에 관해 물었다. 세밀히 살펴보기 위해 무릎을 굽혀서 고객이 신고 있는 구두를 만져보기도 했고, 고객이 신고 있던 구두를 건네받아 살펴보기도 했다. 이때 의도치 않게 고객이 감추고 싶은 점을 들추게 되는 경우가 종종 있었다. 발냄새가 심하게 날 거라며 민망해하거나 땀이 많아서 구두가 축축할 거라며 난감해하는 경우였다. 내가 이런 상황을 만들어 버린 것 같아 미안한 마음도 들었다. 이런 불편함을 조금이나마 없앨 수 있는 방법을 찾기도 했다. 고객이 신고 있던 구두를 만질 때는 일부러 장갑을 끼는 액션을 취했다. 고객이 신발을 벗기 전에는 매장 방문에 대한 감사의 의미로 탈취 스프레이를 뿌려도 되겠냐고 의중을 묻기도 했다. 거의 모든 고객이 제안을 받아들이는 모습을 보며 나 정도면 고객을 헤아리는 섬세한 직원이라고 생각했다.

　　한번은 내 또래 나이의 여자 고객이 매장 옆 화장실에서 나오면서 매장을 둘러봤다. 반갑게 인사하자 그 고객은 구두 관련 용품에 관해 이것저것 물었다. 특히 신발 안에 넣는 상품에 관심이 많아 보였다. 발바닥 전체를 커버하는 양가죽 인솔(깔창), 뒤꿈치의 높이를 살짝 올려주는 스펀지 패드, 뒤꿈치 충격을 완화하는 젤패드 등 발바닥 부분에 사용할 수 있는 모든 제품을 꼼꼼히 살펴보며 궁금한 점을 물었다. 고객이 직접 만져보면서 비교할 수 있도록 샘플용 자재를 꺼내어 보여드리며 짧지 않은 시간 동안 이야기를 나눴다. 고객은 내심 응대가 마음에 들었는지 혹시 이런 것도 방법이 있느냐며 자신이 신고 있던 신발을 벗어서 내게 보여줬다. 외형은 똑같았으나 한쪽에만 아주 얇은 흰색 스펀지 재질의 뒤꿈치 패드가 인솔 위로 여러 겹 깔려있었다. 오랜 기간 뒤꿈치 패드를 깔고 다녔는지 스펀지는 이미 숨이 죽어 있어서 그 효과를 기대할 수 없었다. 보통의 경우 인솔 아래에 뒤꿈치 패드를 넣어서 본드로 고정하는데, 이 고객은 인솔 위에 뒤꿈치 패드를 덩그러니 올려놓고 신고 다녔다. 이렇게 되면 보행하면서 고정되지 않은 뒤꿈치 패드가 뒤틀리거나 앞쪽으로 쏠려서 불편할 텐데 왜 이렇게 다니는지 궁금했다. 그 이유는 여자 고객에게 직접 들을 수 있었다.

여자 고객은 본인의 양쪽 다리의 길이가 다르다고 했다. 오랫동안 대수롭지 않게 여겼는데 바닥이 딱딱한 구두를 신고 일하게 되면서 그 차이가 더 잘 느껴진다고 했다. 본인의 다리 길이 차이에 맞게 조정하기 위해 얇은 뒤꿈치 패드를 여러 겹 사용한 것이고 신발을 갈아 신을 때마다 뒤꿈치 패드를 다른 신발로 옮겨야 해서 본드로 붙이지 않았다고 설명했다. 예상대로 고객의 불만 사항은 두 가지였다. 첫 번째는 오래 사용할수록 스펀지의 숨이 죽어서 계속 교체해야 한다는 점이었고 두 번째는 뒤꿈치 패드에 마찰력이 없어서 보행 시 움직인다는 점이었다. 이를 해결하려면 오래 사용해도 숨이 죽지 않는 반영구적인 재질이면서 어느 정도의 마찰력을 지닌 뒤꿈치 패드가 필요했다. 이 조건에 가장 부합하는 상품은 뒤꿈치 충격을 완화하는 젤패드였다. 실리콘 재질이어서 오래 사용해도 꺼지지 않았고 약간의 마찰력도 있었다. 하지만 젤패드는 정해진 각도와 두께로 생산되는 기성품이어서 고객에게는 적합하지 않았다. 선배에게도 물어봤으나 딱히 뾰족한 수는 없었다. 고민하던 중 강남 매장에서 근무하던 때가 떠올랐다.

남성화 매장에서 일을 하다가 잠시 여성화 매장에서도 일할 기회가 있었는데 여성화 매장 옆에 맞춤 인솔을 제작하는 곳이 있었다. 내 발의 아치가 낮은 평발의 형태라 장시간 서 있을 경우 발의 피로도가 심한 편이었는데 혹시나 해결책이 있을까 싶어 맞춤 인솔 매장의 매니저와 얘기를 나눴던 기억이 떠올랐다. 그곳에서는 전문 장비를 이용해 발바닥의 모양과 족압을 측정할 수 있었다. 또, 외국에서 수년간 수련을 거친 장인과 상담해서 개개인에 가장 최적화된 인솔을 맞출 수 있었다. 그곳이라면 여자 고객에게 해결책을 제시해 줄 수도 있을 거라는 느낌이 들었다. 여자 고객에게 맞춤 인솔 매장에 관해 설명하고 그곳을 방문해 볼 것을 권유했다. 하지만 고객은 젤패드를 자르거나 갈아서 붙이는 작업은 안 되냐고 물었다. 젤패드는 실리콘 성질이라 갈아내면 마찰열 때문에 녹아내리고, 자른다고 해도 지저분하게 자를 수밖에 없어서 불가하다고 답했다. 작업의 가능 여부를 떠나서 단순히 높이만 맞춰서 해결될 문제는 아닌 것 같았다. 마냥 고객의 요청대로 작업을 해 주기엔 고객의 건강이 염려되었다. 골반과 허리, 등까지 영향을 미칠 가능성이 매우 높았기에 고객의 보법, 자주 신는 신발의 종류, 아치의 형태 등 다양한 관점을 고려해서 해결책을 찾는 게 옳다는 생각이 들었다. 지금 이 여자 고객이 상담받아야 할 곳은 구두 수선 매장이 아닌 맞춤 인솔 매장이어야 했다. 선배도 나와 같은 생각이었다. 나와 선배는 번갈아 가며 우리 매장에서는 제안할 수 있는 해결책이 없으며, 맞춤 인솔 매장에서 정확하게 상담받을 것을 권했다.

"골반과 척추의 건강에도 영향을 미치기에 전문적인 상담을 받아보시면 좋을 것 같습니다."

가만히 설명을 듣던 여자 고객의 표정이 점점 일그러졌다. 여자 고객은 손에 들고 있던 젤패드를 카운터에 던지듯 올려두고 언짢은 표정으로 한마디를 날렸다.

"저기요, 저는 그런 데 갈 정도는 아니거든요? 참 나 어이가 없네."

휙 돌아서 매장을 떠나는 여자 고객의 뒷모습을 멍하니 바라보았다. 시야에서 여자 고객이 사라진 후 나와 선배는 아무 말 없이 서로를 쳐다봤다.

"우리 말실수했나요?"
"글쎄요… 갑자기 왜 저러시지?"

그 여자 고객이 어떤 포인트에서 감정이 상했는지 도통 감이 오질 않았다. 긴 시간 선배와 함께 대화 과정을 복기하면서 가장 그럴싸한 이유를 찾았다. 그 여자 고객은 자신의 불편 사항만을 해결해 주길 바랐으나 나와 선배는 건강과 결부시켜 문제를 해결해 주지 않았다. 우리가 '건강'에 초점을 맞춰 설명하고 설득하는 과정에서 그 여자 고객의 표정은 점점 일그러졌었다. 상대방을 생각하고 배려했던 마음이 오히려 오해를 불러일으킨 것 같다. 아마 우리가 그녀의 불편 사항을 '장애'로 취급한 것으로 오해한 것은 아닐까. 마치 "그 정도의 차이는 장애와 같으니 전문 기관에 문의하세요"라고 말하는 것처럼 들렸을까. 오랜 시간이 지난 지금까지도 그 여자 고객이 왜 그렇게 차갑게 돌아섰는지에 관한 이유는 알 수 없다.

이 사건 이후로 접객 시 행동과 말투, 단어 선택에 더 신경 쓰게 되었고 불필요한 질문은 삼갔다. 그러다 보니 눈치껏 행동하는 경우가 늘었다. 발이 커서 남성 구두를 신는 여성 고객, 작은 키 때문에 일부러 굽을 덧붙이는 남자 고객, 구두에 아무런 문제가 없는데 문제점을 찾아달라는 고객, 가짜 명품 구두를 진품이라고 말하는 고객, 소변이 튄 자국이 분명한데 물 얼룩이라고 말하는 고객 등 각자의 사연이 있을 법한 고객은 각별히 조심했다. 자칫하면 화를 부를 것 같았기 때문에 내가 더 몸을 사렸다. 그들을 이해하려 하기보단 그냥 얌전히 그들의 말을 들어주려고 노력했던 것 같다. 당연한 결과이겠지만 그 사건 이후로 그 여자 고객을 본 적은 없었다. 만약 다시 마주할 기회가 있다면 그때 왜 기분이 상했는지, 우리가 어떤 실수를 했는지 물어보고 정중히 사과하고 싶다.

2-7.
닮고 싶은 어른

백화점에서 일하는 사람들은 대표적인 감정노동자로 분류된다. '감사합니다'라는 말만큼 자주 하는 말이 '죄송합니다'라는 말일 정도로 강성한 고객의 태도에도 평정심을 잃지 않으며 응대해야 한다. 말도 안 되는 고객의 요구를 들어줘야 할 때도 있고, 고객이 무례하게 굴어도 꿋꿋이 웃어야 하는 경우도 많다. 나와 선배의 처지도 별 다를 바 없었다. 아니, 고객들은 어쩌면 다른 매장의 직원보다도 우리를 더 낮추어 봤던 것 같다. 아마 우리의 외형적인 모습 때문이었던 것 같다. 우리 매장 옆쪽에 있던 구두 매장이나 디자이너 브랜드 매장에서는 항상 정갈하게 옷을 차려입은 직원이 고객을 반겼다. 그 직원들은 용모가 단정했고, 매장의 디스플레이도 깔끔했다. 그러한 느낌 때문에 고객도 신사적으로 행동해야 한다고 은연중에 생각하지 않았을까.

　　그들에 비하면 나와 선배는 항상 꼬질꼬질한 모습이었다. 유니폼으로 입는 가운에는 작업 중에 튄 가죽 가루, 고무 가루가 붙어있었고, 양손에는 본드와 슈크림이 덕지덕지 묻어서 굳어있었다. 아마 남루한 행색 때문에 격식을 차리기 보다는 조금 편하게 대했던 것 같다. 나이가 많은 고객일수록 그런 경향이 두드러졌다. 반말은 기본으로 하고 접수할 때 신발을 카운터 위에 휙 던져서 놓거나 현금으로 계산할 때도 지폐를 무심히 던졌다. 나를 '딱새(구두닦이)'라고 불렀던 어르신도 있었는데 아마 그분의 기억 속에는 구두닦이가 하층민이 주로 하던 일이라서 낮추어 보지 않았을까 싶다. 나이가 지긋하신 분들 모두가 그런 것은 아니었다. 먼저 고개를 숙이고 존댓말로 온화하게 우리를 대하는 어르신도 있었다. 깍듯하게 대해주는 어르신은 손에 꼽힐 정도로 그 수가 적었기에 항상 강렬한 인상을 남겼다. 그중에서도 백발의 두 노인이 가장 기억에 남는다.

　　쌀쌀한 바람이 부는 가을이었다. 함께 근무하는 선배는 먼저 점심을 먹으러 자리를 비워서 홀로 매장을 지키고 있었다. 주중 점심 시간대라 백화점 내 분위기는 한산했다. 오늘 오전 매출은 얼마나 되나 장부를 보고 있는데 할아버지 한 분이 매장을 찾았다. 딱 보기에도 멋쟁이 할아버지였다. 아가일 패턴 카디건 위에 무심히 코트를 걸쳤고 머리에는 헌팅캡을 쓴 모습이었다. 헌팅캡 옆과 뒤쪽으로 백발 머리가 잘 정리되어 있었다. 굉장히 얇은 금테 안경을 썼었는데 꽤 잘 어울렸다. 뚱뚱하지도, 너무 마르지도 않아서 그동안 잘 관리한 게 티가 났다.

"안녕하세요?"

보통 내가 먼저 고객을 반기는데 오히려 할아버지가 먼저 내게 인사를 했다. 점점 끝소리가 높아지는 '안녕하세요'였는데, '저기요'라고 나를 부르는 말을 둘러서 표현한 것처럼 느껴졌다. 상대방에게 예의를 갖추어 행동하는 것이 몸에 밴 어르신인 것 같았다. 이 한마디만으로도 기분이 좋아졌다. 내가 대접해야 할 사람이 나를 먼저 대접해 줬으니 말이다. 할아버지는 집에서 구두를 손질하고 싶은데 어떻게 해야 할지 몰라 조언을 얻고 싶다고 했다. 할아버지가 내 기분을 좋게 해줬으니 이젠 보답할 차례였다. 매장에 비치된 가죽 관리 용품을 하나씩 집어 들며 평소에 고객에게 설명하는 것보다 더 열성을 다해 설명했다. 그날따라 기분이 좋았는지, 설명하는 것에서 그치지 않고 할아버지께 가죽 관리 시연을 보여드리고 싶었다. 가죽 관리 시연을 할 때는 근무 중에 신는 구두 한 쪽을 벗어서 고객에게 보여주는데, 기왕 하는 거 할아버지가 신고 온 구두로 시연하고 싶었다. 말 한마디로 천냥 빚을 갚듯 할아버지는 인사 한마디로 무료 가죽 관리를 얻는 셈이었다. 할아버지께 의중을 물었으나 할아버지가 괜히 고생스럽게 하고 싶지 않다며 거절했다. 나는 백문불여일견을 어필하며 한 번 보는 게 훨씬 도움도 되고, 사용하는 관리 용품은 매장에서 쓰던 걸 사용하는 것이니 부담 느끼지 않으셔도 된다고 설득했다. 할아버지는 그럼 신세 좀 지겠다는 말과 함께 내가 건넨 슬리퍼를 신고 자신의 구두를 건넸다.

솔을 이용해 먼지를 털고 가죽 로션을 바르며 순서대로 가죽 손질 과정을 보여드렸다. 상품 판매를 위한 단순 설명보다는 가죽 손질 방법에 관한 1:1 강의 형식이었다. 보통의 상품 시연은 상품을 구매할 것 같은 고객이나 이미 상품을 구매한 고객, 혹은 이전에 상품을 구매했고 추가로 상품을 구매하는 고객에게 주로 선보인다. 굳이 상품을 구매하지 않을 것 같은 고객에게는 시간과 에너지를 아끼는 편이 더 나았다. 하지만 이번엔 달랐다. 할아버지가 상품을 구매하든 구매하지 않든 상관없었다. 그저 이 시간이 할아버지께 유익한 시간이 되었으면 하는 바람이었다. 시연하면서 할아버지와 이런저런 얘기를 나눴는데, 할아버지는 자신이 젊었던 시절부터 구두 손질에 관심이 있었다고 했다. 전문적으로 배워보고 싶었는데 정신없이 인생을 살다 보니 늙은이가 돼버렸다는 것이었다. 나는 오늘 아주 날을 잘 잡으신 것 같다고 답했다. 할아버지를 응대하는 동안 아무도 매장을 방문하지 않아 진득하게 구두 관리하는 법을 시연해 드릴 수 있었다. 아무런 방해를 받지 않고 충분히 대화를 나누며 구두 관리 시연을 마쳤다. 유분기가 없어서 건조했던 가죽은 로션을 머금어 야들야들해졌고, 색이 빠져서 빛바랜 느낌의 검은색이었던 구두는 광택감이 도는 균일한 검은색으로 칠해져 있었다.

　할아버지는 눈치 못 챘겠지만, 사실 15,000원에 해당하는 가죽 관리 서비스와 동일하게 진행되었다. 시연 서비스가 효과가 있었는지 할아버지는 시연할 때 사용했던 모든 관리 용품을 챙겨달라고 했다. 나는 한 번에 모든 용품을 다 갖춰놓고 시작했는데 귀찮아서 관리를 안 하는 사람이 많으니 오늘은 꼭 필요한 용품만 구입하고 차차 늘려가시라고 권했다. 할아버지는 오늘 이렇게 배웠으니 안 까먹게 열심히 관리할 거라며 결제 카드를 건넸다. 할아버지께 댁에서 관리하다가 막히는 부분이 있으면 언제든 매장으로 전화를 달라고 당부했다. 할아버지는 마지막 한마디를 남기고 매장을 떠났는데, 그 한마디가 매우 강렬했다.

"자세히 알려 줘서 고맙습니다, 선생님."

살면서 손윗사람에게 '선생님'이라는 말을 들을 수 있는 순간이 얼마나 될까. 수많은 단어 중에서 할아버지가 내게 최대한의 예의와 감사한 마음을 보일 수 있는 단어이지 않을까. 예의를 갖추지 않거나 감사함을 느끼지 못하는 사람들 속에서 그 할아버지는 단연 빛이 났다. 나 말고도 모든 사람에게 예의를 갖춰 대하리라는 것을 잠깐의 만남만으로도 확신할 수 있었다. 어떤 태도로 삶을 살아야 저런 어른이 될 수 있을까. 할아버지가 다시 한번 매장을 찾으면 꼭 물어봐야겠다고 생각했다.

최대한의 예의를 갖춰 나를 대했던 할아버지와는 다르게, 손자를 만난 듯 친근하게 대했던 할머니 한 분도 있었다. 여성화 매장에서 잠시 일했던 때의 일이다. 백화점 내 고객이 가장 많은 주말 오후, 일반 고객들 사이로 유달리 천천히 걷는 할머니가 보였다. 체구가 작았는데 굽은 등 때문에 더 작아 보였다. 좌우로 구두 매장을 구경하면서 걸어 다니는 고객들과 달리, 할머니의 시선은 앞으로 고정된 채 우리 매장 방향으로 걸어오고 있었다. 구두 손질을 하면서 한 번씩 고개를 돌려 할머니가 우리 매장으로 오고 있다는 걸 확신했다. 외할머니가 생각나는 모습이었는데 대략 80세 전후 정도의 연세로 보였다. 아마 내가 접객했던 고객 중 최고령 고객이었던 것 같다. 무엇 때문에 우리 매장을 방문하는 것일지 도통 감이 오질 않았다. 매장에 다다른 할머니는 진열장에 있는 구두 관련 상품을 구경했다. 직접 들어서 요리조리 살펴보고 손가락으로 쿡쿡 눌러보다가 잠깐 이리 와보라는 듯 나를 보며 손짓했다.

"나 앞꿈치가 너무 딱딱해."

상품에 관해 물어볼 줄 알았는데 대뜸 불편 사항을 토로했다. 할머니의 발 쪽으로 눈길을 돌리니 플랫슈즈가 보였다. 보통 플랫슈즈의 밑창은 굉장히 얇게 제작된다. 밑창이 얇아서 잘 구부러진다는 장점이 있지만 반대로 너무 얇아서 지면의 요철이 잘 느껴진다는 단점이 있다. 한쪽 무릎을 꿇어 플랫슈즈의 옆면을 살펴보니 역시나 두께가 얇았고, 뒷굽이 있는 타입이어서 체중이 앞꿈치에 실릴 수밖에 없어 보였다. 이런 경우 깔창의 앞꿈치가 닿는 부분에 젤패드를 붙여서 충격을 완화할 수 있다. 시착해 볼 수 있는 샘플용 젤패드를 구비하고 있어서 보통의 경우 고객이 직접 깔창 위에 얹어서 신어보고 구매 의사를 결정한다. 허리를 굽혀서 깔창에 젤패드를 얹고 다시 신는 일은 2040 나이대의 고객에겐 크게 어려운 일이 아니다. 하지만 관절에 부담을 느낄 수 있는 50대부터는 이 과정을 버거워하는 분들을 종종 볼 수 있었다.

　　　매장으로 천천히 발걸음을 옮겼던 할머니에게도 신발을 신고 벗는 과정은 고난이 될 것이라는 느낌이 들었다. 매장이 협소해서 고객들이 잠깐 앉을 수 있는 간이 의자도 마련되어있지 않았던 터라 내가 직접 도와드리는 수밖에는 없었다. 할머니께 양해를 구하고 할머니가 잠시 발을 올려놓을 수 있도록 구두를 포장할 때 쓰는 갱지를 바닥에 깔았다. 할머니가 발을 살짝 들게 하여 조심스레 플랫슈즈를 벗기고 앞꿈치가 닿는 곳에 젤패드를 깔았다. 젤패드의 경우 3mm, 5mm, 7mm 총 세 가지 두께로 상품이 구성되어 있었다. 신발의 형태, 가죽이 늘어난 정도, 발등의 높이에 따라 고객이 편안함을 느끼는 정도가 달라졌다. 고객에게 걸맞은 최적의 상품을 찾기 위해선 세 가지 상품 모두 시착해 보는 것이 가장 정확했다.

"아이고, 나 때문에 고생해서 어떡해."

젤패드 상품을 하나씩 바꿀 때마다 할머니는 민망한 듯 말했다. 손자 같이 어린 점원이 무릎을 꿇고 응대를 하는 상황이 할머니도 익숙하지는 않았을 것이다. 계속 불편함을 겪기보다는 잠깐 민망한 감정을 느끼고 불편을 해소하는 편이 낫다고 생각해서 할머니를 달래며 세 가지 상품 모두 시착을 도와드렸다. 밑창이 원체 얇기도 했고, 할머니 발도 야윈 상태여서 가장 두꺼운 7mm가 적합할 것 같았다. 할머니 역시 가장 두꺼운 7mm짜리를 마음에 들어 하셔서 바로 새 상품을 뜯어서 깔창에 부착해 드렸다. 반영구적으로 사용할 수 있는 제품이어서 젤패드의 접착력이 떨어졌을 경우 물로 씻어 말린 뒤 다시 붙이면 된다는 팁도 천천히 설명했다. 할머니는 상품값인 7천 원을 지폐로 내게 건넸다. 포스기에 판매 처리를 하고 영수증을 드리려는데 할머니가 말했다.

"이걸로 커피라도 사 먹어."

할머니는 쌈지에서 여러 번 접힌 천 원짜리 두 장을 꺼내어 내게 주려고 했다. 이걸 팁이라고 해야 할까, 아니면 손자 생각이 난 할머니의 마음이라고 해야 할까. 난생처음 겪는 일이기에 당황할 수밖에 없었다. 이런 거 받으면 혼난다며 한사코 거절했지만 할머니도 끝까지 나의 거절을 거절했다. 어른 말을 안 들으면 혼이 난다는 듯 할머니는 가볍게 내 등을 두드리며 어서 받으라는 시늉을 했다.

그날 퇴근 후 얼마 만인지 기억이 안 날 정도로 오랜만에 외할머니께 전화를 드렸다. 정말로 몹쓸 불효 손자가 아닐 수가 없다. 아직도 내게 팁을 준 그 할머니께 감사함을 느낀다. 그때 그 할머니를 만나지 않았더라면 이젠 전화할 수도 없는 돌아가신 외할머니께 스스로 먼저 전화할 생각은 하지 못했을 테니.

백발의 두 노인은 잠시 스쳐 지나갔지만 긴 여운을 남겼다. 한 분은 올곧은 태도를 통해 '나도 저렇게 늙고 싶다'는 생각이 들게 했고, 한 분은 좋은 기억과 함께 잊고 있던 소중함도 깨치게 해주셨다. 내가 받은 것처럼 나도 상대방에게 깨달음을 주고 좋은 기억을 남기는 사람이 될 수 있을까. 나도 두 노인 같은 어른으로 늙어가고 싶다.

2-8.
자주 보고 싶은 얼굴들

　　일하면서 뿌듯함을 느끼는 순간은 언제일까. 아마 사람마다 다를 것이다. 일하던 도중 급여 이체 문자를 받는 순간일 수도 있고, 숙련도가 높아져서 잘 안되던 일을 손쉽게 처리해 내는 순간일 수도 있고, 상급자에게 칭찬을 듣거나 하급자에게 감사의 인사를 받는 순간일 수도 있다. 구두 수선공으로 일하며 뿌듯함을 느꼈던 순간들을 떠올려보면 대부분 얼굴이 익숙한 고객들과 함께한 장면이 떠오른다. 정확히 말하면 평생을 모르고 살았던 상대방과 점점 가까워짐을 느끼는 순간이었다.

　　"솔 씨 찾는 단골들이 종종 있네요."

어느 날 함께 일하던 선배가 내게 했던 말인데, 명동 매장에 붙박이로 일하게 되면서 많진 않지만 단골이 생기기 시작했다. 대부분의 단골은 내가 그들에게 먼저 관심을 표함으로써 관계가 유지될 수 있었다. 내가 고객에게 관심을 보일 때, 이에 반응하는 고객의 유형은 크게 두 가지로 나뉘었다. 내가 보인 관심을 무심히 흘려보내는 고객이 있는가 하면, 내가 보낸 관심에 대해 반응하고 이를 기억해 주는 고객이 있었다. 고객의 재방문을 기억하고 이를 언급했을 때를 예로 들면 아래와 같이 두 가지 반응으로 나눌 수 있다.

관심을 흘려보내는 고객

나:　"고객님, 저번에 말가죽 구두 관리 받으셨죠? 또 방문해 주셔서 감사합니다."

고객: "아, 네."

관심에 반응하는 고객

나:　"고객님, 저번에 말가죽 구두 관리 받으셨죠? 또 방문해 주셔서 감사합니다."

고객: "오! 기억해 주셔서 감사합니다. 이번에는 또 다른 구두 맡겨보려고요."

일하는 사람 입장에서는 관심에 반응하는 고객을 응대할 때 더 힘을 받고 조금이라도 더 신경 써주고 싶다는 마음이 든다. 이렇게 고객이 관심에 반응을 보이면, 앞으로의 관계에 관해 청신호가 켜졌다고 봐도 무방하다. 스몰토크를 통해 조금씩 유대를 쌓아 가면 자연스레 단골이 될 수밖에 없다. 관심을 흘려보내는 고객을 부여잡고 계속 관심을 보였다간 자칫 고객을 잃을 수 있다. 그 고객은 내가 싫은 게 아니라 나뿐만 아니라 다른 점원들에게도 모두 무관심하다고 생각하면 속 편하다. 어차피 다양한 성향의 고객이 매장을 끊임없이 방문할 것이기에, 내가 더 챙겨주고 싶은 고객을 찾고, 그 고객과의 관계를 발전시켜 나가면 된다.

그렇다면 함께 관계를 발전시켜 나갈 고객은 어떻게 가려낼까. 수많은 고객 중 내가 관심을 보이는 고객은 어떤 사람일까. 사실 명확한 기준을 세우고 그 기준에 맞춰 고객을 가려내진 않았다. 이렇게 말하면 어이가 없겠지만 '앞으로도 종종 보고 싶다', '다음번에는 더 신경 써서 챙겨주고 싶다'는 마음이 들면 그 고객에게 더 잘하려고 노력했다. 동물의 육감적인 촉인지는 모르겠지만 잠깐의 대화로도 그런 느낌이 오는 고객이 있었고, 그 촉은 대체로 잘 맞는 편이었는지 고객들과도 좋은 관계를 유지할 수 있었다.

구두 수선 및 가죽 관리 특성상 고객의 재방문이 잦지는 않았다. 고객들은 자주 방문해야 한 달에 한두 번 정도 방문하는 편이었다. 또한 전산화된 프로그램으로 고객 명부를 관리하고 있지 않았고 수기로 접수증을 주고받았기 때문에 고객과 관계를 이어 나가기 위해서는 좋은 기억력이 필수였다. 다행히 기억력은 좋은 편이어서 관심이 가는 고객에 관한 정보는 절로 외워지는 경우가 많았고, 필요하다면 시간을 내서 외우기도 했다. 고객이 매장을 재방문할 경우 머릿속에 저장된 정보는 최고의 무기가 되었다. 중요한 점은, 대놓고 주저리주저리 정보를 풀어놓는 게 아니라 약간은 무심한 듯 세심하게 고객에게 '나, 당신을 기억하고 있어요'를 어필하는 것이다.

"지난번에 찾아가신 첼시부츠는 잘 신고 계세요?"

처음으로 그 고객에게 관심을 보일 수 있는 멘트이지 않을까 싶다. 무심한 듯 넌지시 지난 방문에 관한 정보를 인사말로 건네면 열에 아홉은 항상 놀라는 눈치였다. 고객 본인도 지난번에 어떤 구두를 맡겼었는지 기억이 잘 나지 않는 경우가 많은데, 오히려 내가 먼저 물어봐 주니 놀랄 수밖에 없다. 이 인사말을 통해 고객이 경계심을 푼다면 조금 더 편안한 대화를 이어 나갈 수 있다. 대화 주제는 구두에서 시작해서 조금씩 개인적인 영역으로 확장해야 한다. 매번 구두 수선에 관한 얘기만 한다면 관계가 깊어지는 데 한계가 있다.

"뉴욕 출장은 잘 다녀오셨어요?"

개인적인 유대가 어느 정도 쌓인다면 위와 같은 인사말도 건넬 수 있다. 실제로 내가 고객에게 건넸던 인사말이다. 고객은 흠칫 놀라며 어떻게 기억하냐고 내게 물었다. 이전 방문 때보다 고객의 얼굴이 많이 탄 것 같아서 뉴욕 햇볕이 참 뜨거웠었나 보다고 말을 보태니 고객은 웃으며 짤막하게 뉴욕 출장기를 들려줬다. 고객은 그동안 신경 써줘서 고마웠다며 앞으로도 잘 부탁한다는 인사와 함께 만 원짜리 한 장을 건넸다. 극구 사양했지만 미국에서도 이 정도 금액의 팁은 다 받는다며 카운터에 돈을 올려놓고 도망치듯 사라졌다. 물질적인 사례보다도 '그동안 신경 써줘서 고마웠다'는 한마디가 얼마나 기분을 좋게 만드는지 들어보지 않은 사람은 모른다.

"OO님, 안녕하세요. 회사 행사에 신고 가셨던 구두는 불편하지 않으셨어요?"

　　단골에 관한 관심을 최대한으로 표현한 인사말이다. 얼굴을 익히는 것도 쉽지 않은데, 얼굴과 이름을 연결 지어 머릿속에 집어넣기까지는 시간과 노력이 필요하다. 얼굴을 인식하고 정확한 이름과 함께 이전 방문에서 나눴던 에피소드를 다시 한번 꺼낸다면 고객도 내심 반갑지 않을까. 어느 정도 유대가 쌓여서 부담스럽지 않은 관계가 되었을 때 누군가가 마음을 써서 챙겨준다면 내심 기쁠 것이다. 이런 고객은 다섯 손가락 안에 꼽힐 정도로 많지는 않았다. 하지만 그분들을 응대하는 시간은 정말 행복했다.

　　덩치가 매우 좋았던 남자 고객이 기억에 남는다. 첫 방문 때는 홀로 매장을 찾았었는데, 몇 번 방문한 뒤에는 여자 친구도 데려왔고 그 이후에는 어머님도 모시고 와서 함께 구두 관리를 맡겼다. 한번은 고객, 여자 친구, 어머니 셋이 함께 매장을 방문했다. 조합이 독특해서 물어보니 결혼 준비로 함께 나오게 됐다고 했다. 이후 고객은 함께 왔던 여자 친구와 식을 올렸고, 운이 좋게도 고객이 결혼식 때 신을 구두도 내가 손질할 수 있었다. 일을 그만둔 이후에 연남동 공원길에서 우연히 부부를 만나 인사를 나눴다. 수년 만에 다시 그 고객의 이름을 불렀었는데 반갑게 인사해 주던 고객의 얼굴이 아직도 눈에 선하다.

내가 단골이라고 생각했던 고객들에게 나는 그저 스쳐 지나가는 구두 수선공이었을지도 모른다. 그들에게 나는, 얼굴은 눈에 익는데 이름은 모르는 그런 사람이지 않았을까. 그래도 그들에게 좋은 기억을 남겨주기 위해 노력했고, 그 과정에서 나 역시 좋은 추억을 남길 수 있어서 참 행복했다.

2-9.
해보고 싶은 것과
잘할 수 있는 것

누군가에겐 애를 써도 스트레스만 받고 잘되지 않는 일이 누군가에겐 즐거운 일상처럼 느껴질 수 있다. 낯선 이와 가까워지고 사이를 돈독히 하며 좋은 경험을 나누는 일이 내겐 큰 수고를 들이지 않고도 뿌듯함을 느낄 수 있는 일이었다. 매장 매출을 올리기 위해 일부러 단골을 유치하려고 노력한 것은 아니었다. 마음이 가는 고객에게 평소 가까운 지인들을 대하듯 행동하니 자연스레 가까워질 수 있었다.

이와는 반대로 내가 단골이 되기도 한다. 여러 가게를 다니기보다는 마음이 가는 가게를 발견하면 그 가게만 주로 찾는 편이다. 타고난 집돌이에 행동반경도 넓지 않아 도보로 이동하는 생활권에서만 거의 모든 시간을 보내다 보니 마음이 가는 가게는 다 동네 가게들뿐이다. 특정 가게만 간다고 해도 수년 동안 오가며 눈인사만 하는 손님이 있는가 하면, 나의 경우는 이런저런 얘기도 하고 맛있는 게 있으면 나눠 먹기도 한다. 그러다 보니 집 앞 세탁소 사장님의 취미가 낚시라는 것도, 연희동 단골 파스타 가게 사장님이 얼마 전 둘째를 출산해서 가게를 잠시 쉬고 있다는 것도 알 정도로 가깝게 지내는 편이다.

태어날 때부터 남에게 관심이 많은 사람으로 태어난 건 아니다. 외동아들로 자라며 딱히 외롭다고 느껴본 적은 없었으며 타인에게 먼저 다가가는 사람은 아니었다. 오히려 어릴 적부터 혼자서 무언가 하는 게 익숙하고 편했다. 그랬던 내가 어떻게 이런 사람이 되었을까.

과거를 돌이켜 봤을 때 가장 합리적으로 추론할 수 있는 건 고등학교 3학년 때의 사건이다. 고등학교 3학년 개학식 당일 아침, 급작스럽게 아버지가 세상을 떠났다. 다급하게 깨우는 어머니의 목소리에 늦잠을 잔 줄 알고 헐레벌떡 일어나 보니 아버지가 숨을 쉬지 않았다. 지병도 없던 분이었는데 허망하기에 그지없었다. 내 손으로 119에 신고를 했고 구급대원들이 아버지를 싣고 갔다. 가장 가까운 종합 병원의 장례식장에서 장례를 치렀다. 교복을 입은 친구들과 얼굴도 몰랐던 아버지의 친구, 회사 동료 그리고 가족·친지들이 자리를 채웠다. 막 장례식장에 도착했을 때는 세상에 어머니와 나 둘만 남겨진 것 같은 느낌이었는데 많은 사람의 위로를 받으며 그 느낌을 지워냈다. 어쩌면 엇나가거나 방황할 수도 있는 시기였는데, 주변인들이 신경 써준 덕에 빠르게 학업에 전념할 수 있었다. 가정주부였던 어머니는 성당 지인의 도움으로 자그마한 식당을 차렸고, 16년이 지난 지금까지도 잘 운영해 오고 있다.

　　암담하기만 했던 고3 시절을 헤쳐 나가고 큰 걱정 없이 대학 시절을 보낼 수 있었던 건 어머니와 나를 위해준 사람들 덕분이라고 생각했다. 어머니와 나는 물론이고 돌아가신 아버지도 주변 사람들과의 관계가 좋았기에 그 덕을 볼 수 있지 않았을까. 평생 갚아도 다 갚지 못할 만큼의 관심과 사랑을 받았다. 그렇기에 내가 받은 것 이상으로 다른 사람들에게도 되돌려주고 싶었다. 이런 생각을 가지고부터는 상대방에게 먼저 표현하며 관계를 발전시켜 나가는 사람이 되고자 했던 것 같다. 가까운 지인들의 생일을 외워 뒀다가 챙기고, 명절이 되면 친구 부모님들께 인사를 드리러 다녔다. 고등학생 때 나를 가르쳤던 수학 학원 선생님과 선생님의 부인과도 여전히 서로 연락을 하며 지내는 정도이니 어느 정도 내가 그렸던 모습대로 살아가고 있는 듯하다.

타인에게 먼저 관심을 표해서 관계를 맺고 그 관계를 발전시키는 성향은 일터에서도 도움이 되었다. 고객도 좋아했고 덩달아 매출도 상승했으니 더할 나위 없었다. 다만, 한 가지 아쉬웠던 것은 내가 먼저 고객을 찾아갈 수 없다는 점이었다. 고객이 매장을 방문하지 않으면 그 무엇도 이뤄낼 수 없었다. 고객의 재방문을 위해 조금이라도 더 챙겨주고 싶어도 내 업장이 아니다 보니 한계가 있었다. 일상생활에서 주변 지인들에게 먼저 다가가고 그들을 챙기는 것과는 달리 항상 같은 자리에 우두커니 서서 고객을 기다려야 하는 입장이 조금은 답답했다.

'내가 먼저 고객을 찾고, 고객과의 유대로 실적을 내는 일을 해보면 어떨까?'

내가 곧잘 하는 것이니 일로 해도 잘할 수 있을 것 같다는 느낌이 들었다. 누구나 진로에 관해 고민해 본 적이 있을 것이다. 나의 경우 막연한 호기심과 해보고 싶다는 열망으로 방송 작가와 구두 수선공이라는 직업을 택했었다. 일을 하다 보니 내가 잘할 수 있는 일은 무엇이고 어떤 지점에서 행복감을 느끼는지 이전보다 더 잘 알 수 있었다. 하고 싶은 것은 두 번이나 해봤으니 이제는 잘할 수 있는 것을 해봐도 괜찮겠다고 생각했다. 지금껏 배운 기술과 습득한 지식이 아깝진 않았다. 오히려 내가 잘할 수 있는 것을 업으로 삼았을 때의 내 모습이 궁금했다. 그리고 또 새롭게 도전한다는 사실이 나를 더 두근거리게 했다.

3.
께약 영업 싸원

3-1.
서른한 살 취준생

서른한 살의 나이에 취준생이 되었다. 더 잘하는 일이 있을 것 같다는 생각에 잘해오던 구두 수선공 일을 그만뒀다. 누군가에게는 무모하게 보일 수도 있겠지만 잘될 것만 같았고, 무엇보다도 후회하고 싶지 않은 마음이 컸다. 지금 생각해 보면 서른 살 전후로 후회하면 죽는 병에라도 걸렸었나 보다. 이번에도 마음속으로는 나이에 쫓기고 있었기 때문에 빠르게 결단을 내렸다.

내가 먼저 고객을 찾고, 고객과 유대 관계를 돈독히 해서 매출을 올리는 직업. 열이면 열 '영업 사원'을 떠올릴 것이다. 나 역시 영업 직무를 떠올렸다. 어느 산업군에서 영업 직무를 수행할 것인지 조금 더 명확히 할 필요가 있었다. 보험,

식품, 자동차 등 여러 산업군이 떠올랐다. 취업 준비 카페와 구인·구직 사이트를 살펴보니 영업직 중에서도 보험, 자동차, 제약 영업을 '3대 영업'이라고 일컬었다. 이들 3대 영업은 '영업의 꽃'이라고 불리기도 했고 '가장 힘든 영업'이라고 불리기도 했다. 가장 힘들지만 결과에 따라 파격적인 보상을 기대할 수 있기에 상반된 타이틀이 꼬리표처럼 붙었다. 그동안 겨우겨우 서울에서 버티면서 살 정도로만 벌었던 내겐 좋은 기회였다. 내 나이 또래 직장인들보다 한참 돈을 못 벌었다고 생각했고 그저 뒤처졌다고만 생각했다. 잘하는 만큼 가져갈 수 있는 시스템이니 어쩌면 즐겁게 일을 하면서 또래들을 따라잡고 역전도 할 수 있다는 일말의 희망도 보였다.

영업 사원으로 일하는 모습을 상상해 봤다. 오직 숫자(매출 금액)만으로 나의 가치를 증명해야 하기에 수단과 방법을 가리지 않고 일하는 모습이 머릿속에 그려졌다. 매출 목표를 달성하면 좋겠지만 달성하지 못할 경우에는 주변 지인들에게 도움을 요청할 수도 있을 것 같았다. 주변 지인들에게 도움을 주지는 못할망정 그들에게 부담을 주거나 짐이 되고 싶지는 않았다. 자동차나 보험의 경우 일반인을 상대로 영업하기에 급박한 상황에서는 가까운 이들에게 아쉬운 말을 할 확률이 높아 보였다. 아무리 다짐하고 일을 시작하더라도 생계와 생사가 달린 상황이라면 나라도 친척이나 친한 친구들에게 연락할 것 같았다. 하지만 제약 영업의 경우 그 대상이 의사와 약사로 한정되었다. 아무리 암담하고 처참한 상황이어도 주변 지인들에게는 도움을 청하려야 청할 수 없는 영업이었다. 못 죽어도 제삼자와 담판을 지어야 하며 개인적인 인간관계엔 영향을 끼치지 않는다는 점 때문에 제약 영업에 도전하기로 결심했다.

친구들이 20대 중후반에 뛰어들었을 채용시장에 서른이 넘은 나이에 뒤늦게 뛰어들었다. 취업 전선에 뛰어들었을 그 누군가처럼 구직사이트와 취업 준비 카페를 들락날락하며 정보를 모았다. 이제 막 취준생이 된 것을 티라도 내듯 처음에는 수많은 제약회사 중 매출 순위 10위권 안의 제약사를 목표로 잡았다. 나 정도의 경험을 가진 지원자는 없을 테니 기업 입장에서는 충분히 매력적으로 느낄 것이라는 근거 없는 자신감에 차 있었다. 가뜩이나 기업들이 직장 생활 경력이 있는 중고 신입을 선호해 생 신입이 어려움을 겪는다는 뉴스 기사나 유튜브 영상이 많았던 시기여서 더 기세가 등등했다. 그렇기에 서류 전형은 당연히 붙을 것이라고 자신만만했는데 큰 오산이었다. 나를 불러주는 곳은 단 한 군데도 없었다.

그렇게 상반기 채용 시즌이 끝났다. 몇몇 군데만 지원

했지만 서류컷을 당했다는 사실에 충격이 컸다. 넋 놓고 있다 간 하반기 채용 시즌에도 패배의 쓴맛을 볼 것만 같아서 철저히 준비해야만 했다. 서류 전형에서 고배를 마셨으니 내가 제출했던 '서류'부터 다시 뜯어봤다. 잘 쓰진 않았지만 딱히 못난 것도 없다고 생각했던 자기소개서였다. 이미 내가 쓴 자기소개서에 매료되어 있었기 때문에 다른 사람의 시각이 필요했다. 블로그를 뒤져보다 자기소개서의 문제점을 콕콕 집어 첨삭을 해주는 분을 발견해서 첨삭을 받았다. 빨간 글씨로 가득 채워진 첨삭 코멘트를 보고 정신이 번쩍 들었다. 코멘트에 따라 자기소개서를 다듬고, 주요 질문 항목에 적용할 수 있는 템플릿을 미리 만들어 준비했다.

취업 커뮤니티에서 요즘 기업들은 어학 점수를 보지 않는다는 의견이 많았지만 어학 점수 하나라도 있었으면 서류컷은 면할 수 있었을 것 같다는 생각이 들었다. 한 달을 준비해서 토익 스피킹 레벨6을 만들고, 또 한 달을 준비해서 토익 점수 850점을 만드니 하반기 채용 시즌이 시작되었다. 이번에는 매출 순위를 따지지 않고 제약 회사라면 무조건 지원했다. 수정한 자기소개서 덕분인지 어학 점수 덕분인지는 모르겠지만 지원 서류를 넣은 45개의 회사 중 네 곳에서 면접의 기회를 얻었다. 다행히도 면접 일정이 겹치는 곳은 없어서 네 곳 모두 면접을 볼 수 있었다. 방송 작가와 구두 수선공으로 일하며 겪었던 에피소드를 예상 질문별로 나눠서 준비했던 것이 큰 도움이 되었고, 최종적으로 중위권 제약 회사에 입사하게 되었다. 최상위권 제약회사를 노렸던 첫 목표에 비하면 초라하기도 하고 아쉽기도 했다. 하지만 언제 빠져나갈 수 있을지 몰랐던 취업 터널을 빠져나왔다는 사실만으로도 안도할 수 있었다.

목표로 하는 곳에 들어가 일을 하기 위해 일련의 준비 과정을 겪으면서, 이미 직장에 다니고 있는 친구들이 새삼 대단하다는 생각이 들었다. 방송 작가 시절, 하고 싶은 걸 하면서 살라고 친구들에게 떵떵거렸었다. 뜻도 없는 곳에 들어가 일하기 위해 어학 점수를 쌓고 자기소개서를 쓰는 이들을 보며 인생을 낭비하는 것이라고 생각했었다. 하고 싶은 것을 위해 과감하게 뛰어든 내가 더 값진 인생을 사는 것이라고 착각했다. 직접 겪어보지 않은 일에 훈수를 두고, 남의 삶을 멋대로 단정 지었던 내가 너무 부끄러웠다. 왜 그랬을까. 그냥 나는 내 앞가림이나 잘했어야 했다.

3-2.
서른한 살 신입 사원

　'평생', '절대로'라는 단어를 내뱉고 그것을 끝까지 지키는 사람은 전 세계에서 몇 명이나 될까. 몇 년 전만 해도 양복에 구두를 신고 출퇴근하는 삶은 내 평생 없을 것이라 단언했다. 그랬던 내가 양복에 구두를 신고 첫 출근을 하고 있었다. 다행히 회사가 방배역 근처라 홍대입구 역에서 2호선을 타고 한 번에 갈 수 있었다. 입구 로비에서 단 한 명뿐인 입사 동기를 만났다. 나와 함께 면접에 들어갔던 면접자 중 한 명이었고 동생이었다. 나뿐만 아니라 그 동생 역시 중고 신입이었기에 언론에서 떠드는 중고 신입 선호 사상이 헛된 것이 아님을 느꼈다.

　인사팀장 주관하에 신입 사원 2명을 위한 오리엔테이

션이 진행됐다. 대규모 채용일 경우 한 달 정도 교육을 받은 뒤 교육 결과에 따라 지점 배치가 되고 필드에 투입이 된다고 했다. 하지만 이번에는 지점 간 인원 변동으로 인해 딱 2명만 채용을 했기에 약 일주일 동안 간이 교육을 받고 바로 필드에 투입이 될 수밖에 없었다. 오리엔테이션이 끝난 뒤에는 각 지점장과의 면담이 이어졌다. 서울 북부와 경기 일부를 담당하는 지점에 배치받고 지점장을 만나러 갔는데 눈에 익은 얼굴이 내게 인사했다. 면접에 참여했던 5명의 면접관 중 한 명이었다. 면접 내내 나를 뚫어질 듯 쳐다보기도 했고 면접 끝나기 전 나에게만 추가로 질문을 던졌던 면접관이어서 기억에 남았다. 면접 때와는 달리 온순한 얼굴로 나를 반갑게 맞아 줬다. 생글생글 웃는 지점장의 얼굴을 보니 어느 정도 긴장이 풀렸다.

지하 식당으로 내려가 빈자리에 앉아 인수·인계받을 지역과 앞으로의 일정에 관한 얘기를 들었다. 내가 담당할 지역은 서대문구와 은평구였다. 담당 지역을 듣고는 속으로 쾌재를 불렀다. 두 곳 모두 집과 가깝기도 했고 서대문구의 경우 대학 시절부터 몸담았던 곳이라 익숙했다. 이력서상 주소지가 마포구였기 때문에 혹시 거리상 가까워서 뽑힌 것은 아닐지 의문이 들었다. 면담이 끝나갈 무렵, 지점장이 궁금한

점에 관해 질문을 받겠다고 했다. 나이 많은 중고 신입을 선택한 이유가 궁금하기도 했고 내 추측대로 담당 지역과 가깝다는 이유가 합격에 영향을 끼친 건지 궁금하기도 했다.

"제가 뽑힌 이유가 궁금합니다. 혹시 마포구에 살아서 뽑힌 건 아닌지…"

지점장은 그렇게 생각할 수도 있겠다는 듯 고개를 한두 번 끄덕이더니 이내 답했다.

"그냥, 눈빛이 제일 간절해 보였어."

지점장의 말과는 달리, 면접장에서 나올 때 그동안의 면접 중 가장 잘 봤다는 생각이 들었었다. 면접 질문을 리스트로 뽑아 예상 답변을 대본으로 적고 달달 외우기도 했다. 면접 난도도 높지 않아서 진땀을 뺄 일도 없었다. 모든 게 예상대로 흘러갔기에 가장 자신 있는 모습으로 면접을 치렀다고 생각했다. 하지만 면접관의 눈에는 그렇게 보이지 않았다는 점이 놀라웠다. 아무리 유려한 척, 여유로운 척 연기를 해도 나도 모르게 드러나는 간절함은 감출 수 없었나 보다. 아니, 완벽하게 연기하지 못했다는 것에 오히려 안도감이 들었다. 덕분에 지점장이 알아봐 줬으니 말이다.

3-3.
얼굴에 철판을 까는 일

      입사 후 첫 주에는 본사로 출근해서 회사의 제품군에 관해 공부하고 매일 시험을 쳤다. 그다음 일주일은 지점 선배들이 일하는 지역에 가서 온종일 선배와 동행했다. 노원구, 남양주, 양주, 이천 총 네 곳을 방문했는데 해당 지역에 가는 것만으로도 진이 빠졌다. 내 담당 지역이 서대문구와 은평구라는 것에 다시 한번 감사함을 느꼈다. 동행 이후엔 이틀간 담당 지역에 관해 인수인계를 받았다. 본사 교육에서 학술적인 부분을 배웠다면, 선배들과의 동행과 인수인계 과정에서는 더욱 실무적인 부분을 배울 수 있었다. 거래처 병원, 약국, 비거래처 병원을 돌면서 앞으로 내가 해야 할 것들을 머릿속에 그렸다.

◇ 거래처 병원

제약 영업은 크게 두 가지로 구분된다. 병원 의사를 상대로 영업하는 전문의약품 영업과 약사를 상대로 영업하는 일반의약품 영업이다. 내가 속한 팀은 병원 의사를 상대로 전문의약품을 영업하는 팀이었다. 담당자가 따로 지정되어 있는 대학 병원을 제외하면 동네 의원부터 종합 병원까지 거의 모든 병원이 영업 대상이었다. 다만 회사가 보유한 주요 품목이 소화기관의 약이었기에 내과 의원이나 종합병원 내의 내과에서 주로 처방되었다. 독한 약을 처방해야 하는 신경과, 마취통증의학과 등에서도 속 쓰림 현상을 완화하기 위해 처방하기도 했다.

기존 거래처의 경우 짧게는 수개월에서 길게는 수십 년간 처방을 낸 곳이 대부분이다. 거래처 의사는 제약 영업 사원만큼이나 약에 관해 잘 알고 있는 경우가 많아서 딱히 약품에 관해 설명할 일은 없다. 내가 속했던 제약회사의 경우, 이미 세상에 나온 지 오래된 약이 대부분이어서 약에 관한 새로운 정보나 연구 결과가 나올 일이 만무했다. 의사에게 약을 어필해서 처방을 증대시켜야 하는데 딱히 어필할 만한 구석이 없었다. 이런 경우, 의사와 유대감을 형성해서 처방을 독려하는 것 외에는 딱히 뾰족한 수가 없다. 자주 눈도장을 찍고, 볼펜이나 포스트잇 같은 판촉물을 하나라도 더 챙겨서 전달하면서 조금이라도 더 유대감을 쌓는다. 애쓰는 모습을 좋게 보는 의사는 조금씩 처방을 늘려주기도 한다. 하지만 그렇지 않은 의사가 더 많기 때문에 인내심을 가지고 꾸준히 유대감을 쌓는 것이 중요하다. 처방이 늘어날지 줄어들지도 모르는 상황이지만 항상 똑같은 클로징 멘트를 말하고 원장실을 나온다.

"원장님, 이번 달도 잘 부탁드리겠습니다."

오랜 시간 들락날락했던 곳이기에 의사뿐만 아니라 간호사들과도 어느 정도 친분을 쌓아갈 수 있다. 간호사들은 매출에 직접적인 영향을 주진 않지만 원활한 영업 활동을 위한 조력자가 되어 줄 때도 있다. 그들에게서는 의사나 병원에 관한 자잘한 정보를 얻을 수 있다. 예를 들어 의사의 커피나 간식 취향이라든가 개원기념일, 생일 등 의사와의 면담에서 직접 물어보기에 애매한 것들에 관한 정보를 얻는다.

의사와의 면담은 대기실 혼잡도에 따라 좌우된다. 대기 환자가 없거나 적을 경우엔 문제없이 면담할 수 있지만 대기 환자가 많을 경우엔 1시간 이상 기다려야 하는 경우도 있고 아예 면담이 불가한 경우도 있다. 병원에 따라 다르겠지만 의사에게 내가 병원에 방문했다는 사실이 전해지기도 전에 간호사 선에서 면담 불가를 통보받을 때도 있다. 간호사가 의사의 컨디션을 고려해 면담을 조율하는 경우인데 간호사와 유대 관계가 있다면 예외가 되기도 한다. 이처럼 기존 거래처에서는 의사뿐만 아니라 간호사들의 마음마저 사로잡아야 성공적인 영업 활동을 펼칠 수 있다.

◇ 약국

거래처만큼이나 약국과의 사이도 중요하다. 의사가 처방을 내도 약국에 약품이 준비되어 있지 않으면 말짱 소용없기 때문이다. 각고의 노력 끝에 OO병원의 의사가 새로운 A약품을 처방해 주기로 했다고 가정해 보자. 제약 영업 사원은 OO병원과 가까운 약국으로 달려가 앞으로 OO병원에서 A약품을 처방할 예정이니 도매상을 통해 A약품에 대한 발주를 부탁한다. 이때 유대관계에 따라 약사의 반응은 천지 차이이다.

유대감이 있을 경우

약사: "오랫동안 공들이더니 드디어 해냈네. 축하해! 다음 주

쯤이면 준비될 거야."

유대감이 없을 경우

약사: "어느 제약 회사라고요? 지금 다른 약품 재고도 너무

　　　많아요. 새로 못 들여놔요."

　　아래의 예시는 드문 케이스이긴 하지만 직접 겪어보지 않고서는 그 허망함을 말로 표현하기 힘들다. 나 역시 열심히 공들여 의사를 설득해 냈지만 약사의 거절로 노력이 수포로 돌아간 경험이 있다. 서대문구 홍제동 끝자락 부근이었는데 지리적 요인 때문인지 그 주변은 항상 한가하다 못해 썰렁했다. 병원을 찾는 환자가 거의 없다 보니 약국도 덩달아 장사가 잘 안되던 케이스였다. 나 역시 자주 방문하는 편은 아니었기에 약사와의 유대도 그리 강하지 않았다. 약사의 입장에서도 별로 친하지도 않은 제약 영업 사원을 위해 재고를 떠안고 싶지는 않았을 것이다. 조금 더 끈끈한 관계였다면 아들뻘인 제약 영업 사원의 부탁을 들어줬을 수도 있지 않았을까 하는 생각이 든다.

　　병원 내의 간호사에게서 영업 활동에 유용한 정보를 얻듯, 약국에서도 약 처방과 관련된 중요한 정보를 얻을 수

있다. 의사가 우리 회사의 약품을 잘 처방하고 있는지, 혹시 경쟁사의 약품을 더 많이 처방하고 있지는 않은지, 경쟁사 약품 중에서 품절 이슈가 있는 것은 없는지와 같은 정보다. 제약 영업 사원은 매달 초 회사를 통해 매출 성적표를 받게 된다. 전달에 담당 지역 내의 약국에서 약품을 얼마나 주문했는지에 관한 성적표인데, 이 성적표를 보기 전까지는 의사가 얼마나 처방했는지 정확히 알 수 없다. 그렇기 때문에 중간중간 약국을 방문해서 의사가 처방을 잘 내고 있는지 확인하는 작업이 필요하다.

더불어 경쟁사의 정보도 얻는다면 금상첨화다. 의사가 갑자기 경쟁사의 약품 처방을 늘렸다면 나에겐 적신호가 켜진 것과 다름없다. 이런 경우 지점장에게 보고해서 판촉물을 더 전달하거나 정식으로 제품 설명회를 진행해서 다시 한번 의사에게 자사 약품을 상기시키고 처방을 독려한다. 약사에게 얻을 수 있는 최고의 정보는 경쟁사 약품의 품절과 관련된 것이다. 경쟁사 약품이 품절되면, 그 자리를 자사 약품으로 대체할 수 있는 절호의 기회이다. 수입하는 원료에 문제가 생길 경우, 원료 수입 문제가 해결될 때까지 약품 생산은 중단된다. 시중 약국에 풀린 약품이 모두 소진될 경우 약품은 품절되며 처방이 불가하다. 이때 의사는 품절된 약품과 비슷한 효능을 가진 다른 약품으로 대체해 처방하기 때문에 이 기회를 놓쳐선 안 된다. 이러한 기회를 잡기 위해서는 평소 약사와의 관계도 돈독히 해두어야 한다.

◊ 비거래처 병원

담당 지역 내에서 눈에 밟히는 모든 병원은 잠재적 거래처와 다름없다. 단, 대학 병원의 경우 담당자가 따로 있었기 때문에 대학병원을 제외한 일반병원과 종합병원에서 영업 활동을 할 수 있었다. 거래처 병원이든 비거래처 병원이든 수행하는 영업 활동은 똑같다. 의사를 만나서 의약품 정보를 전달하고 약품이 처방될 수 있도록 유도하는 것이다. 거래처 병원은 바쁘지 않을 경우 의사를 만나는 데 어려움이 없지만 비거래처 병원의 경우 대부분 간호사에게 방문 목적을 밝히는 순간 면담 거절 의사를 듣게 된다. 처음에는 거절당했다는 사실에 낯 뜨겁지만, 몇 번 거절당하다 보면 '의사 얼굴이라도 보면 좋고, 아니면 말고'라는 식으로 감정의 동요 없이 생판 처음 보는 병원도 그냥 들어가게 된다.

영업 사원에게는 매달 매출 목표치가 주어진다. 입사 후 시간이 지날수록 매출 목표치는 점점 높아지는데 기존 거래처의 처방만으로는 목표를 달성하는 데 어려움이 있다. 아니, 정확히 말하면 불가능하기에 신규 거래처에서의 매출이 무조건 발생해야 한다. 당장 이렇다 할 소득이 없더라도 비거래처 병원 역시 꾸준히 방문하면서 거래를 시작할 수 있는 기틀을 마련해야 한다.

하루는 날을 잡고 오후 내내 한 번도 가보지 않은 병원들 위주로 방문했다. 그런데 방문했던 비거래처 병원 중 과반수는 간호사가 의사에게 면담 의사를 물어보지도 않고 바로 내게 면담이 불가함을 통보했다. 늘 있던 일이었지만 그날따라 간호사들에게 무시당한 것 같아 속상하고 억울했다. 이렇게 가다간 매출 목표를 달성하기는커녕 신규 거래처조차 못 뚫는 신입 사원이 될 것만 같았다. 어떻게든 간호사가 의사에게 면담 의사를 물어보게끔 만들어야 했다.

병원에 들락날락하는 제약 회사 영업 사원만 해도 수십 명은 될 것이다. 간호사의 입장에서는 수많은 제약 회사 중 어느 회사가 병원과 거래를 하는지, 어느 회사의 영업 사원이 이전에 다녀갔는지 정확히 알 수 없을 것이다. 나는 이 점을 노렸다. 마치 이전 담당자는 병원에 몇 번 방문했었던 것처럼 뉘앙스를 풍겼다.

"안녕하세요, OO제약인데요. 원장님께 인사드리러 왔습니다."

"안녕하세요, OO제약인데요. 담당자가 바뀌어서 원장님께 인사드리러 왔습니다."

우리 회사의 지역 담당자가 바뀐 것은 사실이니 거짓말을 한 것은 아니다. 나는 있는 사실 그대로를 말했고, 간호사는 이전 담당자 시절부터 내가 속한 회사가 병원과 거래를 했었을 것이라고 추측했다. 인사말 하나만 바꿨는데도 간호사들은 의사에게 면담 의중을 물어봐 줬다. 의중을 물어봐 주는 것만으로도 이 전략은 성공한 것이었다.

의사의 대답은 운에 맡길 수밖에 없었다. 운이 좋으면 진료실로 입장하고 운이 좋지 않으면 그대로 돌아가야 했다. 조금이라도 면담 가능성을 높이기 위해서는 최대한 한가한 시간대에 방문해야 했다. 월요일의 경우 대부분의 병원은 환자들로 북새통을 이룬다. 주말 간 고통을 참은 환자들이 앞을 다투며 병원을 방문하기 때문이다. 월요일을 제외한 나머지 화, 수, 목, 금요일에는 늦은 오후에만 방문했다. 오전 시간대와 점심 식사가 막 끝난 이른 오후 시간대는 대기 환자들이 많기 때문이다. 일과가 거의 끝나가는 오후 5시 전후 시간대를 노려서 면담 허락 횟수를 늘릴 수 있었다.

별로 친하지도 않은데 친한척하며 무언가를 부탁하려는 친구를 보면 썩 반갑지 않다. 의사 또한 보자마자 약품 얘기부터 꺼내는 영업 사원은 반기지 않는다. 생전 처음 보는 의사에게 다짜고짜 약품에 관해 어필하는 것은 이번 한 번을 끝으로 다시는 병원에 방문하지 않겠다고 어필하는 것과도 같다. 그렇기 때문에 앞으로도 지속해서 꾸준히 방문할 것을 염두에 두고 행동해야 한다. 처음 보는 사람과 적막한 공간에서 단둘이 있게 되면 어색한 기류가 흐르리라는 것도 어느 정도 예상해야 한다. 사실 어색한 기류를 만드는 것은 면담을 신청한 영업 사원의 책임이기도 하다. 나는 그 어색한 기류가 너무나도 싫었기에 비거래처 병원에 방문할 때는 항상 자기소개서를 챙겨서 갔다.

한 바닥짜리 자기소개서였는데, 말이 자기소개서이지 사실 대화의 물꼬를 틀기 위한 도구였다. 제약 영업에 관한 내용은 담당 지역과 담당 제품에 관한 한 줄이 전부였다. 나머지는 의사와 접점이 있을 법한 것들이나 의사가 취미 생활로 즐길 것들에 관해 적었다.

자기소개서에 적힌 다양한 항목 중에서 가장 타율이 좋았던 항목은 오디오에 관한 부분이었다. 이어폰과 헤드폰을 판매했던 아르바이트 경력과 함께 내가 가진 이어폰과 헤드폰의 제품 리스트를 적었다. 모니터링에 사용하는 이어폰부터 가수들이 공연할 때 사용하는 인이어 이어폰과 한때 오픈형 헤드폰 중 끝판왕이라 불리던 헤드폰도 리스트에 올렸다. 포터블 오디오 마니아라면 지나칠 수 없는 리스트였는데 '그냥 한 놈만 걸려라'라는 심정으로 적었다. 예상대로 40·50대 남자 의사 중에서 관심을 보이는 의사가 여럿 있었다. 그중 한 분이 헤드폰 제품명을 콕 짚으면서 자신도 예전에 고민만 하다가 결국 구매하지 않았던 모델이라면서 반가워했다. 그 모델에 관해 서로 이런저런 얘기를 나누다 보니 이렇게 말로 하는 것보다 직접 체험해 보는 게 더 낫겠다는 생각이 들었다. 그래서 다음 방문 때 아예 헤드폰을 들고 가서 들려드리기도 했다.

젊은 의사의 경우, 혹시라도 아이돌에 관심이 있는 의사가 있을까 싶어서 방송 작가 시절에 참여했던 프로그램에 관해서도 적었다. 아이돌에 관심 있는 의사는 없었지만, 자신이 TV에서 눈여겨 본 출연자를 병원 광고 모델로 써보고 싶다는 의사가 있어 관련 연락처를 전달했던 적이 있다. 간혹 여의사가 원장으로 있는 병원도 있었기에 취미란에 살포시 '디저트 맛집 탐방'도 적어놓았다. 연희동 소재의 한 병원이 새로 개업했었는데 여의사가 원장이었다. 내가 건넨 자기소개서를 보더니 본인도 달콤한 디저트를 좋아한다며 먼저 반가움을 드러냈다. 연희동에 자리 잡은 지 얼마 되지 않았기에 맛집을 잘 모른다며 소개해달라고도 했다. 다음번 방문 때 단골 디저트 가게에서 구매한 휘낭시에와 까눌레를 선물로 드렸더니 굉장히 좋아했다.

비거래처 병원에서 첫 처방이 나오기까지는 적지 않은 시간과 노력이 필요하다. 기약 없는 기다림에 지치기도 하지만, 학수고대하던 결실을 보면 그 무엇보다도 짜릿하다. 매출을 올렸다는 외형적인 결과도 기쁘지만, 평생을 모르던 사람과 드디어 마음이 통하게 되었다는 사실이 더 힘이 나게 만든다.

3-4.
적응의 동물

사무직을 제외하면 땀쟁이에게 안전지대는 없다. 구두 수선공 챕터에서 언급했듯 나는 타고난 땀쟁이다. 사계절 내내 유니클로의 에어리즘을 받쳐서 입는다. 여름에 에어리즘을 받쳐 입지 않고 반팔을 입으면 가슴과 등판이 땀으로 흥건해진다. 사실 에어리즘을 받쳐 입어도 에어리즘이 땀을 다 흡수하지 못해서 반팔 위로 조금씩 땀이 배어 나올 때가 많다. 그래서 반팔을 구입할 때도 땀이 배어 나와도 티가 잘 나지 않는 검은색이나 진한 남색 위주로 구매하고, 땀이 조금만 배어 나와도 티가 많이 나는 가먼트 다잉 처리 제품은 구매하지 않는다. 특히 그레이 색상 반팔은 공개 처형당하는 것과도 같기에 쇼핑할 때 쳐다보지도 않는 편이다.

구두 수선공이 되어 백화점에서 일을 하게 되었을 때는 사실 걱정이 없었다. 여름철, 백화점만큼 에어컨을 빵빵하게 틀어놓는 곳도 드물었기 때문이다. 하지만 내 예상은 빗나갔다. 여름철은 물론 겨울철에도 땀을 뻘뻘 흘려가며 일했다. 그 이유는 복장에 있었다. 셔츠에 넥타이를 항시 매는 것이 복장 규정이었다. 이렇게만 입었어도 상황은 조금 나았을 텐데, 그 위에 작업 가운을 입어야 했다. 일반 사람이었다면 큰 무리 없이 일을 했겠지만 내 상황은 조금 달랐다. 안 그래도 열이 많은 체질인데 온종일 서서 몸을 움직이니 몸에서 열이 날 수밖에 없었다. 네이비 색상의 작업 가운은 그 열을 고스란히 머금었고, 난생처음 매본 넥타이는 셔츠를 조여 열이 빠져나가는 걸 막았다. 신고 있던 구두도 한몫했다. 저주를 받았는지 발에도 땀이 많은 편이라 평소에는 단화를 주로 신는다. 단화는 꼭 무인양품에서만 구입하는데, 무인양품의 단화에는 안쪽 면에 두 개의 구멍이 뚫려있어 시원하기 때문이다. 한겨울에도 구멍 뚫린 단화를 신는 내게 가죽 구두는 너무 답답했다.

땀과 떼려야 뗄 수 없는 내게 영업 사원의 복장은 불지옥과도 같았다. 한여름에도 구두를 신고 완벽한 정장 차림으로 다녀야 했다. 보수적인 기업 문화가 가장 큰 원인이었다.

영업 현장에서 의사들이 캐주얼차림을 불쾌하게 여기기도 한다는 것도 이유 중 하나였다. 정장은 입었지만 넥타이를 매지 않고 진료실에 들어갔다가 의사에게 꾸지람을 들었다는 사례도 있었다. 의사인 나도 넥타이를 맸는데 어떻게 영업 사원이 넥타이를 매지 않고 방문을 했냐는 뉘앙스였다고 한다. 거래처 중에서 넥타이를 매지 않았다며 핀잔을 줄 만큼 꽉 막힌 의사는 없었지만, 회사 규정이었기에 낮 최고 36도의 날씨에도 꼭 넥타이를 매고 다녔다.

　　동기나 다른 선배들은 모두 자차를 끌고 다녔다. 나 역시 입사 후 차량을 구입해야 하나 고민했었다. 하지만 담당 지역 내 지하철 노선과 시내버스 노선이 잘 정비되어 있어서 걸어 다녀도 영업 활동을 하는 데 큰 지장이 없을 거라고 생각했다. 선선한 바람이 부는 봄가을에는 걸어 다니기에 수월했고 겨울의 추위도 참을 만했으나, 정장을 입은 채 온몸으로 받아내는 여름의 더위는 상상 이상이었다. 조금만 움직여도 정수리와 등판에 열이 올랐다. 에어리즘이 땀을 먹어서 점점 상체에 쩍쩍 달라붙는 게 느껴졌고, 팔뚝에서 맺힌 땀이 팔을 타고 손목까지 또르르 흐르기도 했다. 이동을 위해 지하철이나 버스를 타면 항상 에어컨 바람이 나오는 구멍에 정수리를 갖다 댔다. 정장 안주머니에서 손수건을 꺼내 얼굴을 닦아내고 크로스백에서 손풍기를 꺼내 목덜미에 바람을 쐬었다. 이런 방식으로 목적지 정류장까지 이동하는 동안 빠르게 땀을 식힐 수 있었다. 하지만 정류장에 내려서 병원까지 걸어가는 짧은 시간 동안 한여름의 태양은 내 몸의 모든 땀구멍을 열어 다시 한번 땀을 쥐어짰다.

아무리 땀을 식혀도 내리쬐는 태양을 막지 않는 한 헛수고였기 때문에 양산을 쓰고 다니기로 결심했다. 요즘에는 양산을 쓰고 다니는 남자를 간혹 볼 수 있지만, 그 당시에는 온종일 밖을 돌아다녀도 양산을 쓴 남자는 찾아볼 수 없었다. 양산을 쓰고 횡단보도에서 신호를 기다리고 있으면 그렇게 덥냐며 할머니와 아주머니들이 물어보기도 했고, 간호사들은 한 손에 접힌 양산을 우산으로 착각해 밖에 비가 오냐며 묻기도 했다. 양산 때문에 원치 않는 관심을 받기도 했지만, 양산은 포기할 수 없는 땀쟁이의 필수템이었다.

그렇게 나는 한여름에 정장에 넥타이를 매고 왼쪽 어깨에는 크로스백을, 오른손에는 접이식 양산을 들고 서대문구와 은평구를 누볐다. 적게는 하루 18,000보 많게는 하루 26,000보를 걸어 다니며 영업을 뛰었다. 절대 하지 못할 것 같은 일이었는데 어떻게든 살아보겠다며 손수건에 손풍기에 양산까지 구비하며 잘 버텨냈다. 어떻게든 정신 차리고 영업

하기 위해 적응했다. 밥벌이의 무서움인가 보다.

3-5.
얇고 긴 인연

    환자 중에서 의사와 스몰토크를 하는 사람이 몇이나 될까? 환자가 증상에 대해 토로하고 의사가 진찰과 진단을 하기까지는 5분도 채 걸리지 않는다. 이 짧은 시간 동안 진료 이외의 대화를 나누기는 쉽지 않다. 대화를 나눈다고 해도 주기적으로 진료를 받지 않는 이상 서로가 이전 대화 내용을 떠올려 다시금 대화를 이어 나가는 것 또한 어렵다.

    담당 지역으로 서대문구와 은평구를 배정받았을 때 가장 먼저 떠올랐던 병원이 있었다. 대학교 근처에 위치한 정형외과였다. 대학생 시절부터 발목을 접질리거나 잠을 잘못 자서 목이 아플 때 종종 갔었는데, 진료하면서 종종 스몰토크를 나눠서 기억에 남는 곳이었다. 의사와 스몰토크를 처음 나눴던 건 방송 작가로 일하던 때였다. 회의실에서 회의를 마친 후 의자에서 일어나는 갑자기 발바닥에 통증이 느껴졌다. 선배들이 집에 간 뒤로도 한참을 그 자리에 앉아 있다가 조금은 호전이 되어 상수역에서부터 정형외과가 많은 홍대입구역까지 걸어갔다. 엑스레이를 찍었지만 별다른 이상은 없다는 진단과 함께 약 처방을 받았다. 약을 먹어도 호전이 되지 않아서 이번엔 택시를 타고 대학교 시절에 다녔던 학교 근처 정형외과로 향했다. 여기서 또 한 번 엑스레이를 찍었는데, 이번에는 발바닥에 미세하게 실금이 갔다는 진단을 받았다.

"며칠 전에 다른 곳에서 엑스레이 찍었었는데 별말 없었거든요. 거긴 돌팔이였을까요?"

의사는 허허허 웃으며 아주 미세한 정도의 실금이라서 못 발견했을 수도 있다고 말했다.

"그럼, 원장님은 실금을 발견하셨으니 명의이시네요!"

의사는 또 한 번 허허허 웃었다. 반깁스 처방을 내리며 한동안 안정을 취해야 한다고 했지만 항상 발로 뛰어야 하는 막내 작가라고 답했다. 의사는 어쩔 수 없다는 듯 약이라도 잘 챙겨 먹으라는 말과 함께 키보드를 두들겼다. 그다음 방문은 몇 년 뒤, 구두 수선공이 되었을 때였다. 오른손에 브러시를 들고 솔질해서 그런지 오른쪽 손목에 통증이 느껴졌다. 이번에도 학교 근처 정형외과로 향했고 몇 년 만에 진료실에서 의사와 재회했다.

"이제는 후배 작가가 들어 왔나요?"

방송 작가였던 걸 어떻게 기억하시냐고 물어보니 의사는 예전에 진료하면서 진료 기록에 살짝 적어뒀다고 했다. 이젠 방송쟁이가 아니라 구두장이가 되었다고 말하니 흥미로운 듯 이번에도 키보드를 두들겼다. 아마 이 내용도 기록에 남겼던 것 같다. 일하는 곳에 찾아가면 구두 닦아 줄 거냐는 의사의 물음에 얼굴 알고 있으니 언제든 오시라며 너스레를 떨었다. 한 치 앞을 알 수 없는 인생처럼 자신의 병원도 어떻게 될지 모르겠다며 열심히 살자는 의사의 말이 기억에 남는다. 그로부터 2년 뒤 환자가 아닌 제약 영업 사원으로 병원을 찾았다. 어떻게 될지 모르겠다던 의사의 말과는 달리 병원은 성업 중이었다. 제약 회사에서 왔다고 하면 면담 거절 당할까 봐 간호사에게 간략하게 상황을 설명했다. 컴퓨터에 내 생년 월일과 이름을 조회해 보고 과거 접수 이력을 확인한 간호사 는 신기하다는 듯 다시 나를 쳐다보고는 조금만 기다려달라 고 말했다. 대기실에 있는 모니터를 보니 간호사가 내 이름도 대기 명단에 올려놓았다. 모니터에 올라와 있던 환자의 이름 들이 하나둘 사라졌고 드디어 내 차례가 왔다.

"원장님, 안녕하십니까. OO제약 김솔이라고 합니다. 저 기억하시겠어요?"

의사는 눈을 동그랗게 뜨며 나를 아래위로 훑었다. 그 도 그럴 것이 항상 트레이닝복에 슬리퍼를 신고 왔던 환자가 정장을 입고 말끔하게 머리 손질까지 하고 왔으니 말이다. 자 초지종을 설명하니 제약 영업 사원이 환자가 되어 병원을 찾 은 경우는 많았지만, 환자가 제약 영업 사원이 되어 나타난 건 개원 이래 처음이라며 놀라워했다. 그리고 아무리 제약 영 업 사원이 된다고 해도 담당 지역을 본인이 직접 고를 수도 없을 텐데 병원이 속한 지역을 담당하게 된 것도 인연이라며 참 신기하다고 했다. 의사는 내게 먼저 어떤 약품을 취급하는지 물었고, 많이 처방을 내지는 못하겠지만, 차차 처방을 늘려가 보도록 하겠다고 말했다. 사실 첫날부터 약품 얘길 꺼낼 생각은 없었는데, 의사 쪽에서 먼저 물어봐 줘서 놀랐다. 제약 영업을 하면서 의사 쪽에서 먼저 처방에 관해 말을 꺼낸 곳은 이곳이 처음이자 마지막이었다. 그길로 내려가 약국에 들러 주문을 부탁했고, 두 번째 방문부터는 처방을 낼 수 있었다.

집 앞 정형외과를 놔두고 굳이 버스를 타고 먼 곳에 있는 정형외과를 찾은 건, 어쩌면 혼자 견뎌내야 하는 팍팍한 서울살이에서 조금이라도 위로받고 싶었기 때문이 아니었을까. 담당 지역을 배정받았을 때 기뻤던 이유는 거래를 할 만한 병원이 생겨서라기보다는 오랜만에 그 의사와 재회할 수 있다는 사실 때문이었던 것 같다. 가까이 둔 내 사람들만 챙기면 된다고 생각했는데, 얇지만 가늘게 인연을 지속하는 것도 나쁘지 않다는 생각이 든다. 가끔 느낄 반가움의 감정도 뜻하지 않게 맞이할 행운도 모두 나를 살아가게 하니까.

3-6.
원장의 선택

"혹시, 셋째 주 토요일에 시간 되나요? 좀 부탁할 게 있는데…"

항상 시시콜콜한 얘기만 하던 의사가 대뜸 물었다. 아무리 생각해 봐도 의사가 내게 딱히 부탁할 만한 일은 없었다. 더군다나 내가 다녔던 회사뿐 아니라 거의 모든 제약 회사는 일반회사와 같이 주중에만 출근했고 이러한 사실을 의사도 충분히 알고 있었다. 근무하지 않는 토요일에 시간이 되냐고 묻는 건 무엇 때문일까. 순간, 제약 업계 취업 준비를 위해 훑어봤던 뉴스 기사의 헤드라인들이 떠올랐다. 대략 이런 느낌의 헤드라인이었다.

'밑반찬 해오라, 재롱잔치 대신 가라'··· 의사들, 제약 영업 사원 상대 '갑질'

의사와 영업 사원의 전형적인 갑을 관계가 업무적인 부분을 넘어 사적인 영역에도 영향을 끼친다는 내용의 기사였다. 의사의 부탁을 무시하면 의사가 처방을 줄이거나 처방을 내지 않을 수도 있다는 공포감에 영업 사원 입장에서는 울며 겨자 먹기로 의사의 부탁을 들어줄 수밖에 없는 게 현실이다. 이러한 기사와 별개로 제약 영업 관련 커뮤니티에도 주말마다 자차로 의사를 골프장까지 실어 나른다는 글을 종종 볼 수 있었다. 내게 시간이 되냐고 물은 의사는 내가 도보로 영업 활동을 하고 있다는 것을 알고 있었기 때문에 골프 픽업을 부탁하는 것은 아닐 거라고 생각했다. 자신의 차를 대신 운전해서 골프장까지 기사 노릇을 시키려는 것인가 싶었다. 의사는 내게 모니터를 돌려서 이미지 파일을 보여줬다. 셋째 주 토요일에 서울역 근처에서 학회가 열린다는 내용과 약도가 그려져 있었고, 의사는 내게 학회에 대리로 참석해 줄 수 있냐고 물었다. 뉴스 기사나 커뮤니티 글에서만 봤던 상황이 내게도 벌어져 신기하기도 했고 어안이 벙벙하기도 했다.

셋째 주 토요일엔 별다른 일정이 없었다. 집에서 학회

가 열리는 곳까지 거리도 가까운 편이었다. 다만, 혹시라도 문제가 생기면 어떡하나 싶어서 의사에겐 내가 가도 상관없지만 혹시 문제가 될까 봐 걱정된다고 말했다. 의사는 별거 아니라든 듯 웃으며 자세히 설명해 줬다. 학회장에서 나눠주는 팸플릿을 챙기고, 입장 시와 퇴장 시에 각각 서명을 한 번씩만 하면 된다고 했다. 의사는 내게 고민할 시간을 주지 않았다. 정 부담이 되면 다른 사람에게 부탁하면 된다고 말했다. 의사가 말하는 다른 사람은 당연히 타 제약 회사의 영업 사원일 게 분명했다.

'처방을 점점 줄이면 어쩌지?'
'점점 관계가 소원해지면 어쩌지?'
'앞으로 다른 영업 사원들에게만 기회를 주면 어쩌지?'

머릿속에 여러 경우의 수가 떠올랐고, 어찌 됐든 현재의 처방 수준을 유지라도 하려면 의사의 제안을 수락해야 한다는 결론에 다다랐다. 잘해도 본전치기인, 고민할 필요가 없는 제안이었다. 누구도 처방에 관한 얘기는 꺼내지 않았지만, 대화의 저변엔 처방이 깔릴 수밖에 없다. 저 말을 듣고도 거절할 수 있는 영업 사원이 몇이나 될까 싶다. 나도 뉴스 기사에 나오던 제약 영업 사원들과 별반 다를 바 없었다. 의사에겐 수많은 제약 영업 사원 중에서 내게 기회를 줘서 감사하다고 말했다. 뭔가 좀 씁쓸한 느낌이었다. 처음으로 마주한 서글픈 영업 사원의 현실이었다.

　　셋째 주 토요일 오전, 의사와 약속한 대로 학회장을 찾았다. 학회장에 출입해 팸플릿을 받고, 의사 이름으로 서명했다. 학회가 끝나기까지는 대략 예닐곱 시간 정도 남았기에, 집으로 돌아가 시간을 때운 뒤 학회가 끝날 시간에 맞춰 다시 학회장에 가서 서명을 했다. 무의미하게 하루를 날렸다는 허망함과 그래도 좋은 결과가 있을지도 모른다는 기대감이 뒤섞였다. 이틀 뒤 월요일이 되자마자 다시 병원을 찾았다. 평소대로라면 환자가 많은 날이라서 방문하지 않지만 약속대로 학회에 잘 다녀왔다는 걸 빨리 어필하고 싶었다. 팸플릿을 전달하고 여느 때와 똑같이 시시콜콜한 이야기를 한 뒤 진료실을 나왔다. 그 뒤로 한두 달간 처방 추이를 지켜봤지만 별다를 바 없었다. 한 번 부탁을 들어줬다고 처방을 늘려 주는 의사는 없겠지만, 내심 기대가 되는 건 사실이었다. 결국 내가 퇴사할 때까지 의사는 처방을 늘리지도 줄이지도 않았다.

　　제약 회사를 퇴사한 뒤 3개월쯤 지나 인수인계를 해 준 후배에게서 안부 인사차 연락을 받았다. 후배와 이런저런 얘기를 하다가 실적이 가장 잘 나오는 병원에 관해 물었는데 후배의 입에서 뜻밖의 병원명이 나왔다. 학회 대리 참석했던 의사의 병원이었다. 내가 담당하던 시기보다 2배가량 실적이 높았다. 후배는 아무런 이유 없이 처방이 2배나 늘었다고 답했다. 이해할 수 없었다. 후배는 자신도 처방이 늘어난 이유를 잘 모르겠다며 말을 잘랐다. 후배가 말을 자르는 모습에서 뭔가가 있다고 느꼈지만 더 이상 캐묻지는 않았다. 도대체 어떻게 그 의사를 구워삶았을까. 지금은 연락이 끊겼지만 후배를 만날 수 있는 날이 온다면 꼭 한번 묻고 싶다.

"그 원장한테 도대체 뭘 얼마나 해 준 거니?"

3-7.
밥값 이상의 가치

방송 작가로 일을 하던 시절, 연남동으로 이사를 왔다. 2013년 말쯤 이사했으니 10년이 넘은 셈이다. 사실 내가 이사하고 싶던 동네는 서교동이었다. 홍대입구역의 중심부인 서교동에서 꼭 한번 살아보고 싶었지만, 가난한 막내 작가의 주머니 사정을 고려했을 땐 쉽지 않은 일이었다. 홍대입구역 2번 출구로 나와서 가장 가까운 부동산에 들렀다. 공인중개사와 함께 예산에 맞는 원룸 몇 개를 둘러봤지만 마뜩잖았다. 자신들이 보유한 물건은 전부 보여줬다며 혹시 홍대입구역에서 조금 더 멀어져도 상관없는지 내게 물었다. 홍대입구역까지는 걸어갈 수 있으면 좋겠다고 답했고 공인중개사는 또 다른 매물을 가진 다른 부동산에 나를 인계했다. 다른 부동산의 담당자 이 팀장은 만나자마자 나를 차에 태웠다. 시간을 아껴서 최대한 매물을 많이 보는 게 내겐 이득이라면서 마음에 안 들면 바로 말해달라고 했다. 그렇게 이 팀장의 차를 타고 세 곳의 원룸을 둘러보는 데는 20분도 채 걸리지 않았다. 뜨뜻미지근한 반응에 이 팀장은 자신이 전속으로 관리하는 귀중한 건물이라며 네 번째 매물을 보여줬다. 엘리베이터가 없는 5층짜리 건물 중 4층에 위치한 원룸이었다. 북쪽으로 베란다가 있어야 할 공간을 확장한 형태여서 그런지 가슴팍 높이의 창문이 두 군데에 나 있었다. 동쪽으로 난 큰 창까지 합하면 창문만 세 곳에 나 있는 특이한 원룸이었다. 창문 방향에 들어선 옆 건물들은 모두 3층짜리 건물로, 창문을 활짝 열어도 인접 세대가 보이지 않는 흔치 않은 입지였다. 창문을 열면 맞은편 건물의 세대와 인사가 가능했던 이전 원룸과 비교되는 부분이었다.

당장이라도 계약하고 싶었지만 예산보다 월세가 10만 원 높았기에 망설여졌다. 이 팀장은 본인이 나서서 조금이라도 깎아보겠다며 집주인과 통화를 했고 월세 5만 원을 깎을 수 있었다. 이 팀장이 애를 써준 게 감사하기도 했고 5만 원 정도라면 감당할 수 있겠다 싶어서 계약을 진행했다. 월세 계약을 진행하기 위해 부동산에서 집주인과 마주했다. 이런저런 얘기를 나누던 중 집주인도 방송 업계 종사자라는 걸 알게 되었다. 집주인은 막내 작가로 일하는 게 얼마나 힘든지 본인도 잘 안다며 나를 위로했다. 그러고는 매달 내야 할 관리비 5만 원을 면제해 줬다. 월세 5만 원, 관리비 5만 원을 깎았으니 최종적으로는 예산에 맞는 집을 구하게 됐다.

연남동으로 온 지 얼마 지나지 않아 연남동에는 슬슬 변화의 바람이 불기 시작했다. 연남동 거리의 모습은 빠르게 변해갔고, 뉴스 기사로만 접하던 젠트리피케이션이 눈앞에 펼쳐졌다. 흙으로 뒤덮인 공터는 경의선 숲길 공원으로 바뀌었고 기사식당과 중화요리집이 즐비했던 거리에는 힙한 감성의 식당과 술집이 하나둘 생기기 시작했다. 집 근처의 풍경도 조금씩 변했다. 단독 주택은 뼈대만 남긴 채 카페로 리모델링되었고, 붉은 벽돌로 지어진 낡은 다세대 주택 자리엔 세련된 건물이 들어섰다. 집 앞에 새로 생겼던 김밥집은 장사가 잘됐었는데도 금세 자리를 뺐다. 아마 월세 문제이지 않았을까.

자주 가던 세탁소의 사장은 좋은 건물주를 만나서 십수 년째 주변 시세보다 낮은 금액으로 월세를 냈지만, 상황이 이렇다 보니 이제는 어떻게 될지 모르겠다며 걱정했다. 미래를 걱정하는 세탁소 사장의 모습을 보며 남의 일이 아니라는 생각이 들었다. 지금 거주하는 집에서 오래 살고 싶었지만 집주인이 내 사정을 봐줄지 의문이었다.

　　어떻게 하면 월세를 올리지 않고 재계약을 할 수 있을까. 집주인이 나를 좋게 봐 준다면 재계약할 때 조금이나마 도움이 될 수도 있을 거라고 생각했다. 내가 집주인이라면 어떤 세입자를 좋아할까. 아무래도 월세 꼬박꼬박 내고, 문제 일으키지 않는 세입자가 좋을 것이다. 거기에 내 집처럼 깨끗하게 살고 깍듯한 태도를 갖췄다면 더할 나위 없을 것이다. 월세 5만 원을 올리고 검증이 안 된 사람을 새로 받느니 월세 5만 원을 덜 받더라도 믿음이 가는 사람과 재계약을 하는 게 나을 것이라고 생각했다.

　　당장 집주인과 좋은 관계를 형성하고 싶어도 집주인이 타지역에 거주하던 터라 딱히 방법이 없었다. 한 달에 한 번, 월세 내는 날 말고는 딱히 연락할 건수가 없었기에 월세 내는 날에는 항상 고마운 마음을 담아 집주인에게 메시지를 보냈다. 호칭은 사장님보다는 선생님이 조금 더 유할 것 같아서 선생님으로 불렀다. 무더운 날에 월세를 보낼 때는 삼계탕 기프티콘을 함께 보내기도 했고 설 명절쯤엔 항상 주문해서 사 먹던 귤을 집주인이 살고 있는 통영으로 보내기도 했다. 감사한 마음을 표현할 수 있는 건수가 있다면 놓치지 않았다. 그렇게 시간이 흘러 재계약 시즌이 왔고, 이 팀장의 연락을 받고 부동산을 찾았다. 이 팀장은 믹스커피 한 잔을 타서 내게 건네며 말했다.

"집주인분이 솔이 씨 엄청나게 좋아하시더라고요. 요즘 솔이 씨 같은 사람 없다면서…"

이 팀장은 내가 방문하기 전에 집주인과 조율을 끝마친 상태였다. 내가 재계약을 원한다면 이전에 진행한 계약 내용과 동일한 조건으로 2년 재계약을 진행할 수 있었다. 이 팀장이 종이 한 장을 꺼냈는데 거기엔 건물 전체 호수의 전월세 가격 변동 사항이 적혀있었다. 내가 입주한 호수를 제외하면 모든 호수의 전월세 가격이 상승하는 것으로 표기되어 있었다. 이 팀장은 집주인에게 기프티콘을 보내거나 명절 인사를 할 생각을 어떻게 했냐며 기특하다고 했다. 이 팀장은 재계약 관련 서류를 분류하면서 내게 말했다.

"솔이 씨는 영업해도 참 잘할 것 같아."

사실, 이때만 해도 평생 방송 작가로 살 줄 알았기에 이 팀장의 말은 크게 신경 쓰지 않았다. 어찌 됐든 동일한 조건으로 2년 재계약을 진행했다. 이 이후로도 동일하게 집주인과 좋은 관계를 유지했고, 10년이 훌쩍 지난 지금까지도 동일한 계약 조건으로 여전히 그 집에 살고 있다. 상대방에게 고마운 마음을 표현했을 뿐인데 그 마음이 배가 되어 내게 돌아올 수도 있다는 걸 이때 깨달았다. 상대방에게 마음을 전하는 것만으로도 기분 좋은 일인데, 상대방이 그 마음을 온전히 이해해 주는 것만큼 기분 좋은 일이 있을까.

집주인뿐만 아니라 일상에서 자주 마주하는 사람들에게는 반갑게 인사했고, 좋은 게 있으면 함께 나눴고, 항상 감사한 마음을 먼저 표현했다. 내 마음이 잘 전해졌는지, 상대방도 상대방의 방식대로 내게 마음을 표현했다. 식당 사장은 항상 서비스를 내어줬고, 디저트 가게 사장은 디저트가 품절되기 전에 미리 예약을 받아 줬으며, 편의점 점장님은 구하기 힘든 과자를 숨겨놓았다가 내가 오면 꺼내주기도 했다. 이런 모습을 가까이서 지켜보던 친구들도 내게 이 팀장과 비슷한 말을 했다.

"영업하면 진짜 잘하겠네."

누구나 한 번쯤 무언가를 잘한다며 남에게 칭찬을 들

어본 적이 있을 것이다. 칭찬받은 부분을 살려서 업으로 삼아보면 어떨지 상상해 본 적도 있을 것이다. 나 역시 이런 말들을 계속해서 듣게 되니 '정말 영업하면 잘하려나?'라며 혼자 영업 사원이 된 모습을 상상해 보기도 했다. 인간에게 누구나 한 가지의 재능이 주어진다면 그것이 내겐 '영업'이라는 것일지도 모른다고 생각했다. 그 재능이 나에게 있는 것인지 증명해 보고 싶었지만 겁이 났다. 만일 그것을 증명하기 위해 영업 사원이 되었는데 결과가 좋지 않다면 내겐 재능이 없다는 것이니까. 재능이 없어도 재능이 있다고 믿고 계속 살아가는 것도 나쁘지 않을 것이기에 굳이 그 믿음을 빠르게 깨고 싶지 않은 마음도 있었다. 하지만 방송 작가와 구두 수선공을 거치며 내 기질에 적합한 일은 영업일지도 모른다는 생각에 제약 영업 사원이 되었다. 이젠 무를 수가 없었다. 영업에 재능이 있는 사람인지 아니면 그저 남들과 잘 지내는 걸 좋아하는 사람인지 증명해야 할 때가 왔다.

영업 사원은 숫자로 본인의 가치를 증명한다. 100이라는 숫자를 기준으로 가치를 매기는데, 회사가 정해준 목표 매출을 100% 달성하면 밥값은 하는 영업 사원이다. 1%가 부족해서 100%를 달성하지 못했을 경우엔 목표를 달성하지 못한 영업 사원이 되며, 지점장과의 동행이 시작된다. 반대로

1%를 초과 달성해서 101%의 실적을 올리면 밥값 이상의 가치를 만들어 낸 영업 사원이 되며 초과 달성한 만큼의 추가 수익이 보장된다. 영업 사원이 달성해야 할 목표는 회사가 정해주며, 매달 목표로 하는 매출액은 점점 높아진다. 가만히 안주할 경우 절대로 달성할 수 없는 수치이기에, 밥값이라도 하는 영업 사원이 되기 위해서는 끊임없이 머리를 굴리고 움직여야 한다.

제약업계의 경쟁은 그 어떤 시장보다도 치열하다. 상위권 제약사는 오리지널 의약품(한 제약사가 개발해 처음으로 출시한 특정 성분으로 이뤄진 신약)을 다수 보유했지만, 상위권을 제외한 대다수의 제약회사는 오리지널 의약품 보다는 제네릭 의약품(오리지널 의약품과 성분, 함량, 제형, 용법·용량 등이 동일하면서 오리지널 이후에 출시된 의약품)을 많이 보유한 곳이 많았다. 아예 오리지널 의약품을 보유하지 않은 제약사도 더러 있었다. 흔히 '카피약'이라고도 불리는 제네릭 의약품보다는 오리지널 의약품을 선호하는 병원장이 많았기에 상위권 제약사일수록 영업 활동을 하기가 더 수월했다.

내가 속했던 제약회사는 중위권 수준으로 오리지널 의약품의 수가 현저히 적어서 영업 활동이 쉽지 않았다. 오리지널 의약품 수가 적은 제약사의 영업 사원들은 의약품을 어필하기보다는 영업 활동에 주력했다. 병원장에게 눈도장을 찍으며 형성한 유대감을 바탕으로 약품 처방을 유도하는 것이다. 한 가지 슬픈 사실은 나 말고도 모든 제약 영업 사원들이 병원장과 라포르를 형성하기 위해 고군분투한다는 점이었다.

이름만 다를 뿐 성능과 가격이 동일한 수십 개의 약품 중에서 혼자 돋보일 방법은 없다. 다른 약품들과 차이를 만드는 건 영업 사원에게 달린 일이었다. 그렇기 때문에 의사와 단둘이 있을 수 있는 면담 시간에 사활을 걸어야 했다. 한 달에 한 번 월세 내는 날에 집주인에게 감사함을 표현했던 때와 비슷했다. 많아야 일주일에 한 번, 길어야 5분 정도의 시간을 어떻게 사용할 것인가에 관한 많은 고민과 효과적인 전략이 필요했다.

집주인 입장에서 어떤 세입자를 반길지 생각해 보았듯, 의사 입장에서 어떤 제약 영업 사원의 약품을 써줄지 생각해 봤다. 열심히 애쓰는 모습에 동정심이 생겨서 처방하거나, 진심으로 감동해서 본인도 영업 사원에게 도움이 되고자 처방할 수도 있을 것 같았다. 마음을 전하는 데 소질이 있다고 생각했으니 의사를 감동시키는 쪽으로 방향을 잡는 게 낫다고 생각했다. 신입 사원이 물질적으로 의사를 감동시킬 순 없으니 정신·감정적인 부분을 건드려야 했다. 주중엔 진료를 보고 주말엔 학회나 세미나 참석으로 바쁜 일상에서 내가 조금이라도 챙겨준다면 어떨까. 제삼자라고 할지라도 본인에 관한 사소한 부분까지 잊지 않고 진심으로 챙긴다면 원장도 자신의 곁을 조금이나마 내어주지 않을까?

의사와 가까워지기 위해 가능한 한 많은 정보를 모아야 했다. 진료실에서 의사와 대화를 나눌 때 틈틈이 이곳저곳을 훑어보았다. 책장에 놓인 사진이나 삐뚤빼뚤 크레파스로 그려진 그림을 통해 가족 구성원과 자녀의 나이를 유추할 수 있었다. 아무것도 없을 경우 의사의 검지에 반지가 있는지 없는지 살폈다. 의사가 사용하는 책상 위에선 의사의 취향을 유추할 수 있었다. 수동 원두 그라인더, 덜 알려진 브랜드의 스피커, 기계식 키보드, 1천만 원이 넘는 고가 브랜드의 시계 등 단번에 알 수 있는 단서들이 많았다. 그냥 지나칠 수도 있는 물건들을 알아볼 만큼 다양한 관심사를 가진 것에 스스로 대견하다고 생각했다. 오가며 친해진 간호사들을 통해서는 개원일이나 병원 행사와 관련된 정보를 얻었다. 이렇게 모은 정보를 활용해 의사의 감정을 건드릴 수 있는 부분들을 공략해야 했다.

제약 영업 사원에게는 '일비(일일활동비)'라는 게 주어진다. 연봉과는 별개로 하루에 3만 원씩 주어지는 경비였다.

예를 들어, 한 달 근무 일수가 20일인 경우에는 총 60만 원의 금액이 월급과는 별개로 계좌에 꽂혔다. 식비, 교통비, 유류비 등 영업 활동을 하면서 발생하는 비용을 충당하는 데 쓰인다. 나의 경우 차량이 없었기 때문에 유류비로 나갈 돈이 없었다. 도보와 버스, 지하철로 이동했으니 한 달 교통비라고 해봐야 7만 원 안팎이었다. 나머지 돈의 사용처는 내 선택에 달린 문제였다. 남은 금액을 고스란히 저금하고 가난하게 영업해도 아무런 문제가 되지 않았다. 목표 매출만 달성하면 말이다.

일비 외에도 판촉 활동 시 사용할 수 있는 법인 카드도 주어졌다. 의사와 함께 점심 혹은 저녁 식사를 하면서 약품에 관한 정보를 전달하는 '제품 설명회'를 진행할 때 해당 카드를 사용했다. 제품 설명회의 경우 1만 원 이상 결제를 해야 하기 때문에 미리 지점장의 승인을 받아야 했고 영수증도 증빙해서 매주 제출해야 했다. 의사나 간호사에게 줄 자잘한 간식거리를 살 때도 많이 애용했다. 1만 원 미만의 결제 건에 관해서는 사전에 승인받을 필요 없이 자유롭게 사용이 가능했고, 영수증을 증빙할 필요도 없었다. 다만, 카드 사용 누적 금액이 많을 경우엔 지점장에게 연락이 오기 때문에 눈치껏 사용해야 했다. 이처럼 다른 산업군의 영업직보다는 판촉에 관해 회사가 적극적으로 지원해 주는 느낌이었다. 달리 생각해 보면, 이렇게 지원해 줄 테니 어디 한번 시원하게 매출 좀 올려보라는 조용한 협박과도 같았다.

교통비와 점심 식사비용을 제외한 모든 일비는 의사를 위해 쓰기로 했다. 부족할 경우, 사비를 터는 것에도 거리낌이 없었다. 1만 원 미만의 금액 제한이 있던 법인 카드는 간호사와 약사를 위해 쓰기로 했다. 처방에 관한 결정은 의사가 하지만, 약품을 준비하고 약국으로 환자를 안내하는 건 약사와 간호사가 한다. 환자가 처방받고 약을 타는 과정이 순조롭게 흘러가기 위해서는 약사와 간호사도 지속해서 관리하는 편이 낫다고 판단했다.

나의 첫 과제는 인수인계가 끝난 후 매출이 떨어지지 않기 위해 방어하는 것이었다. 보통 지역 담당자가 바뀌면 매출이 떨어진다. 처방을 줄이거나 아예 다른 약품으로 바꿔서 처방을 내는 경우가 많다. 인수인계를 받은 영업 사원에겐 위기이지만 반대로 경쟁사의 영업 사원에겐 의사의 처방을 바꿀 수 있는 절호의 기회이다. 의사의 입장에서도 그동안 타 제약회사 영업 사원의 처방 부탁을 미뤄 오다가 그 부탁을 들어줄 수 있는 시기이기도 하다. 인수인계를 받자마자 마주한 이 위기를 잘 넘겨야만 했다.

인수인계 과정에서는 전임자와 함께 진료실에 들어가서 의사와 인사를 나눈 게 전부였다. 혼자서 다시 의사를 찾아갔을 때, 나를 기억하지 못할 게 뻔했다. 거래처 의사들에게 지역 담당자가 된 것을 정식으로 알리면서 나를 각인시킬 필요가 있었다. 거래처 수만큼 자기소개서를 인쇄하고 명함과 함께 투명 파일에 넣었다. 모든 거래처를 돌면서 투명 파일을 건네며 90도로 허리를 숙여 인사했다. 자기소개서에 관심을 보여서 내게 이것저것 질문한 거래처는 따로 체크해두었다. 자기소개서를 보고 시큰둥한 반응을 보인 거래처와는 천천히 유대관계를 쌓기로 하고, 관심을 보인 거래처와는 초반에 빠르게 하는 것으로 방향을 잡았다.

　　전체 거래처 중 매출이 잘 나오는 곳 10곳과 빠르게 유대관계를 쌓으면 좋을 5곳에는 두 번째 방문 때 다시 한번 나를 어필하기로 했다. 새 이웃이 이사 왔을 때 떡을 돌리는 게 생각이 나서 동네에 새로 생긴 떡집을 찾았다. 젊은 사장 둘이 직접 떡메를 치는 떡집이었는데 다양한 재료를 버무린 인절미가 대표 메뉴였다. 여러 종류로 구비되어 있어서 취향에 따라 먹을 수 있었고, 소량씩 밀봉되어 있어서 조그마한 박스에 형형색색 인절미를 4개씩 담아 선물 박스처럼 구성할 수 있었다. 사장님과 상의해서 4가지의 인절미를 담은 박스 15

세트를 주문했다. 자차 없이 직접 가방에 넣고 돌아다녀야 했기에 4일간 매일 가게에 들러 조금씩 나눠서 수령했다. 여름이었으면 떡이 상할 수도 있었을 텐데, 춥디추운 1월이어서 참 다행이었다. 떡을 담은 박스 안에 직접 손 글씨로 적은 카드를 하나씩 동봉했다. 앞으로 열심히 할 테니 잘 부탁드린다는 내용 말고는 사실 쓸 내용이 없어서 일부러 다이소에서 판매하는 카드 중 가장 작은 카드에 썼다. 박스를 받은 의사들은 조금 놀라기도 했고 좋아하기도 했다. 거부감을 느끼거나 도로 가져가라는 의사는 없었다. 몇몇은 그 자리에서 카드를 읽어봤는데 앞으로 잘해보자며 격려해 주었다. 전임자가 말을 잘해둔 덕인지 아니면 떡과 손 글씨로 적은 카드가 효과가 있었는지는 모르겠지만 지역 발령 첫 달부터 목표 실적을 초과 달성할 수 있었다. 실적표를 보고 좋아하던 중, 지점장의 호출이 있었다. 지점장 자리로 가니 지점장과 함께 사업부장이 이야기를 나누고 있었다. 인사를 하며 눈이 마주친 사업부장이 내게 말했다.

"너 떡 돌렸다며? 어디서 돈이 나서 떡을 돌렸냐?"

"일비에 제 돈 보태서 했습니다."

무표정이던 사업부장이 대답을 듣고는 피식 웃었다. 그러고는 자신의 지갑에서 카드 한 장을 꺼내 내게 건넸다.

"이 카드로 해 보고 싶은 거 한 번 더 해 봐."

사업부장은 사용 한도를 정해주며 한도 내에서 마음대로 카드를 사용하고 다시 반납하라고 했다. 사업부장의 묘한 말투와 심드렁한 표정 때문인지 뭔가 인정을 받은 것 같으면서도 혼나는 기분이었다. 기특해서 더 해보라는 느낌이 드는가 하면, 어디까지 하나 어디 한번 두고 보자는 느낌도 들었다. 당최 어떻게 해야 할지 몰라 지점장을 쳐다보니 지점장은 어서 카드를 받으라는 듯 고개를 끄덕였다. 지점장의 입가에 약간의 미소가 번지는 걸 보고 그제야 안심할 수 있었다.

첫 달부터 목표치를 초과 달성하다 보니 자신감이 붙었다. 목표를 달성하지 못했다면 뭐부터 해야 할지 막막했을 텐데, 이젠 내가 모은 정보를 활용해서 의사별 맞춤 영업을 해볼 차례였다.

날씨가 더우니까 아이스 커피를 사 간다거나 미세먼지가 많은 날이니 목캔디를 준비하는 것은 모든 영업 사원들이 할 수 있는 일이다. 진료실에 들어가 보면 이미 책상 위엔 마시지도 않은 음료가 두세 잔 정도 놓여있는 경우가 많았다.

그저 그런 영업 사원 중 한 명이 되는 것이 아니라 기억에 남는 영업 사원이 되기 위해서는 공적인 영역보다는 사적인 영역에 초점을 두고자 했다.

가장 기본적인 방법은 업무와는 별개로 사람 자체에 관해 관심을 표하는 것이다. 연희동 어느 골목에 오래된 의원이 있었다. 빛바랜 간판만으로도 지나온 세월을 짐작할 수 있는 곳이었는데 오래된 업력과는 달리 원내 분위기는 항상 썰렁했다. 환자가 많이 찾지 않아서인지 의사도 진료실에서 개인적인 취미 생활인 '커피'를 즐겼다. 나도 커피에 관심이 많은 편이어서 종종 의사와 괜찮은 카페를 서로 추천해 주기도 했다. 한번은 겨울 휴가로 일본을 방문했는데 맛과 향이 제법 괜찮은 커피를 마시게 되었다. 직접 원두를 로스팅하는 카페였는데 매장에서 제공하는 커피의 원두와 선물용 드립백도 함께 판매했다. 연희동의 커피마니아 의사가 생각이 나 원두와 드립백을 모두 구매해 다음 방문 때 의사에게 전달했다. 신주쿠에서 맛있는 커피를 마셨더니 딱 원장님 생각이 나서 준비했다고 말하니 진심으로 고마워하는 눈치였다. 그날 의사가 직접 내린 커피를 함께 마시며 조금 더 가까워질 수 있었다.

이처럼 의사를 직접 챙기는 것도 방법이지만 의사의

가족을 챙기는 것도 좋은 방법이다. 보통 화이트데이와 밸런타인데이에 영업 사원들은 초콜릿이나 사탕을 전달하는 방식으로 의사를 챙길 것이다. 조금 더 센스 있는 영업 사원이라면 초콜릿이나 사탕은 피할 것이다. 어차피 여기저기서 많이 들어올 게 뻔하기 때문이다. 나는 여기서 조금 더 고민해보았다. 내가 의사를 챙기고 싶은 것처럼 의사도 가족이나 연인을 챙기고 싶을 것이라고 생각했다. 하지만 온종일 진료를 보느라 병원에만 갇혀서 따로 무언가를 준비할 시간이 부족할 것이라고 생각했고, 이 부분을 내가 채워주면 좋을 것 같았다. 연남동에 있는 단골 디저트 가게를 통해 까눌레와 피낭시에 그리고 레몬 파운드케이크를 선물 세트로 구성해서 준비했다. 선물 세트와 함께 의사가 아내나 연인에게 직접 마음을 전할 수 있도록 빈 카드도 함께 전달했다. 연령대가 낮을수록 구움 과자에 관한 선호도가 높을 것으로 예상되어 30대 혹은 40대 초반의 의사를 위주로 공략했다. 결과는 대성공이었다. 구움 과자도 인기가 많았지만 카드를 받은 아내가 너무 좋아했다는 의사가 압도적으로 많았다. 그중에서 가장 기분 좋았던 한마디가 기억에 남는다.

"아내가 고맙다고 전해달래요. 그리고 저보고 약 좀

팍팍 쓰라고 하더라고요. 허허."

어린 자녀와 즐거운 시간을 보내며 좋은 추억을 만드는 걸 마다하는 부모는 없을 것이다. 보통 병원의 경우 7월 말에서 8월 초의 시기를 휴가 기간으로 정한다. 어린 자녀가 있는 의사의 경우 휴가 기간이 길지 않아 국외보다는 국내로 가족 여행을 많이 가는 편이다. 응암동에서 내과를 운영하던 내과 의사도 8월 초 강원도에 있는 펜션으로 가족 여행을 앞두고 있었다. 두 명의 자녀가 있었고 그중 첫째 아이는 곧 초등학교 고학년이 될 나이였다. 의사는 종종 아들 얘기를 했는데 시간은 너무 빠르게 흐르고 아이들은 쑥쑥 크는데 함께 많은 시간을 보내지 못해 아쉽다는 내용이었다. 강원도로 떠나는 여행에서 가족과 함께 즐거운 시간을 보내시라고 보드게임 몇 개를 선물했다. 둘째 아이도 함께 즐길 수 있도록 난도가 낮은 유아용 게임도 구비했다. 의사는 아이들이 너무나 좋아할 것 같다며 보드게임을 만지작거렸다.

의사가 가진 고민에 공감하고 고민 해결에 도움을 주는 방법도 있다. 자녀 둘을 둔 여의사가 있었는데, 남편도 의사였고 큰아들 역시 의사가 되기 위해 재수의 길을 걷게 되었다. 여의사는 큰아들이 논술 전형을 준비 중인데 수리 논술에서 애를 먹고 있다며 속상해했다. 듣던 중 '수리 논술'이라는 단어가 귀에 꽂혔다. 내가 직접 도울 순 없어도 인맥을 활용해 도울 방법이 떠올랐다. 친하게 지내는 은사님의 담당 과목이 수리 영역이었고, 마침 서울 소재 대형 재수학원에서 의대를 목표로 하는 재수생들을 가르치고 있었다. 은사님께 사정을 말해 200페이지가 넘는 수리논술 자료를 받을 수 있었다. 인쇄소에서 수리논술 자료를 깔끔하게 제본해서 여의사에게 건넸고, 여의사는 진심으로 고마워했다.

적지 않은 수의 의사들이 내 마음을 알아줬는지 매출은 지속해서 성장했다. 매달 실적을 초과 달성했고 각종 인센티브로 거두어들이는 추가 수입도 달달했다. 최소한 밥값 이상의 가치를 창출해 내는 사원임을 증명했다. 다만, 내게 영업적 재능이 있는지에 관한 것은 결론을 내리지 못했다. 운이 좋았고, 시기가 좋았고 무엇보다 너무나 마음씨 좋은 의사들이 곁에 많아서 좋은 결과를 낼 수 있었던 것 같다.

3-8.
뜻밖의 결심

제약 영업 업계에 관한 대표적인 선입견 두 가지가 있다. 첫 번째는 제약 업계 전반에 걸쳐 군대식 조직문화가 뿌리 깊게 박혀있다는 것이고 두 번째는 술 접대를 많이 한다는 것이다. 제약 업계로 전직을 준비하면서 뉴스나 취업 관련 커뮤니티의 글을 통해 미리 내용을 접했던 터라 어느 정도 각오는 되어있었다.

제약 회사에 입사해 보니 상명하복해야 하는 군대식 조직문화는 익숙한 수준이었다. 병장으로 만기제대를 했고 이미 구두 수선공으로 일하면서 상명하복이 만연한 조직문화를 경험했기 때문이다. 오히려 도제식으로 일을 배워야 했던 구두 수선 업계가 제약 업계보다 더욱 경직된 분위기였기에 적응하는 데 어렵지 않았다. 술 접대 역시 기우에 불과했다. 보통 제약 영업 사원들은 '제품설명회'라는 명목으로 의사와 함께 식사를 한다. 약품에 관한 정보를 제공하고 처방을 도모하기 위한 자리인데, 약품 설명은 최소화하고 사담을 나누는 게 대부분이었다. 저녁에는 개인적인 일을 보거나 가족이 기다리는 집으로 향하는 의사들이 많았기 때문에 저녁 식사보다는 점심 식사를 함께하는 경우가 많았다. 병원 근처에서 점심을 먹고 간단히 커피를 마시거나, 상황이 여의찮은 경우엔 고급 도시락을 주문해서 병원 내에서 함께 식사했다. 간혹 저녁 식사를 함께하게 되더라도 간단히 반주를 곁들이는 수준이었다.

　　이처럼 입사 전에 제약 영업 사원에 관해 가졌던 선입견은 전혀 문제가 되지 않았다. 오히려 나를 괴롭혔던 것은 회사 자체에서 진행하는 회식이었다. 신기하게도 술을 좋아하는 사람만 골라서 쏙쏙 뽑아 놓은 것처럼 회사 사람들은 술을 좋아했다. 개중에는 술을 좋아하진 않지만 어쩔 수 없이 술자리에 참석해서 흥을 돋우고 분위기를 맞춰주는 사람도 있었을 것이다. 웬만하면 회식 자리는 피하고 싶었지만 회식 자리를 빠질 수 있는 방법은 없었다. 어차피 회식 자리에 왔으니, 나도 다른 사람들처럼 술자리에서 잘 어울릴 수 있는 사람이 되고 싶었지만 쉽지 않았다. 그들은 하나같이 술을 권했고, 술을 거부하면 이상하리만치 거북해했다. 술을 먹이지 못하면 자신이 병이라도 걸리는 것처럼 어떻게든 술을 먹이고 싶어 했다. 내가 하도 안 먹어서 그런지 타지점장은 내게 이런 말도 했다.

"너 다음에 우리 지점으로 무조건 데려온다. 그때 너 오면 죽을 줄 알아."

한두 번 거부하다가 같은 지점장이 눈치를 주면 그땐 어쩔 수 없이 마셔야 했다. 술자리에서까지 강력한 수직 관계가 이어지니 참 고달팠다.

회사 전체 워크숍이 있던 날, 어김없이 전사 회식 자리가 열렸다. 회식 자리는 밤 11시쯤 마무리가 되었고 드디어 집에 갈 수 있겠다는 생각에 속으로 쾌재를 불렀다. 집으로 갈 채비를 한 채 지점 직원들이 모인 자리에서 한 선배가 말했다.

"우리끼리 2차 가야지?"

지점 내 막내인 내게 발언권은 없었다. 다른 지점 직원들은 택시를 타러 교차로로 향했지만 우리 지점은 이름 모를 양꼬치 집으로 향했다. 지치지도 않는지 그들은 다시 부어 마시기 시작했다. 전사 회식에서 이미 소주와 맥주를 많이 받아 마셨던 터라 이미 한계점에 도달한 상황이었다. 더 이상 술을 마시는 건 무리였지만 선배는 아랑곳하지 않고 술잔을 채웠다. 술을 받아 마신 지 얼마 지나지 않아 화장실에 가서 게워 내야 했다. 여러 번 입을 헹구고 코를 푼 뒤 다시 자리로 돌아가 앉았다. 화장실에서 게워 냈다고 말을 했는데도 내 술잔은 다시 채워졌다. 코끝에서 속을 게워 낸 냄새가 가시지도 않은 채로 억지로 술잔을 들이켰다. 쓰디쓴 소주가 목구멍을 타고 안으로 흘러 들어가는 동안 많은 생각이 들었다. 스무 살 대학생 새내기 시절에도 이런 경우는 없었는데 서른이 넘은 나이에 이런 불합리한 일을 겪어야 한다는 게 어이가 없었다. 속으로 수도 없이 참을 인을 새겼고 새벽 1시가 되어서야 2차 회식이 끝났다. 눈에 보이는 택시를 잡아타 집으로 오는 길에 결심했다.

'이직 준비해서 내가 이 회사 뜨고 만다.'

4.

콘텐츠 기획자

4-1.
절이 싫으면 중이 떠나야지

절이 싫으면 중이 떠나는 게 맞다. 다시 또 새로운 무언가를 찾아야 하는 상황에 직면했다. 과거엔 무언가를 하고 싶다는 욕구가 나를 움직이게 했다. 하지만 이번엔 무언가를 피하고 싶다는 욕구가 나를 움직이게 했다. 좋으니까 하고 싶고, 싫으니까 하기 싫다는 단순한 이치에 따라 움직일 수 있다는 사실에 감사했다. 큰 빚이 없어서, 가족 중에 아픈 사람이 없어서, 부양해야 할 아내나 아이가 없어서 참 다행이라고 생각했다. 한편으로는 언제까지 이렇게 살 수 있을지 궁금하기도 했고, 만약 이러한 삶이 끝나는 날에 내가 느낄 감정이 속 시원함일지 섭섭함일지 안정감일지 아쉬움일지 궁금하기도 했다.

택시 뒷자리에서 다짐한 뒤부터는 이전보다 더 바쁜 일상을 보내야 했다. 주말은 물론이고 주중에도 틈틈이 이직을 준비했다. 거래처에서 다른 거래처로 이동하는 시간이나 병원 대기실에서 면담을 기다리면서 항상 핸드폰을 붙들고 채용 공고를 확인했다. 점심시간에는 항상 패스트푸드 전문점을 찾았다. 빠르고 간편하게 점심을 해결할 수 있었고, 무엇보다 음식을 다 먹고 난 후에 천천히 자리를 떠도 누구 하나 눈치 주는 사람이 없었기 때문이다. 영업 사원들의 점심시간은 보통 병원 점심시간과 동일하게 오후 1시부터 2시까지이다. 동행하는 지점장이 없을 경우엔 내 마음대로 시간을 활용할 수 있었기에, 이직을 준비하고부터는 자체적으로 점심시간을 30분 늘렸다. 영업 활동을 줄여서 매출이 감소한다고 해도 상관없었다. 어차피 이 회사를 뜨겠다는 다짐이 너무나도 확고했기 때문이다.

노트북 바탕화면의 '취업2'폴더에도 자기소개서 파일이 하나둘씩 쌓이기 시작했다. 제약 업계 취업을 준비하면서 만들었던 '취업1'폴더에도 자기소개서 파일이 가득 담겨있었는데 '취업2'폴더의 모습과는 사뭇 달랐다. '취업1' 폴더에 담긴 파일들의 이름은 모두 제약회사의 이름이었다. 오직 영업 직무에만 지원했기 때문에 파일 이름에 딱히 직무를 쓸 필요가 없었다. 하지만 '취업2'에 담긴 파일들의 이름에는 회사의 이름과 함께 여러 직무가 적혀있었다. 딱히 하고 싶은 건 없는데 회사는 다녀야겠다는 마음이 고스란히 드러나 있었다. 다음 회식이 잡히기 전에 하루라도 빨리 회사를 옮기고 싶었다.

채용 시장에서 1승을 거두기란 쉽지 않다. 뭐라도 해야 할 것 같아서 지원한 내가 진심을 다해 덤비는 지원자들을 제치고 1승을 거두는 것은 불가능에 가까웠다. 늘어난 자기소개서 파일만큼 메일함에는 불합격 통지서가 쌓여갔다. 그렇게 수 개월간 앞으로 가야 할 방향을 잡지 못한 채 하루하루를 보냈다. 그나마 다행이었던 건 거래처 의사들이 처방을 줄이기는커녕 아주 조금씩 늘려가고 있다는 점이었다. 매달 높아지는 목표 매출액을 항상 아슬아슬하게 넘기며 목표치를 초과 달성해 나갔지만 전혀 기쁘지 않았다. 오로지 내 목표는 '탈출'이었다.

어김없이 홍제역 근처 스타벅스를 찾은 어느 수요일 오후였다. 수요일에만 면담을 허락하는 의사 덕분에 수요일엔 항상 홍제역 근처에서 일정을 소화해야 했다. 스타벅스 2층 테이블에서 노트북을 펼쳐 채용 공고를 확인하던 중 휴대전화 진동이 울렸다. 방송 작가가 되고 난 후 첫 번째 프로그램을 함께했었던 남자 선배 작가였다. 선배 역시 작가를 그만두고 난 후, 형·동생으로 지내며 종종 만나서 식사하거나 축구 게임을 함께하는 사이였다.

"야, 뭐 하냐? 너 생각 있으면 우리 회사로 올래?"

'야, 뭐 하냐?'는 별 뜻 없는 일상적인 인사말이었다. 인사말 뒤에 이어진 말은 오늘 저녁 식사 약속을 뜻하는 듯했다. 보통 당일 오후에 저녁 약속을 잡아서 만나는 경우가 대부분이었기 때문이었다. 별다른 약속이 없다고 말하자 수화기 너머로 뜻밖의 말이 들렸다.

"아니, 이직할 생각 있냐고!"

너무나 뜬금없는 전개에 당황스럽기도 했지만 이게 웬 떡인가 싶기도 했다. 이직을 마음먹고 준비하고 있다는 것을 누구에게도 말한 적이 없었는데 이런 제안이 들어오자 신기했다. 선배가 다니던 회사는 막 떠오르는 독서 플랫폼 스타트업이었다. 유명 배우를 앞세운 공격적인 마케팅으로 지하철 스크린도어 광고나 버스 광고에서 몇 차례 본 적이 있었다.

선배는 독서와 친해질 수 있도록 여러 가지 콘텐츠를 만들어 내는 팀에서 근무하고 있었는데, 마침 공석이 생겨서 내게 연락했던 것이었다.

공석에 들어갈 담당자가 해야 할 일은 크게 두 가지였다. 첫 번째는 새로운 콘텐츠를 기획하는 것, 두 번째는 일반인 작가를 모집해서 콘텐츠 제작을 의뢰하고, 완성된 콘텐츠를 검수하는 것이었다. 방송을 만들어본 경험이 있으니 콘텐츠 기획도 어렵지 않을 것이고, 사람 대하는 것도 곧잘 했으니 해당 직무에 딱 맞을 것 같다는 게 선배의 생각이었다. 선배의 말에 나도 어느 정도 동의했다. 콘텐츠 기획이야 새로운 프로그램이나 코너를 짜는 것과 결이 비슷할 것이었고 일반인 관리하는 것은 수십 개의 거래처 의사를 관리하는 것과 다를 바 없었다.

다만 한 가지 걸리는 것은 정작 내가 독서와 친하지 않다는 점이었다. 일 년에 책 한 권 읽을까 말까 한 사람이 독서 플랫폼에서 일을 한다니. 어불성설이었다. 독서를 즐기지도 않고 책에 관심도 없는 내가 독서 플랫폼에서 즐겁게 일을 할 확률은 매우 낮아 보였다. 그런데도 이력서를 보내기 위해 선배의 이메일 주소를 받았다. 회식으로 고통받는 것보다 재미없는 일을 하는 편이 낫다고 판단했기 때문이다.

내가 이직을 원했던 만큼이나 그쪽도 인원 충원이 급했는지 이력서 검토부터 면접까지 일사천리로 진행되었다. 하지만 뜸을 들이듯 마지막 결과에 관한 연락은 오지 않았다. 선배를 통해 살짝 물어봤으나 팀장이 개인 사정으로 며칠간 자리를 비워 알 길이 없다고 했다. 마지막 연락을 기다리는 사이, 대전에서 열리는 전체 영업 지부 워크숍에 참석했다. 밤에는 어김없이 술판이 벌어졌다. 불행 중 다행인 건지 몸 상태가 좋지 않았다. 연수원 밖에 있는 병원에서 링거를 맞고 돌아왔더니 2차 술판은 피할 수 있었다. 2차 술판을 피했다는 안도감과 워크숍 전에 합격 연락을 받았다면 이 고생을 하지 않아도 됐을 거라는 아쉬움이 뒤섞였다. 다음 날 점심쯤 워크숍이 끝나자마자 무리에서 빠져나와 택시를 잡아탔다. 곧장 기차역으로 가고 싶었지만, 기차역에서 또 회사 사람들을 만날까 봐 행선지를 카페로 돌렸다. 카페로 향하던 도중 모르는 전화로부터 합격 연락을 받았다. 택시 뒷자리에 앉아 이직을 결심했었는데 동일하게 택시 뒷자리에 앉아 이직 합격 연락을 받으니 감회가 새로웠다.

전화를 받은 다음 날, 현장으로 출근하지 않고 본사로 출근해 지점장에게 퇴사 의사를 밝혔다. 지점장과 면담을 마치고 뒤이어 사업부장의 면담이 이어졌다. 지점장뿐만 아니라 사업부장 역시 나의 행보에 관해 미심쩍은 눈치였다. 실적을 잘 올리며 승승장구하는 것처럼 보였던 신입 사원이 속으론 퇴사를 계획하고 있었다는 걸 알 리 없었다. 제약 업계에선 신입이지만, 옮기는 업계에서는 방송 작가 경력을 어느 정도 인정해 줘서 신입이 아닌 경력직으로 가는 것이라고 말했다. 더 좋은 대우를 받으며 이직한다고 하니 그들 입장에선 붙잡을 수가 없었다.

회사가 바뀌어야 할 부분이나 아쉬웠던 점이 있으면 털어놓고 가라고 했지만 모든 부분이 좋았다고 답했다. 어차피 내가 말한들 수직적인 조직문화가 바뀌는 것도 아니고, 술 회식 문화가 바뀌는 것도 아니고, 술을 강권하는 직원이 사라지는 것도 아니니 말이다. 나만 사라지면 그들은 즐겁게 회식을 지속할 수 있을 것이기에 조용히 사라지기로 했다. 빠르게 인수인계 일정을 잡고 후배와 함께 거래처를 돌았다. 어떤 방법으로 의사를 공략했고, 앞으로는 어떻게 접근하면 좋을지에 관한 부분도 세세히 알려줬다. 의사들에게 주기 위해 사비로 구매해 놓았던 선물들도 시원하게 후배에게 넘겼다.

그렇게 마냥 후련한 마음으로 인수인계를 끝마칠 줄 알았는데 거래처 의사들과 마지막 인사를 나누니 아쉬움이 남았다. 인연이 되면 꼭 한번 보자며 개인 핸드폰 번호를 알려주던 분, 거리가 멀더라도 아프면 꼭 자기네 병원으로 오라던 분, 고생하는 것에 비해 약 처방을 많이 못 해서 미안했다던 분, 약 처방 시작한 지 얼마 되지도 않았는데 이렇게 가버려서 아쉽다던 분 등 많은 분이 마음속에 있던 말들을 들려주었다. 제약 영업 사원이 되어 그동안 상대방에게 내 이야기를 들려주고 내 마음을 표현하기에 바빴다. 불러도 대답 없는 메아리처럼 때로는 혼자서만 상대방에게 에너지를 쓰다가 답이 없어 제풀에 꺾이기도 했다. 그러한 시간이 헛되이 흘러가지 않고, 켜켜이 쌓여 마지막 메아리로 내게 돌아온 것 같았다. 그들의 한마디 한마디가 진심으로 다가왔고, 덕분에 온전히 위로받을 수 있었다.

4-2.
다시 돌아온 상암동

    월요일 오전 9시. 평소대로라면 제약 회사의 본사 건물로 출근해서 서류 업무를 보고 있을 시간이었지만 여전히 침대 위에 누워있었다. 금요일까지 인수인계를 한 뒤 돌아오는 월요일에 첫 출근을 한 것이니 3일 만에 신세가 바뀐 것이다. 독서 플랫폼 회사의 출근 시간은 오전 10시까지였고 집과의 거리도 가까워 왠지 능장을 부리고 싶었다. 양복을 입고 넥타이를 매고 머리 손질을 하면서 긴장한 상태로 출근했던 지난 월요일과는 완벽히 달라졌음을 만끽하고 싶었던 것이었을 수도 있다. 평상복에 운동화를 신고 집을 나오니 친구들과의 약속 장소에 가는 기분이 들었다. 복장만으로도 스타트 업이라는 업계의 자유로움을 만끽할 수 있었다. 집 근처 버스를 타고 20여 분 달려 상암동에 도착했다. 방송 작가가 아닌 신분으로 상암동을 방문하니 기분이 참 묘했다. 회사가 입주해 있는 빌딩의 바로 맞은편에는 익숙한 방송사 건물이 있었다. 6년 전만 해도 그곳에서 방송 작가의 신분으로 PD와 작가들과 종일 아이템 회의를 했었는데 이젠 반대편 건물에 있는 스타트 업 업체의 직원이 되어 출근하고 있었다. 정말 사람 일은 어떻게 될지 아무도 모른다.

로비에 도착하니 이직을 도와준 선배가 마중 나와 있었다. 선배와 함께 로비 1층 카페에서 커피 두 잔을 받아 들고 개찰구에 카드키를 찍고 엘리베이터를 탔다. 취준생이라면 누구나 머릿속에 그려봤을 법한 모습이었다. 물론 나 역시 드라마에 나오는 것처럼 목에 사원증을 걸고 커피 한 잔을 들고 출근하는 것은 처음이었지만 별다른 감흥은 없었다. 솔직히 설렌다기보다는 새로운 환경에 다시 한번 적응해야 한다는 점이 벌써 피곤하게 느껴졌다.

내가 속한 팀은 앱 유저들이 독서를 더욱 친근하게 즐길 수 있도록 다양한 콘텐츠를 만드는 곳이었다. 예를 들면 성우나 연예인이 대신 책을 읽어주는 '리딩북'이나 유명 북튜버나 크리에이터가 진행하는 온라인 '북클럽'과 같은 콘텐츠였다. 내가 담당할 콘텐츠는 도서를 채팅 형식으로 각색한 채팅형 독서 콘텐츠였다. 밀레니얼 세대를 겨냥한 독서 콘텐츠로 유저들이 쉽고 가볍게 즐길 수 있도록 만든 것이 특징이었다.

◊ 콘텐츠 기획

나의 임무는 독서를 보다 쉽고 가볍게 즐길 수 있는 채팅형 콘텐츠를 만드는 것이었다. 독서를 즐기지 않는 사람이 독서 콘텐츠 담당자로 일하는 것이 웃기긴 했다. 하지만 나처럼 독서를 즐기지 않거나 독서에 익숙지 않은 사람들의 마음은 누구보다도 잘 알고 있었기에 또 어떻게 보면 콘텐츠에 딱 맞는 담당자이기도 했다. 어디서나 편하게 먹을 수 있는 스낵처럼 가벼운 볼거리를 짧은 시간에 소비할 수 있는 시대에서 책을 즐기지 않는 사람들은 더더욱 책과 멀어질 수밖에 없었다. 이들의 눈길을 돌리기 위해서는 적절하게 지적 욕구도 채워주고 짧고 간편하게 즐길 수 있는 콘텐츠를 만들어야 했다.

우선은 직접 콘텐츠를 제작하기보다는 기존의 콘텐츠를 각색하는 방향으로 진행했다. 이미 발간된 도서를 채팅 형식으로 각색하여 채팅형 전자책을 만들고, 유명한 작가들의 인터뷰 내용을 채팅 형식으로 각색한 인터뷰 콘텐츠를 만들었다. 각색 콘텐츠가 어느 정도 쌓일 즈음, 전문 작가들을 모집하여 해당 플랫폼 내에서만 접할 수 있는 채팅형 소설 콘텐츠를 제작했다.

이후에는 '도서'에 초점을 맞추기보다는 '채팅 형식'에 조금 더 초점을 맞춰 기존의 카테고리보다 조금 더 범주를 넓힌 콘텐츠를 만들기 위해 노력했다. 별자리 운세 콘텐츠가 대표적인 예로, 채팅 형식으로 각각 12가지의 별자리 운세를 알려주는 콘텐츠였는데, 초반에는 꽤 반응이 좋았다. 채팅 형식으로만 만들 수 있다면 뭐든 할 수 있었기에 다양한 시도를 했고, 진행 과정에서 진척되지 못한 콘텐츠도 있었다. 예를 들면, 유저의 선택에 따라 다양한 결과가 나오는 인터랙티브 콘텐츠나 채팅형 소설에 AI보이스를 입혀 마치 라디오 드라마를 듣는 듯한 콘텐츠도 기획하고 있었으나 예산에 관한 문제와 기술적 한계로 인해 중단할 수밖에 없었다.

◊ 작가 관리

플랫폼 내에서 서비스되는 콘텐츠를 제작하는 것은 작가들의 몫이었다. 대략 40여 명의 작가가 프리랜서 계약을 맺고 일을 했는데 절반은 각색 작가였고, 나머지 절반은 채팅형 소설 작가였다. 구인 사이트나 작가 관련 카페를 통해 모집한 작가들로, 대부분 글쓰기를 좋아하거나 책을 좋아하는 일반인이었다. 개중에는 자신이 집필한 작품을 발간한 작가들도 더러 있었다.

각색 작가는 말 그대로 줄글 형식의 일반 도서를 채팅 형식으로 각색하는 작가이다. 채팅 형식으로 각색하는 것에 관해 출판사 측에서 원서를 집필한 작가와 협의가 완료될 경우, 해당 도서의 원문 파일을 각색 작가에게 보냈다. 각색 작가는 플랫폼 측에서 제공하는 에디터를 활용하여 원문 파일의 내용을 바탕으로 채팅 형식으로 각색했다. 각색 작가마다 선호 장르, 각색 스타일, 각색 능력이 다 달랐기에 이들의 능력을 최대한으로 끌어내기 위해서는 작가별 도서 배정이 중요했다. 예를 들어 도서의 분량이 방대할 경우 책에서 핵심 내용만 잘 추려내는 작가에게 배정하고, 난도가 높은 도서의 경우 독자의 이해를 돕기 위해 새롭게 스토리 라인을 만들고 그 안에 책 내용을 군데군데 넣어 대화 형식으로 각색하는 작가에게 배정했다. 간혹 각색하기 어렵다는 이유로 배정받은 도서를 다른 도서로 바꿔 달라는 요청을 받기도 했다. 이 경우, 독려를 했을 때 완성할 수 있을 작가인지, 혹은 정말 능력이 부족한 작가인지, 아니면 그냥 요령 피우는 작가인지를 잘 판단하고 그에 맞는 대처를 해야 했다.

채팅형 소설 작가의 경우, 자신이 직접 채팅형 소설 전자책을 제작하는 것이었기에 각색 작가보다 자유로운 창작 활동이 가능했다. 작가가 제작하고 싶은 전자책의 기획안을 보내주면, 대략적인 개요와 스토리라인을 확인한 후 수정이 필요한 부분에 관해 논의를 나눴다. 로맨스, 공포, 스릴러, 무협, BL·GL 등 장르 제한이 없었고, 창작의 자율성을 최대한 보장하고자 했다. 다만, 사회적으로 물의를 일으킬 수 있는 내용이나 민감한 표현에 관해서는 어느 정도 제재를 해야만 했다. 이를 제외하곤 처음부터 끝까지 채팅형 소설 작가 마음 대로 창작할 수 있었기에 각색 작가보다 열정과 욕심이 충만한 편이었다. 전자책 안에 들어갈 사진을 직접 찍거나 전자책의 표지를 직접 그리는 작가도 있었다.

사람이 하는 일이 늘 그렇듯 일정 기간 함께 일을 진행했음에도 핏이 잘 맞지 않는 경우가 종종 있었다. 지속해서 마감 기한을 지키지 못하거나 여러 번 독려했음에도 불구하고 유저들에게 선보이기에 민망한 수준의 결과물을 내놓는 경우에는 작가에게 계약 해지를 고해야 했다. 때론 차갑게 마지막 인사를 건네는 일이 망설여질 때도 있었지만, 그들의 안일함 때문에 홀로 진땀 흘려야 했던 시간을 떠올리며 마음을 다잡았다. 때론 제약 영업 사원 시절처럼 작가들과 유대를 쌓기 위해 노력하기도 했다. 출판사의 요청으로 인해 단시간에 채팅형 전자책을 제작해야 하는 경우, 작가에게 부탁하는 방법 말고는 딱히 뾰족한 해결책이 없었기 때문이다. 대부분의 각색 작가가 부업으로 전자책을 제작하고 있었기에 본업과 병행하면서 개인 일정에 무리가 가지 않을 수준에서만 일감을 받았다. 이런 상황에서 담당자의 급작스러운 부탁은 그들에게도 큰 부담일 수밖에 없었다. 이러한 상황을 대비해서 작업 속도가 빠르고 결과물도 훌륭하게 만들어 내는 몇몇 작가와는 연락도 자주 주고받으며 유대를 쌓았다. 이렇게 쌓은 유대는 위급 상황마다 나를 구해줬다.

4-3.
상호보완관계

    나의 직급은 매니저였다. 수평적인 조직이었기에 팀장을 제외하면 모든 팀원의 직급은 매니저로 동일했다. 팀원은 팀장을 포함해 총 10명이었고, 콘텐츠별 2명의 담당자가 짝을 지어 팀을 이뤘다. 각 콘텐츠의 담당자 2명 중에서 주 담당자와 부 담당자가 나뉘었는데 채팅형 전자책의 주 담당자는 내가 맡게 되었다. 면접 볼 때부터 이미 주 담당자인 것을 알고 있었기에 딱히 부담되지는 않았다. 팔자에도 없던 도서·출판 업계에서 일하느라 고생길이 훤할 줄 알았는데 운좋게 나와 업무적으로 잘 맞는 부 담당자를 만나 걱정을 덜었다.

    나와 함께 팀을 이룬 동료는 오래전부터 해당 회사에

서 일을 하고 있던 20대 중후반의 남자 동료였다(동료R로 칭함). 동료R은 팀 내에서 나이는 어린 편에 속했지만 근속연수가 오래된 멤버로, 인턴으로 입사해서 정규직으로 전환된 케이스였다. 사회생활의 첫 시작을 해당 회사에서 시작했기에 앱 기반의 스타트 업 회사가 어떻게 운영되는지, 타 부서와의 협업은 어떻게 이루어지는지 빠삭하게 알고 있었다. 또한 대학교에서 문예 창작을 전공한 터라 도서·출판 업계가 어떻게 돌아가는지에 관해서도 꿰고 있었고, 대학교 동기 및 후배들과의 관계도 꾸준히 이어오고 있어 언제든 부를 수 있는 상시 대기 인력풀도 보유하고 있었다. 덕분에 일손이 필요할 때는 구인·구직 사이트에 구구절절 내용을 적고 면접을 볼 필요 없이 동료R의 전화 한 통이면 인원이 구해졌다

처음 출근한 날, 책상 옆에 가방을 놓고 의자에 궁둥이를 붙인 순간부터 동료R의 도움을 받았다. 회사 내 인사팀이 따로 없었기에 동료R이 나의 온보딩을 도맡아 했다. 노트북 세팅과 각종 계정 가입, 업무 협업 툴 사용법 안내 등 업무를 하는 데 필요한 기본적인 것부터 배웠다. 사무직은 처음인지라 여러 가지가 어설펐다. 특히 업무에 사용하는 툴이 참 생소했다. 이메일은 네이버 계정을 쓰고, 회의는 카카오톡으로 했던 방송 작가 시절의 업무 방식은 찾아볼 수 없었다. 슬랙

이니 트렐로니 컨플루언스니 생전 처음 보는 협업 툴이 많았으나 동료R의 세심한 설명 덕에 익숙해질 수 있었다.

우리의 주 업무인 콘텐츠 기획 관련 업무에서도 동료R의 활약은 대단했다. 내가 입사하기 전부터 채팅형 전자책을 파트를 담당하며 기틀을 잡아 놓은 상태였다. 내가 생각해 놓았던 채팅형 콘텐츠의 아이디어는 이미 동료R이 이전 담당자와 함께 정리해 둔 아이디어 리스트에 쓰여 있었다. 좋게 생각해 보면 이미 판이 다 깔려있어서 일하기에 수월한 상황이었고, 삐딱하게 생각해 보면 딱히 내가 할 만한 일이 없는 듯 보였다.

누구나 이직하다 보면 한 번쯤 겪는 상황이지 않을까. 나와 비교해 나이도 어리고 경력도 짧지만, 업무에 관한 숙련도가 높아서 오히려 내가 상대에게 의지하게 되는 상황 말이다. 동료R이 다양한 업무를 처리하고 있었기에 나 역시 동료R에게 의지하는 부분이 많았다. 더군다나 동료R은 모든 면에서 능수능란해 보였기에 사실 초반에는 '이럴 거면 나를 왜 뽑은 거지?'라는 생각을 종종 하기도 했다. 주도적이고 진취적인 성격의 동료R이 주 담당자를 맡고 그 후임을 뽑는 것이 어쩌면 더 나은 선택이었을 수도 있겠다는 생각도 들었다. 전 직장에서는 남들보다 뛰어난 성과를 올리며 기세등등했었는데, 여기선 딱히 올릴 만한 성과가 없어 보였다. 이대로 눌러앉으면 편하게 일은 할 수 있겠지만, 밥값도 못 해내는 직원이 될 것만 같았다. 나를 이 자리에 추천해 준 선배와 나를 뽑은 팀장의 뜻이 있을 것이라고 믿고 싶었다. 이런 상황에서 나는 무얼 하면 좋을까? 무얼 할 수 있을까?

동료R은 나와는 달리 참 하고 싶은 게 많은 사람이었다. 항상 아이디어가 넘쳤고 새로운 것을 시도하는 것에 거리낌이 없었다. 그는 이미 만들어 놓은 것보다는 앞으로 만들 것에 온 신경을 집중했다. 그에 비해 나는 새로운 걸 시도하는 데 큰 에너지가 필요한 사람이었다. 무언가 새로이 시작하기 위해선 만발의 준비를 다 해놓아야 마음이 편했고 항상 안전하게 일하길 좋아했다. 동료R의 앞으로 나아가고자 하는 에너지를 따라잡는 건 내게 생각보다 어려운 일이었다. 누가 내게 동료R처럼 에너지를 쏟으라고 시킨 것도 아니었고, 꼭 그럴 필요도 없었지만 왠지 그래야 할 것 같았다. 주 담당자이니까 부 담당자보다 더 큰 에너지를 가지고 업무를 끌어나가는 게 미덕인 것 같이 느껴졌다. 꼭 나이가 많고 경력이 긴 사람이 모든 것을 리드하고 통제할 필요가 있을까. 오히려 서로의 차이를 파악하고 받아들이는 편이 더 높은 시너지 효과를 발휘할 수 있을 것이라는 생각이 들었다.

"R이 해보고 싶은 거 한번 다 해보죠."

몇 주간 함께 합을 맞추며 느꼈던 것들과 내 생각을 동료R에게 가감 없이 털어놓았다. 각자가 잘하는 부분에 조금 더 초점을 맞춰 일을 하는 것이 어떠냐는 물음에 동료R도 그러는 편이 더 재밌게 일을 할 수 있을 것 같다며 동의했다. 동료R에게 떠오르는 아이디어가 있거나 꼭 만들어 보고 싶은 콘텐츠가 있다면 거침없이 말해달라고 했다. 동료R이 제안하는 아이템을 다듬는 것이 업무상으로도 효율적이고 서로의 업무 만족도도 높일 수 있는 방법이었다. 동료R의 시야가 앞을 향했다면 나의 시야는 뒤를 향했다. 지금까지 릴리즈된 콘텐츠를 살피며 수정할 것이나 보완할 점을 찾았다. 동료R은 일을 시원시원하게 진행했으나 세밀한 부분까지는 크게 신경 쓰지 않는 편이었기에 나는 그와 반대로 디테일한 부분에 초점을 뒀다. 꼼꼼하게 확인해서 완벽히 하는 것이 내 성격에도 더 맞는 일이었다.

앱 내에서 서비스되고 있는 채팅형 전자책을 쭉 훑어봤다. 인문, 경제경영, 역사, 소설, 사회, 에세이 등 다양한 장르의 채팅형 전자책이 서비스되고 있었다. 동료R에게 채팅형 전자책으로 각색할 도서를 어떤 기준으로 선정하는지 물었다. 명확히 정해진 기준은 없으며, 출판사에서 먼저 각색 요청을 하는 도서나, 유저들이 많이 열람하는 일반 전자책 중 각색 허락을 맡은 작품 위주로 각색 작업을 진행한다고 했다. 채팅형 전자책은 일반 전자책을 축약 및 각색을 한 작품이기에, 일반 전자책을 열람하는 유저와 채팅형 전자책을 열람하는 유저의 성향은 다를 것이다. 그렇기에 채팅형 전자책으로 각색할 도서를 선정하는 방법도 달라야 하지 않을까?

우선, 인기가 많은 일반 전자책을 채팅형 전자책으로 각색해도 동일하게 인기가 많은지 조사했다. 그 결과 일반 전자책 열람 수 대비 채팅형 전자책 열람 수는 비례하지 않는 것으로 나타났다. 일반 전자책을 찾는 유저와 채팅형 전자책을 찾는 유저의 선택이 다를 것이라는 예상이 어느 정도 맞은 셈이다. 그렇다면 채팅형 전자책을 찾는 유저는 어떤 장르를 좋아할까. 과학, 사회, 인문과 같은 조금은 무거울 수도 있는 장르보다는 가벼운 운동이나 정리 정돈, 반려견에 관한 정보를 다룬 라이프스타일 장르의 서적이 인기가 많았다.

채팅형 전자책을 찾는 유저는 지극히 가벼운 도서 생활을 즐기고 싶어 했다. 콘텐츠의 형식은 간편해야 했고, 도서의 내용 역시 부담을 느끼지 않고 가벼이 즐길 수 있어야 했다. 채팅형 전자책을 활용해 어려운 내용의 도서를 쉽게 소화해 낼 수 있음에도 불구하고 그들은 어려운 내용의 도서를 택하지 않았다. 장르뿐만 아니라, 제목에서도 채팅형 전자책을 찾는 유저들의 성향을 엿볼 수 있었다, 두루뭉술한 제목보다는 '생각법', '질문법', '법칙'처럼 제목만 봐도 어떠한 책인지 바로 유추할 수 있는 직관적인 제목이 상위권에 랭크되어 있었다. 그들은 약간의 시간을 들여 명확한 효익을 얻을 수 있는 경제적인 도서 생활을 하고 있었다. 이처럼 채팅형 전자책을 즐기는 이들은 시간은 덜 들이면서도 무언가는 꼭 얻어가고야 마는 경제적인 독서 생활을 즐기고자 했다.

경제적인 독서 생활을 하는 데는 실제로 얼마큼의 시간이 소요될까. 채팅형 전자책은 '20분 완독'이라는 슬로건으로 홍보하고 있었다. '20분'이라는 시간이 어떠한 기준으로 책정되었는지는 알 수 없었지만, 채팅형 전자책 유저들이 지속해서 경제적인 독서 생활을 즐기기 위해서는 필수로 지켜져야 할 부분이었다. '20분'이라는 말만 믿고 덜컥 덤볐다가 예상을 훌쩍 뛰어넘는 시간이 걸린다면 다시는 채팅형 전자책을 찾지 않을 가능성이 높았다. 슬로건에 쓰인 것처럼 현재 릴리즈된 채팅형 전자책을 20분 만에 완독할 수 있는지에 관해 검증이 필요하다고 생각했다.

검증을 위해 지금까지 릴리즈된 모든 채팅형 전자책의

분량을 파악했다. 채팅형 전자책으로 각색 의뢰 시 분량에 관한 제한을 두지 않았기에 분량 역시 가지각색이었다. 적게는 4,000자부터 많게는 110,000자가 넘게 적힌 채팅형 전자책이 있었다. 문서 작업 프로그램에서 글자 크기 10포인트로 A4용지 한 장을 채우면 대략 2,000자 정도를 작성할 수 있다. 즉, 110,000자는 A4용지 50장 이상에 달하는 분량으로 얇은 종이책 한 권 수준이다. 아주 특별한 재능을 가진 속독가가 아닌 이상 A4용지 55장 분량을 20분 만에 읽어낼 수는 없을 것이다. 이미 '20분 완독'이라는 슬로건으로 마케팅을 펼치고 있었으니 슬로건에 맞는 콘텐츠를 제작하는 것이 바람직했다. 사람마다 정도가 다르겠지만, 20분 만에 읽을 수 있는 글자 수는 어느 정도일지 궁금했다. 이번엔 20분 만에 완독할 수 있는 분량을 찾기 위해 지인들에게 1개월짜리 독서 플랫폼 무료 서비스 이용권을 선물했다. 그러고는 각각 분량의 차이가 있는 채팅형 전자책 세 권을 지정해 주고, 완독까지 걸리는 시간을 측정했다. 그 결과 20분 만에 완독하기에는 평균 20,000자 내외의 분량이 가장 적절한 것을 확인할 수 있었다.

직접 수를 헤아리고 실험한 결과를 바탕으로 서비스에서 아쉬웠던 부분들을 보완했다. 눈에 띄는 결과물을 내

놓은 것은 아니었지만, 그래도 제 기능은 하는 팀원이 된 것 같아 괜히 마음이 놓였다. 결론적으로, 나와 동료R은 상호 보완을 해줄 수 있는 최적의 파트너였다. 내가 스트레스받을 부분은 동료R이 해결했고, 반대로 동료R이 스트레스받을 부분은 내가 해결했다. 거침없이 앞으로 나아가지만 빈틈이 있는 사람과, 한 곳에서만 안주하려 하지만 빈틈이 없는 사람이 만나 팀을 이뤘다. 고생길이 훤할 줄 알았지만 의외로 재밌는 조합이었고 나름대로 동료애도 느낄 수 있었다. 서로 합을 맞춰 가다 보니 동료R이 팀원이라는 사실이 참 다행이라는 생각이 들었다. 동료R도 내가 팀원이라서 다행이라는 생각을 했을까. 오랜 시간이 지난 뒤 기회가 된다면 꼭 한번 물어보고 싶다.

4-4.
감시자를 감시하는 감시자

    40여 명의 작가를 관리하는 것은 나와 동료R의 임무였다. 작가들과 함께 작품에 관한 의견을 나누고 더 나은 작품을 만들어 낼 수 있도록 그들을 독려했다. 작가들을 관리하며 일반적인 데스크 업무와 회의 일정을 소화해 내기 위해서는 항상 하루를 빠듯하게 보내야 했다. 작가들이 만들어낸 결과물은 검수자들이 따로 검수를 맡았기에 어느 정도 숨을 쉴 수 있었다. 야근하지 않고 퇴근을 할 수 있는 것은 다 검수자들 덕분이라고 생각했다. 내가 직접 그 결과물들을 확인하기 전까지는 말이다.

    내가 입사하기 전에는 이미 70여 권의 채팅형 전자책이 서비스되고 있었다. 4명의 검수자가 작가들이 만든 채팅형 전자책을 검수했다. 4명의 검수자 중 2명은 동료R의 학교 후배였고, 나머지 2명은 구인사이트에서 뽑은 일반인이었다. 이들은 맞춤법이나 부호, 띄어쓰기 등을 교정하고 문법에 맞지 않는 문장이나 사실과는 다른 내용을 찾아 수정하는 임무를 맡았다. 전문적인 교정·교열가는 아니었지만, 글과 관련된 학문을 전공했거나 글과 관련된 일을 업으로 삼고 있었기에 해당 업무를 수행하는 데 기본적인 능력은 갖춘 사람들이었다. 동료R이 이들의 능력을 믿고 뽑았듯 나 역시 이들의 능력을 믿고 검수된 결과물을 확인하지 않았다. 뛰어난 능력이 요구되는 일이 아니었기에 그들이라면 손쉽게 업무를 수행할 것이라고 믿었다.

하루는 채팅형 전자책 릴리즈 일정을 담당하는 담당자에게서 메시지를 받았다. 출판사 측 요청으로 특정 채팅형 전자책의 릴리즈 일정을 당겨야 한다는 내용이었다. 더불어 출판사에서 채팅형 전자책에 관해 기대하고 있기에 평소보다 더 신경 써달라는 부탁도 적혀있었다. 다행히 부탁받은 도서는 이미 검수가 완료된 채로 릴리즈되기만을 기다리는 중이었기에 일정을 당기는 것은 큰 문제가 되지 않았다. 다만, 출판사 측에서도 기대를 하고 있다던 담당자의 말이 계속 신경 쓰여 직접 한번 파일을 훑어보기로 했다. 부끄러운 얘기지만,

검수가 완료된 파일을 처음부터 끝까지 각 잡고 확인한 것이 이때가 처음이었다. 에디터를 열어 말풍선에 적힌 모든 글자를 복사해 맞춤법 검사기에 붙여 넣고 검사를 시작했다. 그런데 이게 웬걸, 챕터 도입부에서부터 오타를 발견했다.

'에이… 초반부터 이러면 쓰나… 신경 좀 쓰시지…'

이런 오타 하나쯤은 누구나 실수할 수도 있다는 듯 대수롭지 않게 오타를 고쳤다. 하지만 스크롤을 내릴수록 여기저기서 튀어나오는 오탈자에 내 표정은 일그러졌다. 실수라고 하기엔 너무나 심각한 오탈자가 하나둘 보이기 시작했다. 한 번만 눈으로 보면서 읽기만 해도 충분히 수정할 수 있는 오타나 맞춤법 검사기를 이용해 확인만 하면 잡아낼 수 있는 오타도 있었다. 즉, 진득하게 눈으로 보지 않고 맞춤법 검사기를 이용하지도 않은 채 검수를 했다고밖에는 볼 수 없었다. 출판사 측에서 이 처참한 광경을 봤다면 아마 책을 망쳐놨다며 소송을 걸었을지도 모른다. 출판사 측이 확인하기 전에 수정할 수 있어서 천만다행이었지만 아직 더 큰 문제가 남아있었다. 이미 70권이 넘는 도서가 서비스되고 있었기 때문이다. 내가 확인한 도서처럼 전체 도서가 엉망진창일 리는 없겠지만, 반대로 전체 도서가 아무런 문제 없이 완벽할 리도 없었다.

70권이 넘는 도서가 엉망진창의 상태로 서비스되고 있었음에도 불구하고 왜 아무도 알려주지 않았을까. 당시 독서 플랫폼 회사에서는 따로 CS센터를 운영하고 있지 않았다. 그 흔한 고객 문의 대표 전화번호조차 홈페이지에 기재되지 않았다. 그렇기에 고객이 자잘한 오탈자를 발견하고 신고하기 위해서는 어디에 신고 접수를 해야 하는지부터 수고를 들여 찾아야 했다. 만약 채팅형 전자책을 너무나 사랑하는 헤비유저가 있었다면 어떤 방식을 사용해서라도 오탈자나 오류에 관한 내용을 전달했을 것이다. 하지만 단 한 명도 그렇게 행동하는 유저가 없었다는 건 그만큼 채팅형 전자책을 즐기는 유저의 수가 적고, 라이트유저들이라는 뜻이기도 했다. 내가 담당한 콘텐츠가 유저들에게 사랑받지 못하고 인기가 없다고 해도 어디에 내놓아도 문제없는 콘텐츠를 만드는 게 내 소명이었다. 그리고 함께 일하는 동료들과 책의 원저자, 출판사에 대한 예의이기도 했다.

약 2주일간 모든 채팅형 전자책에 관한 검수를 실시했고, 600여 개가 넘는 오탈자를 발견했다. 오탈자뿐만 아니라 동일한 말풍선이 여러 개 들어간 경우, 이미지가 삽입되어야 할 자리에 이미지가 없는 경우, 대화가 이어지지 않는 경우 등 다양한 방식으로 눈살을 찌푸리게 만드는 부분들을 수정했다. 마음 같아선 네 명의 검수자 모두를 계약해지하고 싶었다. 하지만 그동안 최종 결과물을 확인하지 않은 나와 동료 R의 잘못도 있으니 마지막 기회를 주기로 했다. 검수자 네 명에게 각각 이번 사태에 관한 경고의 메시지와 함께 검수하면서 하나씩 모아둔 오탈자 캡처본도 함께 첨부해 이메일을 보냈다. 아마 캡처본을 보고 토를 달 사람은 아무도 없었을 것이다. 보수를 받고 일을 했다고 생각하기 힘든 수준이었으니 말이다.

책임감을 느낄 줄 아는 것도 재능이고, 창피함을 느낄 줄 아는 것도 재능이다. 1부터 100까지 혼자 모든 걸 스스로 해내는 일을 하는 사람이 아니라 타인과 함께 합을 맞춰 결과물을 만들어내는 일을 하는 사람이라면 그 재능은 더욱 빛을 발한다. 조직에 속해 일을 할 때 가장 필요한 소양이자 재능이 아닐까. 책임감은커녕 창피함도 못 느끼는 사람과 함께 미래를 준비하는 것만큼 끔찍한 일도 없을 것이다. 그래도 다들 나이를 먹을 만큼 먹은 성인이고 밥줄이 달린 일인 만큼 따끔히 충고를 하면 어지간히 알아들을 것이라고 생각했다. 하지만 상대방에게 책임감을 부여하는 것이 불가능하다는 걸 깨닫는 데는 그리 오랜 시간이 걸리지 않았다. 검수자들에게 일종의 경고장을 보낸 이후에도 나로선 도저히 이해할 수 없는 실수들이 눈에 밟혔다. 더 이상 고민하지 않고 실수 정도가 심한 검수자 두 명에게 계약 해지를 통보했다. 그나마 동료R의 학교 후배 검수자들은 선배를 생각해서인지 나아지는 모습을 보였지만, 그들의 결과물 역시 아쉬운 건 사실이었다.

분명히 어딘가에는 나조차 놓친 오탈자나 오류가 있을 것이다. 내가 100% 완벽하다는 건 아니지만 닿는 데까지는 해보고 싶은 게 내 마음이다. 이런 내 마음을 상대방에게 강요해서는 안 되는 걸까. 어찌 보면 상대방이 부족하다고 생각하는 것은 내가 정한 기준에 맞추어 나만의 잣대로 판단한 것이다. 나에겐 부족하게 느껴지는 결과물이 상대방에겐 심혈을 기울인 결과물일 수도 있다. 단지 내 기대치에 충족되지 않았다는 이유로 '역시, 사람은 안 변해'라고 생각하곤 한다. 참 미안하면서도 씁쓸하다. 타들어 가는 상대방의 속은 하나도 모르면서 나 혼자 속으로 사형 선고를 내리는 것이니까.

함께 일하는 사람의 능력을 끌어올리는 방법은 무엇이 있을까. 팀장의 자리에 올라 누군가를 관리·감독하는 업무를 계속하다 보면 자연스레 터득하게 될까? 아니면 팀장이 되어서도 팀원들 때문에 속앓이하게 될까? 아직은 잘 모르겠다. 어쩌면 내 기준과 잣대가 너무 높아서 죽는 날까지 모를 수도 있으려나. 홀로 고집 피우며 기준을 사수하더라도 남부끄럽지 않은 수준은 지키며 일하고 싶다. 내가 세운 기준과 잣대의 평가 대상은 오로지 나여야 한다. 동료나 선후배를 향해선 안 된다. 스트레스는 좀 받을지라도.

4-5.
방전

장사가 잘되지 않는 식당 주인의 마음이 이러할까. 신장개업했다고 여기저기 광고했으나 광고를 한 당일에만 잠깐 반응이 올 뿐, 하루가 지나면 다시 제자리다. 혹시나 정성껏 준비한 메뉴에 문제가 있을까 싶어서 미비점을 찾아 보완하고 새로운 메뉴도 추가했지만 역시나 사람들에게 외면받는다. 식당에 투자한 이들에게 매달 보내는 매출 성적표는 처참하기에 그지없다. 이는 채팅형 독서 콘텐츠를 담당한 내 속마음이기도 했다.

채팅형 독서 콘텐츠의 이용률을 끌어올리기 위해 동료 R과 함께 할 수 있는 건 다 해본 것 같다. 마케팅팀에 사정해서 앱 푸시 알림을 늘려보기도 하고, 기획자와 협의해서 유저들의 눈에 더 잘 띌 수 있도록 앱 내 섹션도 바꿔보고, 가볍게 즐길 수 있는 스낵컬처 기반의 콘텐츠를 선보이기도 했다. 이런저런 시도를 해보아도 이용률에는 변함이 없었다. 유저들로부터 오는 '반응' 자체가 없어서 마치 죽은 콘텐츠처럼 느껴졌다. 방송 작가 시절에 비유하자면 누구도 보지 않는 시청률 0%대의 프로그램을 열심히 만드는 기분이었다.

악플보다 무서운 게 무플이라고 했다. 사람들의 질타를 받으면 더 열심히 해 보려고 애라도 쓸 텐데, 아무런 반응이 없으니 그저 허망할 수밖에 없었다. 지금의 독서 플랫폼 유저들은 채팅형 콘텐츠에 그다지 관심이 없다는 것이 나와 동료R이 내린 잠정적 결론이었다. 사실 능력 부족으로 인해 별다른 해결책을 찾지 못해 내린 결론일 가능성이 높다. 독서 플랫폼 이용자들에게 채팅형 콘텐츠는 대세에 전혀 영향을 끼치지 않으며 없어도 그만인 존재였다. 호기심에 한 번 맛을 보는 사람은 있어도 두 번 맛을 보는 사람은 거의 없는 그런 콘텐츠였다.

채팅형 콘텐츠라고 해서 세상 모든 사람에게 관심을 받지 못하는 것은 아니었다. 채팅형 소설만을 전문적으로 다루는 다른 플랫폼의 경우, 매일 수많은 작품이 쏟아졌고 사용자도 날이 갈수록 늘었다. 독서 플랫폼과의 가장 큰 차이

점은 이용자층의 나이였다. 독서 플랫폼의 주 이용자층은 20대와 30대였지만 채팅형 소설 플랫폼의 주 이용자는 10대였다. 주 이용자가 10대였기에 무료로 콘텐츠 이용이 가능했고, 플랫폼을 채운 대다수의 작품은 10대들이 열광하는 학원물에 치중되어 있었다. 학창 시절부터 채팅형 소설 플랫폼을 이용해서 기성세대보다 채팅형 콘텐츠에 익숙한 이들이라면 채팅형 독서 콘텐츠도 재밌게 즐길 수 있지 않을까. 이들을 그대로 흡수할 수만 있다면 채팅형 독서 콘텐츠도 승산이 있어 보였다. 그러기 위해서는 지금의 10대들이 유료로 정기 구독 결제를 할 수 있는 성인이 되어야 할 것이다. 먼 미래에 있을 수도 있으나 없을지도 모를 채팅형 독서 콘텐츠의 성장을 기대하며 5~10년을 버티기엔 자신이 없었다. 사실 향후 5~10년간 채팅형 독서 콘텐츠는 누가 손을 댄다고 해도 드라마틱한 성장이 없을 것이라는 거만한 예측도 저변에 있었다.

채팅형 콘텐츠의 가능성과 미래를 확신하고 입사를 했다면 인내심을 가지고 다음 세대를 맞이할 준비를 했을 것이다. 하지만 회식을 피해 도망치듯 독서 플랫폼 회사로 들어와 팔자에도 없던 채팅형 독서 콘텐츠 담당자가 되어버린 나에게 그런 마음이 있을 리 없었다. 밥값은 하는 놈이 되고 싶어 남들에게 피해를 주지 않는 선에서 열심히 일만 했다. 그저 월급 꼬박꼬박 나오고 자유로운 분위기 속에서 일하는 것에 만족했다. 일에 흥미가 없으니 덩달아 일에 관한 욕심도 나지 않았다. 이전에는 먼 미래의 내 모습을 머릿속에 종종 그려 보기도 했다. 나영석이나 김태호 사단처럼 합이 잘 맞는 PD와 함께 팀을 꾸려 예능계를 접수하는 메인 작가나 여기저기서 스카우트 제의가 들어오는 1등 제약 영업 사원의 모습. 채팅형 독서 콘텐츠 담당자로서 이러한 모습을 그려볼 수 있다면 조금이나마 힘을 받았겠지만, 지금의 상태로서는 머릿속에 그 모습이 그려지지 않았다.

'계속 그 일을 했더라면… 어땠을까.'

현실은 고달프고 미래는 암울하니 시선은 자연스레 과거로 향했다. 얼마 전까지만 해도 실적 걱정 없이 일하며 인센티브 받으면 쇼핑할 생각에 행복했는데 지금은 하루하루가 안개 속이다.

'나에게 술을 먹였던 그 XX들만 아니었으면 지금쯤 더 잘나갔을 텐데…'

내가 계속 그 일을 했다면 지금보다는 훨씬 나은 삶을 살았을 거라는 근거 없는 추측을 쏟아냈다. 아무런 도움이 안 되는, 제 살 파먹는 생각이었다. 모든 결정은 내가 했으니 내가 책임져야 했다. 그 누구의 탓도 아니었기에 지금은 상관도 없는 이전 회사의 팀원들을 억지로라도 씹어댔다. 그렇게라도 해야 조금이나마 위안이 되는 듯했다. 그러면서도 절대로 '후회'라는 단어는 떠올리지 않았다. 후회하는 것이 아니라 조금 아쉽다는 뉘앙스로 나를 다독였다. 후회한다는 것은 완전히 패배를 인정하는 것처럼 느껴졌기 때문이다. 나의 마지막 심적 방어선을 지켜내려고 했던 것 같다.

이즈음 조직 개편으로 인해 팀에도 변화가 찾아왔다. 일부 팀원은 퇴사를, 나머지 팀원들은 다른 팀에 흡수되었다. 그나마 팀원들 덕에 버티며 재밌게 일을 했었는데 팀까지 와해되니 힘이 빠졌다. 팀장이 퇴사한 터라 어쩔 수 없이 다른 팀에 흡수된 것일 텐데 왠지 쓸모없는 취급을 받은 것 같아서 마음이 좋지 않았다. 자격지심이겠지만 채팅형 독서 콘텐츠를 전력 외로 판정하며 대놓고 무시하는 것 같기도 했다. 마음을 다잡지 못한 상태에서 흘러가는 상황마저 나를 흔드니 버텨낼 재간이 없었다.

'그래, 다른 일 또 하면 되지.'

처음이 어렵지 그다음부터 쉽다는 말처럼 일을 그만두는 것을 점점 쉽게 생각하게 되는 것 같았다. 다시 무를 순 없고 이미 망가질 대로 망가졌으니 어떻게든 될 대로 되라, 어디까지 가나 한번 보자는 마음이 불쑥불쑥 들 때도 있었다. 정석대로 차근차근 커리어를 견고히 쌓아 온 주위 사람들에 비해 어디 하나 이어짐 없는 뒤죽박죽 커리어가 그 마음의 근원이었다. 이것 역시 내 선택이었으니 홀로 짊어져야 할 부분이었다.

회식을 피해 도망쳤던 첫 번째 도피 이후 얼마 가지 않아 두 번째 도피였다. 하지만 '나는 할 만큼 했고, 내 몫은 다 했다'는 생각으로 무장한 터라 스스로 도피를 인정하지 않았다. 이전과 달라진 점이 있다면 퇴사 이후에 관한 어떠한 준비나 구상이 전혀 없는 상태로 결정했다는 점이다. 어찌 보면 이전보다 한 단계 과감해진 움직임이었다. 계획 빼면 시체인 MBTI 대문자 J에겐 상상조차 못 할 일이기도 했다. 딱히 하고 싶은 것도, 하려는 것도 없었으면서 괜히 마음은 조급했다. 일을 그만두기로 했으면 속이라도 시원해야 할 텐데 그러지 못했다.

흩어진 팀원들과 마지막 인사를 나누고 첫 출근을 할

때 탔던 파란색 171번 버스를 탔다. 애매한 오후 시간이라 그런지 버스엔 아무도 타고 있지 않았다. 이가 맞지 않아 떨리는 창문 소리만 들릴 뿐 텅 빈 버스 안은 적막했다. 마른침을 삼켰는데 참 쓰디썼다. 마지막으로 팀원들과 함께 먹은 점심이 씁쓸했던 건지 아니면 기분 탓이었는지는 정확히 알 수 없다. 추측건대, 그 씁쓸함은 아마 처음으로 인정한 후회의 맛이 아니었을까 싶다.

5.
인테리어 시급 관리짜

5-1.
원점

없을 무(無)의 상태가 되었다. 서른셋이라는 나이에 직업도 없고 하고 싶은 것도 없는 사람이 되었다. 그나마 다행인 것은 해야 할 일도 없다는 것이다. 무슨 고집인 건지 다시 일해야 한다면 이전 경력을 살려서 뭔가를 하고 싶진 않았다. 이미 한 번 맛을 봤으니 그걸로 족하다는 배부른 생각이었다. 아마 목구멍이 포도청이었다면 그러지 못했을 텐데. 평생 이렇게 살 수는 없으니 또다시 일을 하긴 해야 했다. 새로운 무언가를 찾아야 했지만 또 새로이 무언가를 시작한다는 것이 지긋지긋하고 피곤했다. 일생을 마칠 수 있는 버튼이 있다면 주위 사람들에게는 미안하지만 고민 없이 눌러버리겠다고 매번 생각했다. 그동안의 선택과 행보를 정리해서 《나처럼 살다간 X됩니다》라는 제목의 책을 내어도 재밌을 것 같다는 생각이 들었다.

굳이 일해야 한다면 고객 접점의 직무를 택하는 게 옳다는 판단을 내렸다. 수많은 이들과 관계를 맺고 발전시켰던 구두 수선공, 제약 영업 사원 시절의 내 모습이 가장 생기가 넘쳤다. 물론 을로서 갑을 대해야 했기 때문에 때론 비굴하게 굴기도 했고 때론 어처구니없는 일에 용서를 구하며 자괴감이 들 때도 있었다. 하지만 고객 접점에는 그것을 상쇄하고도 남을 만큼의 뿌듯하고 뭉클한 순간들이 있다. 오직 사람과 함께 웃고, 떠들고, 고마워하고, 오해하고, 화내고, 용서하고, 이해하는 과정에서 느낄 수 있는 감정이다. 그러한 순간이 자주 찾아오진 않지만 한번 찡~한 순간을 접하고 나면 그간의 설움과 힘듦이 사르르 녹는다.

이즈음 코로나19의 창궐로 '사회적 거리 두기'가 확산되었다. 타인과의 접촉을 피하면서 자연스레 언택트 문화가 새로운 패러다임으로 자리매김했다. 동네 골목길을 누비는 배달 대행 오토바이가 눈에 띄게 늘었고, 배달 앱의 주문요청 사항에는 '집 앞에 두고 벨 눌러주세요.' 항목이 추가로 생겼다. 외식 업체에선 너도나도 키오스크를 가게에 들여놓았다. 사람들은 영화관을 찾는 대신 OTT를 구독했고 PC방을 찾는 대신 모바일 게임 다운로드를 했다. 팬데믹 기간이 길어지면서 물리적으로는 접촉하지 않더라도 온라인을 통한 접촉은 지속하는 '온택트' 시대로 점차 변화했다. 각종 플랫폼에서 라이브 커머스를 통해 소비자와 소통하면서 물건을 팔았고, 줌이나 웹엑스를 통해 강의를 듣거나 화상 회의를 하는 이들이 늘었다. 채용 시장도 이러한 변화의 바람을 피할 순 없었다. 대부분의 회사에서 면접 단계를 줄였고, AI 면접이나 화상 면접을 적극적으로 도입했다.

따지고 보면 키오스크나 화상 회의, AI 면접, 라이브 커머스는 코로나19가 창궐하기 이전부터 있던 것들이다. 하지만 대면의 기회가 급속도로 줄어들다 보니 그 존재감이 더욱 커졌다. 이러한 온택트 문화는 단순히 코로나19로 인한 일시적인 현상이 아니라 점점 삶의 곳곳으로 영역을 넓혀갔다. 처음에는 낯설었지만 이제는 비대면 서비스가 주는 편리함에 많은 이들이 익숙해진 것이 현실이다. 이러한 상황은 내가 직업 탐색을 하는 데에도 영향을 끼쳤다. 고객 접점의 직무 대부분은 대면 서비스가 주류이다. 하지만 언젠가는 대면 서비스를 찾기 어려울 만큼 비대면 서비스가 주류가 되는 세상이 올 것이다. 아마 내가 숨을 거두기 전에는 그 모습을 볼 수 있지 않을까. 초고령화와 저출산이 겹쳐 아마도 내가 70

살의 노인이 되어도 경제활동에 참여하고 있을 확률이 높다. 슬프게도 죽기 직전까지 일을 해야 할 가능성이 매우 높을 것이므로 미리 비대면 서비스와 관련된 커리어를 쌓아놓는다면 이득일 것이라고 생각했다.

팬데믹 장기화에 따라 대부분의 산업은 곡소리를 내었지만 인테리어 플랫폼 서비스 업계는 사정이 달랐다. 사람들이 집에 있는 시간이 늘어나면서 집을 꾸미는 수요가 높아졌기 때문이다. 다양한 업체 중에서 한 업체에 눈길이 갔다. 소비자가 필요한 부분만 바꿀 수 있는 개별 인테리어 시공 서비스를 제공하는 인테리어 서비스 플랫폼이었다. 시대의 흐름에 맞게 견적 상담부터 계약, 자재 선택, 대금 결제까지 모두 비대면으로 진행할 수 있는 시스템을 갖추고 있었다. 이곳이라면 비대면 접객 능력을 키울 수 있을 것이라는 생각이 들었다.

구직사이트에 게시된 회사 관련 사진에는 몇몇 남자 직원이 마이크가 달린 헤드셋을 쓰고 일하는 모습이 찍혀있었다. 아마도 전화를 이용해 고객 상담을 하거나 시공 현장 상황을 조율하는 듯했다. 사진 속 직원의 모습을 보니 몇 년 전 재밌게 봤던 할리베리 주연의 영화 〈더 콜〉이 생각났다. 미국 911 응급 콜센터 직원이 기지를 발휘해 살인범을 잡는 스릴러 영화다. 콜센터 직원인 할리베리는 마이크가 달린 헤드셋을 통해 피해자를 안심시키고 침착하게 해결책을 모색한다. 급박한 상황에도 평정심을 잃지 않고 최선의 방법을 찾아 문제를 해결하는 모습이 꽤 프로페셔널하면서도 멋져 보였다.

영화 내용처럼 위중한 상황은 아니겠지만, 나도 어디선가 덤터기를 쓰고 엉터리로 인테리어 시공할 뻔한 사람들을 구하는 멋진 인간이 될 수도 있을 것 같았다. 얼굴 모를 누군가에게 도움을 주면서 조금이나마 사회에 보탬이 될 수 있는 기회처럼 보이기도 했다. 인테리어 분야에 관심은 없었지만 비대면 고객 응대 역량을 강화하고 사회구성원으로서 더 자긍심을 가지고 일할 수 있을 것 같아 지원을 결정했다. 운이 좋게도 서른셋의 나이에 나는 인테리어 서비스 플랫폼의 시공 관리 매니저가 되었다.

5-2.
비대면 전문가

    도어 투 도어 1시간 10분이 걸리는 출근길. 경기도민에게는 지극히 평범한 거리이겠지만 내겐 쉽지 않은 거리다. 출근 시간인 8시까지 도착하려면 새벽 6시에는 일어나야 했다. 다섯 번째 직업에서야 비로소 대다수의 직장인과 똑같은 스케줄을 소화하게 됐다. 지하철역으로 가는 마을버스를 타면 잠시나마 눈을 붙이려고 가방을 끌어안고 고개를 푹 숙였다. 내 심정을 모르는 마을버스 기사는 야속하게도 신호에 걸릴 참이면 항상 풀 액셀을 밟아 통과했다. 그렇게 마을버스는 도보로 15분이 걸리는 거리를 2분대에 주파했다. 그나마 다행인 건 홍대입구역에서 강남역으로 향하는 지하철에는 사람이 많이 타고 있지 않다는 것이다. 그렇기에 스크린

도어가 열리자마자 열차로 뛰어 들어가거나 남아있는 좌석에 먼저 앉으려고 다른 이들과 눈치싸움을 펼칠 필요가 없다. 좌석 스트레스 없이 출근마다 앉아서 갈 수 있는 것도 복이라면 복이다.

언제쯤 앉을 수 있을지 서로서로 낌새를 살피는 사람들을 보고 있으면 지하철 스피커에서는 곧 강남역에 도착한다는 방송이 흘러나온다. 말끔하게 수트를 빼입고 회사로 향하는 직장인들과 트레이닝복을 입고 슬리퍼를 신은 채로 학원으로 향하는 재수생들과 함께 걷다 보면 사무실이 위치한 빌딩에 도착한다. 스타트업의 자유로운 분위기를 대변하듯 책상 사이에는 따로 파티션이 없어서 시야가 탁 트여 있다. 다른 사무실과 다른 점이 있다면 고객이나 인테리어 시공 팀과 직접 소통해야 하는 영업 부서의 책상에는 헤드셋 전화기가 마련되어 있다는 점이다. 점심시간 한 시간을 제외하고는 온종일 통화 소리가 들리기에 조금은 활기찬 분위기이다. 영업 부서의 거의 모든 업무는 헤드셋 전화기로 시작해서 헤드셋 전화기로 끝난다고 생각해도 무방하다.

◊ 견적 상담 및 계약 진행

고객에게 인테리어 시공 견적을 안내하는 방법은 대면

응대와 비대면 응대 두 가지가 있다. 쇼룸에 내방하는 고객은 직접 데스크에서 얼굴을 맞대고 상담한다. 쇼룸에 내방하지 않는 고객은 전화로 견적 상담을 진행한다. 비율로 따지면 전화 견적 상담이 압도적으로 많다. 면적에 따라 비용이 변동하는 바닥 철거, 마루, 도배, 장판의 경우 회사에서 만든 견적 계산기를 활용해 대략적인 견적 안내가 가능하다. 집의 형태(아파트 or 빌라), 전용 평수, 방 개수 등의 정보를 계산기에 입력하면 투입되는 시공 인원수와 금액이 화면에 뜬다. 흔히 말하는 시트지 작업인 필름 시공의 경우 필름 시공이 필요한 가구나 몰딩을 찍은 사진이 필요하다. 사진을 통해 작업 가능 여부와 작업 난도를 체크해 견적을 산정한다. 각 시공별 견적이 정리되면 메신저나 문자메시지로 견적서를 발송한다. 견적서를 받아본 고객 중 견적이 마음에 드는 고객은 견적서 내의 계약 진행 버튼을 누르고 이후 영업팀과 통화를 하게 된다.

계약 진행 단계에서는 무엇보다도 시공 관련 사항을 꼼꼼히 확인하는 것이 중요하다. 보통의 경우, 인테리어 시공 시 인테리어 업체가 직접 현장에 방문해서 시공지의 컨디션과 작업의 난도를 체크하고 이를 바탕으로 견적을 산정한다.

하지만 내가 속한 업체는 바닥 철거, 마루, 필름, 도배,

장판 시공에 한해서는 실측을 진행하지 않았다. 실측 없이는 시공 자체가 불가한 상단 몰딩, 문틀 시공 시에만 실측을 진행했다. 번거로운 실측 단계를 배제함으로써 고객 편의성을 높이고 계약률을 높이는 전략이었다. 고객에게는 획기적으로 편리한 시스템이었지만 회사 직원의 입장에서는 까다로운 시스템이었다. 실측 한 번이면 시원하게 시공지 사정을 체크할 수 있지만 실측이 없다 보니 고객과의 통화를 통해 꼼꼼하게 시공 관련 사항을 체크해야 했다. 만일 시공 관련 사항을 제대로 체크하지 못해 시공에 문제가 생긴다면 책임은 회사의 몫이었다. 예를 들어 4.5T짜리 두꺼운 장판 시공을 하러 갔는데 시공하는 건물에 엘리베이터가 없다면 시공이 불가하다. 장판 자재 자체가 워낙 무거워서 계단으로는 자재를 옮길 수 없기 때문이다. 계약 진행 단계에서 건물에 엘리베이터가 없다는 것을 체크했다면 고객에게 시공 불가를 통보했을 것이다. 하지만 꼼꼼히 체크하지 못했기에 모든 잘못은 회사 책임이 된다. 회사에 귀책 사유가 있기에 허탕을 친 시공팀에는 회삿돈으로 시공 취소 비용을 물어줘야 하고 고객에게는 계약금 전액을 환불해 주고 덤으로 고객으로부터 쓴소리를 들어야 한다.

시공 관련 사항을 꼼꼼히 확인하는 것만큼 시공 당일

추가 비용 발생 가능성에 미리 설명하는 것 역시 중요하다. 애초에 실측을 안 했기 때문에 실측을 진행한 현장보다 추가 비용이 발생할 수 있는 가능성이 높다.

사실 실측을 했는데도 불구하고 추가 비용이 발생할 수도 있는 것이 인테리어 시공 현장의 현실이다. 예를 들어 철거팀을 투입해서 기존 바닥재를 다 철거해 내기 전까지는 장판이나 마루가 붙어있는 시멘트 바닥의 컨디션을 알 수 없다. 바닥재를 다 제거해 놓고 봤더니 시멘트 바닥에 금이 가 있다거나 시멘트가 바스러져 있을 경우에는 추가적인 보완 작업이 필요하다. 이런 경우에는 추가 비용이 발생하며, 실측으로도 알 수가 없는 부분이다. 바닥의 컨디션을 제외하면 대부분 실측을 통해 추가 비용이 발생할만한 지점에 관해 고객과 상의할 수 있다. 새로이 도배를 해야 할 시공지의 벽면에 도배지가 여러 겹 붙어있다고 가정해 보자. 실측을 했을 경우, 어차피 도배 시공을 할 것이기에 도배지 귀퉁이를 살짝 뜯어보고 여러 겹이 붙어있는지 확인했을 것이다. 여러 겹이 붙어있을 경우, 한 겹이 붙어있을 때보다 도배지 제거에 오랜 시간이 걸리기에 시공 인원을 한 명 더 투입한다. 만일 시공 인원을 추가로 구하기 힘들 경우, 기존 시공팀이 늦게까지 남아서 작업을 완료하고 1인분의 인건비를 나눠 갖는다.

추가 비용에 관해 계약 전에 고객과 말을 나누면 아무런 문제가 되지 않는다. 하지만 시공 당일에 이러한 일이 발생하면 골치 아프다. 보통 인테리어 시공은 오전 8시 전후로 시작되는데 시공팀이 시공지를 먼저 살펴본 후 추가 비용이 발생할만한 부분을 체크해서 사무실에 알려준다. 추가 비용을 받아 내는 건 내 몫인데 아침 댓바람부터 돈을 더 달라는 얘기를 들었을 때 기쁜 마음으로 흔쾌히 요청에 응하는 고객은 거의 없다. 이처럼 계약 진행 단계에서는 변수에 초점이 맞춰진다. 현장에서 발생할 수 있는 변수를 줄이고, 변수가 발생해도 순조롭게 대처할 수 있는 환경을 미리 조성한다. 이를 가능케 하기 위해서는 간결한 대화로 시공에 꼭 필요한 정보를 습득하고, 추가 비용 발생에 관한 내용을 미리 공유하는 것을 잊지 말아야 한다.

◊ 고객 요청 해결

가장 잦은 고객의 요청은 시공 사항에 관한 변경이다. 자재나 시공 일정을 변경하기도 하고 새로이 시공을 추가하거나 하기로 했던 시공을 취소하기도 한다. 시공 일정이 2주 이상 남은 상황이라면 아무런 문제가 되지 않는다. 보통, 시공일 기준 2주 전에 자재 발주와 시공팀 배정을 하기 때문이다. 슬픈 사실은 대부분의 고객이 시공일을 코앞에 두고 변경을 요청한다는 점이다. 자재 변경은 시공 일정 변경에 비해 수월하다. 예를 들어, 도배지 색상을 그레이 톤으로 정했는데 시공 하루 전에 베이지 톤으로 변경을 요청하는 경우, 자재를 수급할 수 있다면 변경이 가능하다. 외부 퀵 서비스 업체를 이용해 시공 당일에 시공지로 발송하고 퀵 서비스 비용은 고객에게 청구한다. 시공일 하루 전에 도배지를 바꾸는 게 무리한 요청이라는 것은 고객도 인정하는 부분이기에 추가 비용을 받는 건 어렵지 않다.

　　문제는 시공 일정을 변경하는 경우이다. 원래 시공하기로 한 날짜에는 이미 시공팀을 배정해 놓은 상태이기에 고객이 변경을 원하는 날짜에 해당 시공팀이 일정을 맞출 수 있는지 조율해야 한다. 만일 시공팀의 일정을 못 맞춘다면 다른 시공팀을 섭외해야 한다. 고객이 한 가지의 시공만 할 경우에는 한 팀만 조율하면 되기에 그나마 나은 편이다. 여러 가지 시공이 연달아 있을 경우 전체 시공팀의 일정을 조율해야 한다. 이러한 상황에서 타 인테리어 업체 시공이 중간에 껴있다면 더욱 복잡해진다. 간혹 일정을 맞추기 위해서 서로 다른 시공팀이 동시에 작업을 해야 하는 경우도 생긴다. 이 경우엔 시공 팀장에게 싹싹 비는 방법밖엔 없다. 일정이 틀어져 안 그래도 심기가 불편한 상황에서 다른 분야의 시공팀과 부대껴가며 작업해달라는 말을 반가워할 시공 팀장은 없기 때문이다.

◇ 시공 현장 이슈 해결

사무실에는 두 종류의 전화기가 비치되어 있다. 일반 고객들의 전화는 헤드셋 전화기로 들어오고 시공팀의 전화는 유선 전화기로 들어온다. 가장 받기 싫은 전화가 있다면, 매일 오전 8시에 울리는 유선 전화기이다. 유선 전화기가 울린다는 건 뭔가 일이 터졌다는 뜻이다. 시공 팀장들은 시공 관리팀이 사무실에 출근하는 시간인 8시가 되길 기다렸다가 8시 정각에 일제히 사무실로 전화를 건다. 단 두 대뿐인 유선 전화기는 항상 동시에 울리고 운이 좋은 시공 팀장이 우선 통화권을 획득한다. 연이어 통화 연결에 실패한 시공 팀장은 영업부 직원들에게 지급된 영업용 핸드폰으로 전화를 건다. 그만큼 해결해야 할 상황이 위중하다는 뜻이기도 하다. 시공 팀장과 통화가 시작되는 순간, 가지각색의 놀라운 현장 이슈와 마주하게 된다.

가장 기본적인 현장 이슈는 실측했더라면 미리 알았을 만한 것들이다. 앞서 말한 것처럼 도배지가 여러 겹 붙어있다거나, 천장 몰딩이 없어서 도배 마감이 힘들거나, 장판이 여러 겹 깔려 있는 것과 같은 이슈다. 고객 응대 능력이 뛰어난 시공 팀장의 경우 현장에서 고객에게 상황을 인지시키고 추가 비용 발생에 관해 미리 언질을 준다. 일종의 쿠션 멘트인 셈이다. 추가 비용에 관한 부분은 영업부 직원이 직접 고객과 논의하여 확정 짓는다. 날씨에 따라 시공이 좌지우지되는 날도 있다. 외벽에 금이 가 있는 경우 비 오는 날에는 누수가 발생할 수도 있다. 당연히 누수가 발생한 벽면에는 도배 풀이 붙지 않기 때문에 도배를 진행할 수 없다. 결로가 너무 심한 경우에도 이와 동일하게 도배 진행은 불가하다. 추운 날씨에 장판 시공을 하기 위해서는 난방이 필수다. 돌돌 말린 장판 자재를 펴기 위해서는 실내 온도가 어느 정도 훈훈해야 한다. 굳어있던 장판을 억지로 펼치다간 장판이 깨질 수 있기 때문이다.

고객 불찰로 인해 시공이 중단되는 상황도 발생한다. 아파트의 경우 인테리어 시공을 하기 전에 입주민 동의를 받고 관리사무소 측에 공사 신고를 마쳐놓아야 한다. 엘리베이터나 통로에 보양을 미리 해놓아야 하는 곳도 있다. 간혹 고객이 이를 사전에 처리해 놓지 않을 때가 있는데 난감하고 아찔한 순간이 아닐 수 없다. 이 문제는 고객이 직접 해결해야 하는 수밖에 없다. 극히 드물지만 엘리베이터 점검이 있거나 아파트 전체 단수가 있는 것을 확인하지 않고 시공일을 잡는 경우도 있다. 아파트 측에서는 각 통로별 1층 출입구에 해당 내용에 관한 게시물을 부착해 놓는데, 대부분 고객이 이를 보지 못한 경우이다. 엘리베이터 점검 시간까지 기다렸다가 늦게까지 일을 하거나, 편의점에서 2L짜리 생수를 다발로 사 와서 단수 문제를 해결한다.

가장 기억에 남는 현장 이슈는 바닥 철거를 하는 날, 아랫집 거실의 샹들리에가 떨어진 사건이었다. 바닥 철거의 진동으로 샹들리에가 떨어졌다는 명확한 인과관계를 밝힐 순 없지만 정황상 바닥 철거 말고는 다른 추락 원인을 찾을 수 없었다. 다행히 다친 사람은 없었고 철거 팀장이 직접 아랫집에 방문해 사과의 인사를 전하고 파손 현장을 정리했다. 이후 회사 측에서도 위로의 인사를 건넸고 파손된 샹들리에에 관해서는 책임지고 변상했다.

인테리어 시공을 업으로 삼는 시공 팀장이나 영업부 직원들도 현장 이슈를 맞닥뜨리면 어안이 벙벙한데 일반인들은 얼마나 경황이 없을까. 그렇기에 현장 이슈를 처리할 때는 최대한 침착하게 고객을 안심시키는 것이 중요하다. 고객에게는 벌어진 해프닝과는 상관없이 인테리어 시공만큼은 문제없이 진행할 테니 걱정하지 말라고 말을 건네는 것도 좋다.

5-3.
그럴 수도 있지 뭐

Time is gold. 시간의 값어치는 돈이나 금으로 환산할
수 없다. 시간은 그 어떤 것으로도 대체될 수 없으며 맞바꿀
수도 없다. 그렇기에 타인에게 가장 폐를 끼치는 행동은 상대
방의 시간을 빼앗는 것이라고 생각한다. 금전적인 피해는 어
떻게든 보상할 수 있다. 정신적인 피해도 상담과 약물 치료
라는 방법이 있지만 지나가 버린 시간은 되돌릴 수도, 돈으로
살 수도 없다.

    학창 시절, 친구들과 약속을 하면 버릇처럼 항상 약속
시간을 지키지 않는 친구들이 있었다. 예를 들어, 오후 3시
에 놀이터에서 만나기로 약속했는데 오후 3시에 집에서 나
오거나 5분~10분가량 늦으면 '코리안 타임'이라며 너스레를

떠는 이들이었다. 친구를 조금 기다린다고 해서 금전적, 신체적 피해를 보는 것은 아니었지만 반복되는 행동에 때론 속으로 분을 삭이기도 했다. 그래도 '친구니까' 이런 것쯤은 이해해 줘야 한다는 생각이 더 강했기에 겉으로 내색은 하지 않았다. 학창 시절 내내 나는 항상 약속 시간이 되기 전에 약속 장소에 도착해서 그들을 기다렸고 그들은 항상 늦게 나타났다. 엄마에게 속사정을 말하니 엄마 역시 학창 시절 내내 겪었다는 옛이야기를 들려줬다. 시간 약속을 칼같이 지키는 것도 유전이 된다는 사실이 신기하기도 했다. 그렇다면 엄마는 어떻게 대처했을까. '언젠가는 제시간에 나오겠지'라는 생각으로 불평불만 없이 항상 기다렸다고 한다. 그러다 고등학교를 졸업하게 되었고, 성인이 된 후에는 친구도 미안했는지 점차 시간 약속을 잘 지키게 되었다는 경험담을 들려줬다. 엄마는 혹 친구에게 어떠한 사정이 있을 수도 있고, 타인을 생각하는 마음이 부족한 것일 수도 있으니 친구가 스스로 깨칠 때까지 기다려주라는 조언을 했지만 공감할 수 없었다. 나는 엄마처럼 마음이 드넓은 사람도 아니고 이해심이 깊은 사람도 아니었으니까. 고등학교 시절, 토요일 저녁마다 축구를 하곤 했다. 주중에 미리 친구들과 약속해서 인원을 맞추고 토요일마다 만나서 경기를 했는데 하루는 약속 시간이 다

되었는데도 친구 녀석이 약속 장소에 도착하지 않았다. 매번 늦는 녀석이라 그러려니 생각하고 축구 경기를 시작했고, 축구 시합이 다 끝날 때쯤 되어서야 느지막이 녀석이 나타났다. 지금 생각하면 우습지만 나는 그날 이후로 그 친구와 의절했다. 그게 뭐 대수라고 그렇게까지 하냐고 생각할 수도 있겠지만 아마도 참을 만큼 참다가 그날 인내심이 한계에 다다랐던 것 같다.

성인이 되어서도 시간 약속을 칼같이 엄수하는 습관은 여전했다. 나는 내 또래보다 스마트폰을 뒤늦게 구입했다. 방송작가 일을 시작하며 어쩔 수 없이 스마트폰을 구입했었는데 2012년 중반까지는 019로 시작되는 폴더 형태의 피처폰을 들고 다녔다. 약속 장소가 난생처음 가보는 곳일 경우, 약속 전날 저녁에는 꼭 노트북으로 이동 경로와 소요 시간을 계산해 핸드폰 메모장에 기록했다. 지금처럼 스마트폰을 이용해 실시간으로 가는 길을 검색할 수 없었기에 메모장에 적어두는 것이 안전했다. 그렇게 해야만 정해진 시간에 늦지 않게 도착할 수 있었고 마음도 편했다. 사회생활을 시작하며 시간 엄수 습관의 효과가 조금씩 드러났다. 선배 작가들이 시킨 일은 주어진 시간 안에 어떻게든 해내는 막내 작가로 일했고, 고객과 약속한 납기일은 꼭 지키는 구두 수선공이 되었다.

하지만, 인테리어 업계에선 사정이 달랐다. 현장에서 발생하는 변수로 인해 고객과의 시간약속을 지키지 못하는 경우가 왕왕 있었다. 예를 들어, 장판 시공팀은 평수가 크지 않은 곳일 경우 하루에 두 곳을 시공할 수 있다. 오전 8시부터 전용 18평짜리 아파트에서 시공을 시작해 오후 12시 전후로 시공을 끝내고 오후 2시까지 다른 시공지로 넘어가서 시공을 하는 식이다. 만일 오전 시공지에서 현장 이슈가 생길 경우 자연스레 오후 시공지의 도착 시간은 늦춰진다. 예를 들어, 기존에 시공된 장판을 들춰냈을 때 시멘트 바닥에 금이 가거나 깨진 곳을 발견한 경우에는 보완 작업을 해야 한다. 또한 장판 아래에 90년대에 많이 사용된 한지 장판이 숨어 있는 경우도 있다. 한지 장판의 상태가 좋으면 그대로 시공이 가능하나, 곰팡이가 슬어 썩어있거나 군데군데 찢긴 경우에는 다 긁어내야 한다. 시공 팀장이 이러한 현장 이슈를 처리하다가 시간이 많이 지체되겠다 싶으면 사무실에 연락한다.

"오후 시공지 고객님한테 조금 늦게 도착할 것 같다고 전화 좀 해주세요."

여기까지는 순조롭다. 어찌 됐든 오전 시공지의 문제

는 해결하는 중이고 오후 시공지 고객에게 미리 양해를 구할 수 있으니까. 문제가 되는 경우는 오후 시공지의 고객이 현장에서 기다리고 있는 경우다. 고객은 장판 시공을 직접 확인하려고 계속 기다렸다며 짜증 섞인 속상함을 내비친다. 그나마 이마저도 다행이다. 오늘을 위해 월차나 반차를 냈는데 시공 팀 기다리다가 하루 다 가겠다며 불만을 토로하는 고객도 있다. 같은 직장인으로서 월차나 반차의 소중함을 너무나도 잘 알기에 참 송구스럽다. 살면서 시간에 쫓겨 발을 동동 굴러본 적이 없다시피 한데 이젠 일상이 되었다.

'누구는 늦고 싶어서 늦게 가는 줄 아나⋯⋯'
'아⋯ 왜 하필 내가 근무할 때 이런 일이 터지냐⋯ 짜증나게⋯'

고객에게 아쉬운 말을 전하고 전화를 끊었을 때의 심경이었다. 그들의 소중한 시간을 갉아먹은 점에 관해서는 진심으로 미안하고 죄스럽기도 했다. 하지만 그 누구도 예상치 못한 상황으로 인해 일정에 차질이 생긴 것이니 억울할 만도 했다. 이 전화를 다른 사람이 받았더라면 내가 처리하지 않아도 됐을 거라며 운이 없는 나를 탓하기도 했다. 시간 약속을 지키지 못하는 상황에 관해 누군가는 책임지고 수습해야 했고 그게 내가 해야 할 업무이기도 했다. 이런 내 마음을 보듬듯 불편한 상황을 이해해 주는 이들도 있었다. 어차피 빈집이니 한 달 안에만 시공하면 문제없다며 오히려 나를 안심시키거나 늦게 와도 상관없으니 시공 팀장에게 천천히 조심히 오라고 꼭 전해달라던 고객이 기억에 남는다. 2년 넘는 시간 동안 양해를 구하고, 혼이 나고, 사죄하고, 위로받는 과정이 반복되면서 불편한 상황을 마주하는 자세가 조금 바뀌었다.

'그럴 수도 있지 뭐…'

신경을 자극하는 외부 요인에 뾰족하게 반응했던 예전과는 달리 무던해졌달까. 바꿀 수 없는 상황에 관해 감정적인 에너지를 쏟아봤자 오히려 더 피곤해진다. 살다 보면 이런 날도 있고 저런 날도 있다며 자신에게 심심한 위로를 건네는 편이 오히려 마음 편하다. 이젠 상대방이 늦든 안 오든 크게 신경 쓰지 않는다. 어쩌면 상대방도 충분히 내게 미안해하고 있을 수도 있고 속으로는 죄스러운 감정으로 힘들어할 수도 있으니까.

그때 그 친구와 의절한 지 20여 년이 흘렀다. 돌이켜보면 속이 좁고 시야가 좁은 건 나였다. 그날 친구에겐 남들에게 말하지 못할 어떤 일이 생겼었을 수도 있다. 사과를 하고 싶었지만 부끄러운 마음에 하지 못했을 수도 있다. 마치 청춘 드라마의 한 장면처럼 그 친구에게 그땐 미안했다며 20년 만에 먼저 사과의 인사를 건네진 못하겠다. 책을 쓴다는 이유로 일부러 멋진 척을 할 필요는 없으니까. 그렇게 옛 추억을 함께 간직한 친구 한 명을 보냈으니 앞으로의 인생에서라도 그런 일은 두 번 다시 겪지 않도록 해야겠다.

5-4.
그건 내 생각이고

"거기 위치가 어디쯤이에요?"

고객의 전화를 받다 보면 종종 쇼룸의 위치를 묻는 경우가 있다. 쇼룸은 회사 사무실과 같은 층에 마련되어있었다. 강남역과 양재역 사이 대로변에 있는 빌딩 4층에 위치해 있었으나 빌딩의 외관을 해치지 않기 위함인지 간판 크기가 작게 제작되어 눈에 잘 띄지 않았다. 더군다나 쇼룸이 입점해 있는 빌딩의 이름과 매우 비슷한 이름의 빌딩이 대각선 블록에 있어서 고객들이 혼동하는 경우도 많았다. 대부분의 직원들은 쇼룸의 위치를 보다 명확히 설명하기 위해 고객의 눈에 쉽게 보일만한 것들을 언급한다. 가령 쇼룸 빌딩 옆에 있는 유명 패스트푸드 전문점을 언급하거나 쇼룸 빌딩 1층에 위치한 은행을 언급하기도 하고, 쇼룸 빌딩을 끼고 있는 OO사거리의 이름을 언급하며 고객에게 쇼룸의 위치를 설명한다.

"OO은행 보이시죠? OO은행 건물 4층으로 오시면 돼요."

이렇게 말이다. 유명 패스트푸드 전문점이나 은행의 이름을 모르는 이는 없기에 가장 효과적인 방법이기도 하다. 나 역시 OO은행을 이용해서 길 안내를 한다. 하지만 다른 직원들과는 조금 다르게 표현한다.

"OO은행이 있을 거예요. OO은행 건물 4층으로 오시면 돼요."

화자의 입장에서 보면 표현만 약간 달리했을 뿐 두 문장 사이에 큰 차이는 없다. 하지만 수화기 너머로 이 말을 듣는 청자가 다른 사람들과는 달리 조금은 특별한 사람이라면 두 문장 사이의 차이는 매우 커진다.

2012년, 어느 봄날이었다. 여느 때와 같이 버스를 타고 홍대입구역 버스정류장에서 하차했다. 날씨 좋은 주말이라 그런지 점심시간이 채 되기도 전인 시간인데 홍대입구역 8번 출구 근처에는 유달리 사람이 많았다. 약속 장소에서 지인을 기다리는 사람들 사이를 빠져나와 한국 손님보다는 외국 손님들이 더 많이 찾는 김치 요리 전문점 건물로 향했다. 김치 요리 전문점 건물을 기점으로 네 갈래의 길이 나온다. 맨 왼쪽부터 영화관 뒤편이 나오는 골목, 커피 전문점이 몰려있는 골목, 미니 로터리가 나오는 골목, 홍대입구역 9번 출구 방향의 골목이다. 나는 주말마다 커피 전문점이 몰려있는 골목 사이로 들어갔다. 골목에는 수년간 자리를 지켜온 카페 두 곳이 마주 보고 있는데, 운이 좋은 날이면 커피 원두를 볶는 고소한 냄새를 맡으며 지나갈 수 있었다. 커피 전문점 옆쪽으로 자그마한 2층짜리 건물이 있고 1층이 최종 목적지인 이어폰/헤드폰 전문점이다. 내부가 훤히 들여다보이는 통유리 구조에 간판과 인테리어에는 샛노란 개나리 색이 사용되어 그냥 지나가다가도 눈길이 가는 곳이기도 했다.

주중에는 사장님과 함께 일하지만 주말에는 혼자서 출근해서 직접 매장 오픈과 마감을 책임졌다. 주말에는 점심시간 이후가 돼서야 고객들이 몰리기에 오전에는 여유를 만끽하며 혼자만의 시간을 갖기에 딱 좋았다. 매장의 모든 조명을 다 켜고 의자에 앉아 컴퓨터 전원 버튼을 눌렀다. 모니터에 바탕화면이 뜨기를 기다리고 있는데 전화가 울렸다. 출근한 지 5분도 채 되지 않아 울리는 전화가 그리 달갑지는 않았다. 주말이니 거래처는 아닐 것이고, 고객의 전화가 틀림없었다.

"안녕하세요, 지금 홍대입구역 8번 출구 쪽인데, 혹시 매장에 가려면 어떻게 가야 해요?"

재고 문의 전화일 줄 알았는데 매장 위치를 물어보는 전화였다.

"8번 출구에서 우회전해서 직진하시다 보면 좌측에 김치 요리 전문점 보이실 거예요. 김치 요리 전문점을 등지고 11시 방향 골목으로 들어오시면 커피〇〇〇〇이랑 〇〇커피 매장 보일 거거든요? 커피〇〇〇〇 우측에 노란색으로 칠해진 저희 매장 보이실 거예요."

홍대입구역 8번 출구에서 눈에 쉽게 보이는 거점을 잡아 설명했다. 대부분의 경우 이렇게 설명하면 곧잘 찾아오곤 했다. 김치 요리 전문점은 보기 싫어도 볼 수밖에 없는 곳에 있었다. 그리고 새빨갛게 칠해진 간판에는 '김치 요리의 맛집'이라고 대문짝만하게 쓰여 있어서 누가 보더라도 김치 요리 전문점임을 알 수 있었다. 김치 요리 전문점으로부터 20m만 걸어와도 카페 두 곳과 내가 일하는 가게가 보였으니 성인이라면 누구나 쉽게 찾아올 수 있는 위치였다. 전화를 끊고 청음용 이어폰과 헤드폰을 정리하면서 주말 첫 번째 고객을 맞이할 준비를 했다. 10분 정도가 흘렀을까, 다시 한번 전화기가 울렸다. 아까 매장 위치를 묻던 고객이었다.

"죄송한데, 아까 설명해 주셨던 거 다시 한번 설명해 주실 수 있을까요?"

길 설명을 다시 해달라는 고객은 처음이었다. 물론 상대방이 느끼기에 내 설명이 완벽하지 않을 수도 있다. 하지만 지금껏 전화로 매장 위치를 설명해 준 고객들은 모두가 잘 찾아왔기에 설명에 문제가 있다고 생각하진 않았다. 다른 고객들보다 이해력이 조금은 부족한 분인가 싶어 다시 한번 자세히 설명한 후 전화를 끊었다. 그렇게 또 10분 정도가 흘렀으나 가게 문을 열고 들어온 고객은 단 한명도 없었다. 통화했던 고객이 언제쯤 매장에 도착할까 싶어 유리창 너머 길거리를 바라보던 중 또다시 전화기가 울렸다. 역시나 그 고객이었다.

"아… 저… 거기 위치를 잘 모르겠어요."

여전히 갈피를 잡지 못하는 것 같았다. 시간이 꽤 흘렀으니 홍대입구역 8번 출구에서는 어느 정도 멀어졌을 것이다. 정확히 길 안내를 하기 위해서는 현재 고객이 어디에 위치하고 있는지 확인해야 했다.

"혹시, 지금 어떤 건물 보이세요?"

내 물음에 고객은 곧바로 대답하는 대신 옆에 있는 누군가와 대화를 하는 것 같았다.

"어… 지금 참치전문점 앞인데요…"

참치전문점은 카페 골목 초입에 있는 가게였다. 방향은 잘 잡았으니 이제 직진해서 앞으로 오기만 하면 가게에 도착할 수 있었다. 혹시나 고객이 다른 곳으로 갈까 봐 매장 밖에 나가서 손을 흔들고 있겠다고 말했다. 매장 전화기가 무선 전화기였다면 전화기를 들고 나가 통화를 하면서 고객을 데리고 올 텐데, 유선 전화기라서 전화를 끊고 매장 앞에 서서 손을 흔드는 방법이 최선이라고 생각했다. 유리 정문을 활짝 열어 고정시켜 두고 매장 앞으로 나갔다. 골목이라 그런지 지하철역 근처보다는 지나다니는 사람이 적었다. 손을 흔들고 있으면 분명히 고객은 나를 알아볼 것이라고 생각했다. 손을 흔들며 참치전문점 방향을 바라봤다. 골목에서 걸어 다니는 사람들을 하나씩 살피던 중 내 시선은 한 곳에 고정됐다. 가게 방향으로 꽤 덩치가 큰 강아지와 함께 걸어오는 남자였다.

'설마……'

덩치 큰 강아지는 조끼를 입고 있었고 주인과 바짝 붙은 상태로 살랑살랑 걸어왔다. TV 화면으로만 봐왔던 맹인안내견이었다. 마음속으로는 맹인안내견과 함께 걸어오고 있는 분이 나와 통화했던 고객과 동일인이 아니길 바랐다. 몇 분 전 말귀를 못 알아듣는다며 표정을 찌푸리며 짜증 냈던 내가 죄스럽게 느껴졌기 때문이다. 그러면서도 흔들던 손을 나도 모르게 내리고 고객일지도 모르는 그 사람을 향해 걸어가 말을 걸었다.

"안녕하세요, 혹시 아까 통화했던 분 맞으실까요?"
"네, 맞습니다. 안녕하세요."

홍대입구역 8번 출구를 기준으로 약 140m 떨어진 거리. 도보로 2분이면 충분히 도착하는 거리를 한참이나 걸려 도착했다. 남들 다 쉽게 찾아오는 길을 왜 헤맸는지 단번에 이해가 됐다. 볼을 몇 대 얻어맞은 것처럼 어안이 벙벙했다. 갑자기 등판이 더워지면서 양쪽 구레나룻 끄트머리에서 땀방울이 송골송골 맺히는 느낌이었다. 몹시 당황했으나 안 그런 척 노력했다. 당황해하는 모습이 어쩌면 그 고객에게 실례가 될 수도 있을 것 같았기 때문이다. 사실 그 누가 보아도 당황한 기색이 역력했을 것이나 고객은 이를 보지 못한다는 사실에 안도했다. 이 와중에 이런 생각을 했다는 사실에 나 자신이 못된 놈이라는 생각이 들기도 했다.

고객을 매장 중앙에 놓인 의자로 안내했다. 고객이 의자에 앉자 안내견도 고객을 따라 바닥에 궁둥이를 붙였다. 몇몇 제품을 비교해서 청음해 보고 싶다는 고객의 말에 총 3개의 이어폰을 의자 앞에 놓인 테이블 위에 올려두었다. 청음 시 편하게 비교할 수 있도록 테이블 기준 맨 왼쪽, 중앙, 맨 오른쪽에 각 이어폰을 올려두었고, 고객이 들고 온 음향 기기에 바로 꽂을 수 있도록 각 이어폰 플러그를 테이블 가장 자리에 놓았다. 평상시였다면 돌돌 말려진 세 개의 이어폰을 내 손에서 고객의 손으로 직접 건넸을 텐데 오늘은 달랐다. 남다른 고객을 위한 조그마한 배려이기도 했고, 무거운 마음 을 조금이라도 덜어내고 고객에게 사죄받기 위한 행동이기 도 했다.

제품과 청음 방법에 관해 고객에게 간단히 설명 후 고 객이 편하게 청음할 수 있도록 자리를 피했다. 카운터로 돌 아와서도 내 시선은 그 고객을 향해 있었다. 미안함과 죄스러 움, 부끄러움이 뒤섞인 느낌이었다. 골목에 들어오면 카페가 보일 거라며 설명했을 때는 어떤 기분이었을지, 어떤 건물이 보이냐며 물었을 땐 어떤 기분이었을지, 내가 매장 앞으로 나 가 손을 흔들고 있겠다고 했을 땐 어떤 기분이었을지 감히 상 상할 수조차 없었다. 고객이 청음하는 동안 매장을 찾는 이는 단 한 명도 없었다. 그 흔한 재고 문의 전화 한 통도 오지 않 았다. 고객이 청음하고 있는 이어폰에서 삐져나오는 미세한 노랫소리만 간간이 고요함을 깰 뿐이었다. 고객의 청음 시간 이 내게는 벌을 받는 시간처럼 느껴졌다. 마치 고객이 집으로 돌아가기 전까지 내가 했던 생각과 행동에 관해 다시 한번 생각해 보고 뉘우치라는 하늘의 뜻 같기도 했다.

"잘 들었습니다. 감사합니다."

약 1시간가량 진득하게 청음하던 고객은 자리에서 일어섰다. 고객이 일어서자 배를 깔고 엎드려있던 안내견도 함께 네 다리를 쭉 폈다.

"감사합니다. 다음에 꼭 또 오세요."

매장을 나서는 이들에게 습관처럼 하던 인사말이었지만 오늘따라 '꼭'이란 말을 붙이고 싶었다. 내가 저지른 실수를 만회할 수 있도록 다시 매장을 찾아달라는 뜻이기도 했다. 고객과 안내견의 뒷모습이 김치 요리 전문점 방향으로 사라질 때까지 그들의 뒷모습을 응시했다. 그들이 시야에서 사라지고 나서야 카운터로 돌아와 유선 전화기를 살폈다. 포스트잇을 한 장 떼어 유선 전화기 액정에 표시된 고객 번호를 적은 후 책상 모서리에 붙여뒀다. 다음번의 만남을 대비한 것이었지만 아쉽게도 내가 일을 그만두는 날까지 그 고객을 다시 만나는 일은 없었다.

　　어디까지나 내 생각이었다. 도보 2분 거리는 누구나 쉽게 올 수 있다고 생각했고 샛노란 색으로 칠해진 매장은 지나가다가도 눈길이 가는 곳이라고 생각했다. 하지만 도보 2분 거리가 누군가에게는 20분이 걸리는 거리가 되기도 하고 아무리 샛노란 색으로 칠해진 매장이라고 해도 누군가에겐 눈길이 닿지 않는 곳이 될 수도 있다. 큰 문제 없이 수년간 사람을 대하는 일을 해왔다. 그렇기에 나의 행동과 내가 구사하는 어휘가 보편적인 것이며 모두에게 통용되는 것이라고 착각했다. 이러한 착각으로 나도 모르는 사이 누군가에게 상처를 주는 행동이나 발언을 했을지도 모른다. 상대방이 내색하지 않았기에 그냥 지나갔을 것이고 나 자신도 신경 쓰지 않았기에 기억에 남지 않았을 것이다. 그래도 생각해 보면 운이 좋은 편이다. 머릿속에 오래도록 기억에 남는 장면이 있고, 그때 배운 교훈을 잊지 않기 위해 그 장면을 되새김질할 수 있으니 말이다. 이렇게 계속 되새김질하다 보면 언젠가는 다른 사람에게 상처 주지 않는 사려 깊은 인간이 될 수 있지 않을까.

5-5.
인복 많은 놈

"아들 주위엔 온통 좋은 친구들뿐이네. 아들이 제일
못됐네."

어머니는 내 친구들을 만나면 항상 말씀하셨다. 나도
어머니 말씀에 어느 정도 동의하는 편이다. 학창 시절, 내 주
위에는 모난 친구가 없었다. 나도 모난 인간은 아니지만 굳이
따진다면 친구들보다는 내가 더 모난 편이었다. 대부분의 친
구가 둥글둥글한 성격이었기에 딱히 큰 사건이나 트러블 없
이 그들과 함께 무난한 청소년기를 보냈다. 사실 한 다리만
건너면 다 아는 사이이기도 했고 그중 몇몇은 부모님끼리도
알고 지내는 사이였기에 어쩌면 은연중에 서로 배려하는 게

속 편히 지내는 것이었을 수도 있다. 대학교 때문에 상경해서 새로이 사귄 친구나 선후배도 참 좋은 사람들이었다. 그들은 내게 마음 쓰는 것을 주저하지 않았고 나 역시 그들에게 받은 것 이상을 주고 싶어 했다. 그럴 때마다 내 주위에는 참 좋은 사람이 많아서 다행이라는 생각을 하곤 했다.

예전에 어머니가 운영하는 식당에 스님 한 분이 방문했던 적이 있다. 식사를 마친 스님이 대뜸 어머니 손금을 봐줬는데 아들 녀석에게 인복이 많으며 마흔이 넘어서 인생이 핀다는 말을 했다고 한다. 곧 마흔이긴 하나, 좀처럼 인생이 필 기미가 보이지 않는 걸 봐서는 스님 말씀 중 절반은 틀린 것 같다. 하지만 내가 인복이 많다는 내용은 스님이 정확히 맞히신 것 같다. 돌이켜보면 사회인이 되고 나서도 좋은 사람들과 함께 지내는 행운이 따랐다. 방송 작가 때는 선배 작가들을 잘 만난 덕에 일이 끊이질 않았다. 일이 끊겨 불안한 마음에 방송 작가 구인 공고를 찾아보거나 여기저기 면접 다닐 필요가 없었다. 오히려 선배 작가 덕에 막내 작가인데도 불구하고 TV 프로그램을 담당하면서 유튜브 콘텐츠 제작 아르바이트로 투잡을 뛰기도 했다. 구두 수선공으로 일하며 함께 지점을 운영했던 동료는 참 멋진 사람이었다. 내게 수선 기술을 전수해 주기 위해 정시보다 일찍 출근하거나 늦게 퇴근하는 것을 꺼리지 않았다. 간혹 내가 실수해도 전혀 문제가 되지 않는다는 표정으로 언제든 완벽히 수습했다. 독서 플랫폼에서 일할 때는 좋은 친구들을 사귀었다. 서른 넘은 나이에 좋은 친구를 사귀는 것이 쉽지 않은데 참 운이 좋았다. 꺼내기 어려운 옛이야기를 덤덤하게 털어놓을 수 있는 친구와 앞으로 더 열심히 살기 위해 서로 동기를 유발할 수 있는 친구를 얻었다. 이런 친구들을 사귈 수 있게 만든 것도 면접 자리를 만들어 준 방송 작가 선배 덕이다.

인테리어 서비스 플랫폼의 시공 관리 매니저가 되고 나서도 좋은 동료들을 만났다. 회사 대표가 고심해서 사람들을 뽑았는지 회사 사람들도 내 친구들처럼 모난 사람이 거의 없었다. 특히나 영업팀의 경우 단합이 잘 되는 편이었다. 바쁠 때는 동료의 일을 대신 처리해 주고 고객에게 쓴소리를 들었을 때는 서로 토닥여줬다. 골치 아픈 상황이 벌어지면 당연히 자기 일인 것처럼 나서서 처리하곤 했다. 영업팀원들끼리도 '이 회사가 만든 최고의 복지는 동료'라고 할 정도였다. 물론 회사에 이렇다 할 복지가 없던 것은 사실이었지만 말이다.

쇼룸 담당자였던 동료A는 껄끄러운 상황도 무던히 처리하는 사람이었다. 고객들은 인테리어 시공에 쓰일 자재를 직접 눈으로 보거나 직원과 대면해서 상담받고 계약을 진행하기 위해 쇼룸을 찾았다. 하지만 간혹 직원의 전화 응대나 인테리어 시공에 불만을 느낀 고객이 쇼룸을 찾아와 클레임을 거는 경우도 있었다. 동료A가 쇼룸의 총괄 담당자였기에 쇼룸에서 발생하는 클레임은 웬만해서는 동료A가 소화해 냈다. 본인의 잘못이 아님에도 동료A는 항상 자신의 선에서 매듭을 지었다. 이런 상황이 지속되다 보면 억울해서 짜증 날 만도 한데 동료A는 자신이 맡은바 그 이상을 커버하며 묵묵히 자리를 지켰다. 동료B는 이미 화가 날 대로 난 고객과 통화를 할 때 빛나는 사람이었다. 그의 온화한 성품이 드러나는 화법은 화가 난 고객을 가라앉히기에 충분했다. 동료B는 고객이 틀린 말을 하면 오해를 풀기 위해 부드러운 어투로 유연하게 대처했고 고객이 맞는 말을 하면 어김없이 맞장구를 쳐줬다.

"아휴~ 맞습니다. 고객님 말씀이 맞아요."

옆에서 듣고 있노라면 절로 고개가 끄덕여지는 마법의 대사 같기도 했다. 심각한 내용의 통화가 이어지는 것이 틀림없음에도 제삼자가 듣기에는 기분 좋은 통화처럼 들리기도 했다. 따로 동료B에게 말은 하지 않았지만 고객과 통화할 때 동료B의 맞장구 화법을 여러 번 써먹기도 했다. 동료B가 맞장구의 달인이라면 동료C는 위로와 공감의 달인이었다. 시공지에서 시공 팀장이 불합리한 일을 당하는 날이면 어김없이 시공 팀장을 위로하는 동료C의 목소리가 들려왔다.

"제가 반장님이었어도 정말 너무 짜증 났을 것 같아요. 오늘 너무 고생 많으셨어요."

진심 어린 공감과 위로 덕에 모든 시공 팀장이 동료C를 좋아했고 시공 팀장들은 동료C의 부탁이라면 뭐든 들어줄 기세였다. 동료C의 이런 화법은 인테리어 시공이 마음에 들지 않아 속상해하는 고객들의 마음을 다독여주는 데도 큰 역할을 했다. 동료D는 내가 가지고 싶은 능력을 지닌 능력자였다. 어떤 고객에게도 휘둘리는 법이 없었고 어떤 상황이 닥쳐도 당황하지 않았다. 고객이 난리 치며 욕을 해도 고객을 진정시킨 뒤 아무 일 없었다는 듯 대화를 이어나가던 그였다.

"욕하지 마세요. 저는 욕 안 했잖아요? 그렇게 욕을 하시면 제가 말을 할 수가 없죠."

놀라운 점은 고객과의 대화가 끝나도 평정심을 유지한다는 점이었다. 통화가 끝나면 자신이 받은 스트레스를 분출할 법도 한데 그러지 않았다. 나의 경우 통화를 끊었음에도 화가 가라앉지 않을 때면 욕을 하거나 주먹으로 책상을 치기도 했지만 동료D는 커피를 타 마시러 잠깐 자리를 뜨는 게 전부였다. 아마 주위 동료에게 나쁜 에너지를 퍼뜨리고 싶지 않아서 휴게실로 자리를 피해 커피를 타며 정신을 환기시킨 것이 아닐까 싶다. 동료D의 정신력과 포커페이스를 본받고 싶었지만 내가 가진 그릇 자체가 작아서 그런지 아무 일 없었다는 듯 스트레스를 혼자 삭이는 것은 불가능했다. 2년이 넘는 시간 동안 동료 A, B, C, D와 함께 일을 하며 많은 자극을 받았다. 때론 그들의 행동과 화법을 유심히 관찰하기도 했고, 남몰래 그들을 따라 해 보며 내가 생각한 그들의 장점을 내 것으로 만들어 보려고 애쓰기도 했다. 그들 덕에 비대면 전문가로서 조금이나마 성장할 수 있었다고 생각한다.

누군가에게서 무언가를 얻어야만 인복이 있는 것은 아닌 것 같다. 주위에 본받고 싶은 사람이 있는 것만으로도 인복이 차고 넘치는 것이지 않을까. 내가 그들을 보며 배우고 자극받은 것처럼 나도 누군가에게 본보기가 될 수 있는 동료이자 친구가 될 수 있도록 조금 더 열심히 살아봐야겠다.

5-6.
올 스톱

이 회사에 들어온 지도 2년이 지났다. 하루를 의미 있게 산다는 것에 관해 정확히 정의하긴 어렵지만 지난 2년 동안 그리 의미 있게 산 것 같지는 않다. 서점을 둘러보다가 대충 손에 잡히는 책을 집어 들고는 겉핥기식으로 빠르게 읽어 넘기는 듯한 느낌. 뭘 읽었는지 머릿속에 내용이 남지도 않고 책장을 넘겼을 때 어떤 이야기가 펼쳐질지 궁금하지도 않은데 멍하니 책장을 한 장 한 장 넘기듯 매일을 살았다. 살고 있으니까 살았다는 표현이 맞으려나. 달력이 한 장씩 넘어갈 때마다 내 시간과 월급을 교환한 것 그 이상도 이하도 아니었다. 월급이라도 많이 받았다면 살림살이라도 나아졌겠지만 그렇지 않았다. 두 번의 연봉 협상으로 연봉이 소폭 상승

했다. 최종연봉은 약 5년 전 제약 영업 사원으로 일했던 때의 기본 연봉보다 낮았다. 이전의 경력을 인정받지 못하고 이 회사에 들어온 것은 내 선택이었으나 5년이라는 시간을 잃어버린 것 같은 기분을 무시하긴 힘들었다. 2년간 그렇게 고객들에게 핀잔을 듣고 스트레스를 받아 가며 두 번의 연봉 인상이 있었음에도 5년 전 월급에도 미치지 못하는 돈을 받고 있다는 게 참 서글프기도 했다. 5년 전과 비교해 봐야 내 속만 쓰리다는 걸 알면서도 그 시절을 종종 떠올리곤 했다.

현재의 삶에 집중을 안 해본 것은 아니다. 이직 생각은 없었지만 이직하게 된다면 이번처럼 경력을 인정받지 못하고 옮기는 일은 없어야 했다. 어찌 됐든 고객 접점에서 일을 해왔고 지금도 하고 있으니 CS 관련 자격증을 따두면 경력에 조금이나마 보탬이 될 수 있을 것이라고 생각했다. 개념서 한 권과 모의고사 한 권을 구입해서 퇴근 후 틈틈이 공부했다. 운이 좋게도 한 달이라는 시간 안에 자격증을 딸 수 있었다. 자격증을 따긴 했는데 딱히 쓸 데도 없었고 공부한 내용을 근무에 활용하는 것도 한계가 있었다. 이직하기 위해 다른 회사의 면접을 보기도 했다. 진심으로 그 회사에 다니고 싶어 지원했다기보다는 지금 몸담은 회사보다는 더 나은 환경일 것 같다는 생각이 들어서 지원한 것이었다. 운 좋게도 최종 면접까지 갔으나 결국 고배를 마셔야 했다. 아마도 면접관들은 진심으로 그 회사를 원하는 지원자를 한눈에 알아보고 뽑아간 게 분명했다. 이처럼 뚜렷한 목표나 어떠한 대상에 관한 갈망 없이 에너지만 소비하는 일이 잦아지면서 조금씩 지쳐갔다. 일이 잘 안 풀리거나 답답할 때면 습관처럼 과거를 돌아봤다. 그때마다 씁쓸한 후회와 패배감에 젖었고 결국엔 몸에서 이상 반응이 나타나기 시작했다. 마치, '그날'의 악몽이 재현되는 듯했다.

어느 출근길, 평소처럼 졸린 눈을 비비며 홍대입구역에서 신도림 방면으로 향하는 지하철 2호선에 몸을 실었다. 오전 7시도 채 안 된 이른 시간이라 지하철 내의 빈자리는 많았다. 가장 선호하는 문 바로 옆 좌석에 앉아 귀에 이어폰을 꽂고 눈을 감았다. 2호선 열차는 양화대교를 따라 한강을 건넜고 세 번째 정거장인 영등포구청역에서 모든 좌석을 채웠다. 신도림역을 지나 신림역을 지나며 차곡차곡 승객을 싣던 열차는 사당역에서 혼잡도가 최고조에 달했다. 열차가 사당역에서 방배역으로 향하던 순간 갑자기 관자놀이 옆에서 식은땀이 주르륵 흘렀다. 호흡은 가빠졌고 숨이 잘 안 쉬어졌다. 방배역에서 문이 열렸을 때 내릴까 고민했지만, 목적지인 강남역까지는 세 정거장만 남았기에 참기로 했다. 하지만 잘

못된 선택이었다. 문이 닫히자마자 숨이 막혔고 계속 참았다가는 숨이 넘어갈 것만 같았다. 마치 회사에 도착하면 사형 선고라도 받는 것처럼 몸은 회사와 가까워지는 것을 거부했고 증상은 더 심해졌다. 서초역에서 지하철 문이 열리자마자 사람들 사이를 비집고 나왔다. 어지러운 몸을 이끌고 화장실에 가 헛구역질했다. 찬물로 세수하고 호흡을 가다듬었더니 그제야 정신이 돌아왔다. '이게 말로만 듣던 공황 장애 증상인가?' 태어나서 처음으로 겪은 신체 증상은 내게 극도의 불안감을 선사했다. 다시 지하철을 탈 자신이 없어 택시를 타고 회사로 향했다.

오전 업무 내내 언제 또다시 그런 증상이 나타날지 모른다는 걱정이 머릿속을 맴돌았다. 오후 반차를 내고 가까운 정신과를 방문했다. 가장 스트레스를 많이 받았던 제약 영업사원 시절에도 단 한 번도 안 가봤던 정신과를 제 발로 찾아간 상황이 아이러니했다. 처음 방문한 정신과 진료실에서 처음 보는 사람에게 지금껏 전직하며 묵혀온 모든 이야기를 토해냈다. 꼬여버린 커리어에 관한 후회, 마음속으로 주변인들과 비교하면서 느껴지는 조급함, 과거를 돌아보는 미련과 미래에 관한 불안감 등 그 누구에게도 말하지 않았던 저 안쪽에 꼭꼭 숨겨뒀던 생각과 감정들이 연이어 터져 나왔다. 나도 모르게 눈물이 흘렀고 원장님은 아무 말도 하지 않은 채 기다려 줬다. 왜 환자 의자 앞에 티슈가 놓여있었는지 그제야 이해가 갔다.

"공황 장애로 인해 우울증을 겪는 분들이 있다면 환자분은 우울감으로 인한 공황 증상이 발현된 것이라고 볼 수 있습니다."

원장은 나의 상태를 유리잔에 가득 담긴 물로 비유했다. 유리잔에 물이 넘치기 직전까지 가득 담겨있었는데 오늘 오전에 그 물이 흘러서 넘친 것이라고 설명했다. 수년간 쌓여온 우울한 감정과 스트레스를 그냥 외면하기 바빴다. '다음 직업이 정말 내게 맞는 직업일 거야.', '다음 직업에서는 자리를 잡고 뭔가 이뤄내지 않을까' 같은 말로 스스로 희망 고문을 하기도 했다. 그때 이런 말들을 스스로 삼키지 않았다면, 누군가에게 털어놨더라면 지금보다는 괜찮았을 거라는 생각에 후회가 밀려왔다.

악몽 같았던 '그날' 이후 정신과에서 준 약을 하루에 두 번씩 꼬박꼬박 챙겨 먹었다. 혹시 모를 상황을 대비해 상비약도 항상 들고 다녔다. 커피도 끊고 종종 운동하며 땀을 빼니 증세는 점차 호전되었다. 머릿속에서 '그날'의 악몽이 흐릿해지자 마치 의사라도 된 양 자체적으로 완치 판정을 내렸다. 약을 띄엄띄엄 먹는가 싶더니 이내 약을 끊고 병원에도 가지 않았다. 안타깝게도 이제는 그때보다 더 끔찍한 기분을 느껴야 했다. 가만히 책상 앞에 앉아 있었는데 갑자기 이유 모를 불안감이 엄습했다. 그냥 불안했다. '안절부절'이라는 단어를 온몸으로 표현하듯 어찌할 줄을 몰랐다. 불안감보다 더 센 외부 자극을 받으면 불안감이 없어질까 싶어 멍이들 정도로 허벅지를 세게 꼬집어보기도 하고 얼음을 아작아작 깨 먹어 보기도 했지만 불안감을 없앨 수 없었다. 아무런 이유가 없는 불안감이라는 걸 알고 있으면서도 불안했다. 결국 다시 병원을 찾아 약을 처방받았지만 증세는 쉽게 호전되지 않았다. 업무에 집중할 수 없는 순간이 점점 늘어갔고 불안감을 잠재우기 위해 근무 중에 자리를 비우는 때도 늘어갔다. 불안감으로 인한 스트레스도 컸지만 함께 일하는 동료들에게 폐를 끼치고 있다는 점이 가장 큰 스트레스였다. 업무특성상, 내가 받지 않은 전화는 팀원 중 한 명이 받아야 했고 그 말인즉, 내가 받아야 할 스트레스를 팀원 중 한 명이 대신받는 것과도 같았다.

　　문제 상황을 만든 주범이었기에 그 문제를 방관하고

싶지 않았다. 어중간하게 일하느니 차라리 제대로 1인분의 몫을 하는 사람으로 내 자리를 대체하는 것이 맞는 것이라고 생각했다. 더불어 몸을 버려가면서까지 할 만큼 업무나 고과에 욕심이 있는 것도 아니었기에 일을 그만두는 것이 최선의 선택이라고 판단했다.

팀장을 통해 의견을 전달한 후 본부장과의 면담을 진행했다. 본부장에게 일정 기간 휴직하고 싶다는 뜻을 밝혔지만 받아들여지지 않았다. 본부장은 내게 일단 퇴사하고 몸이 다 나으면 다시 입사를 지원하라고 했다. 그때 인원이 필요하다면 입사를 받아들이겠다는 말이었다. 회사 사정이 좋지 않아 이미 몇 명의 직원이 권고사직을 당한 상황이었기 때문에 본부장의 입장이 이해가 갔다. 모두가 힘든 시기였기에 강하게 주장을 펼칠 수 없었다. 본부장과의 면담이 끝난 다음 날 퇴사 절차가 진행됐다. 사용하던 노트북과 영업용 핸드폰을 반납하고 개인 짐을 정리했다. 2년 넘게 근무했던 터라 짐이 어느 정도 나올 줄 알았는데 정리하고 보니 탁상용 선풍기 한 대와 조그마한 허리 쿠션 하나가 남았다. 영화나 드라마에서 보던 장면처럼 종이상자에 개인용품을 담아야 할 줄 알았는데 메고 다니던 가방 안에 충분히 담겼다.

순식간에 진행된 일이었기에 내가 퇴사한다는 사실을

아는 이는 거의 없었다. 함께 일했던 동료들이나 시공 팀장님들에게는 따로 작별 인사를 고하지 않았다. 친하게 지냈던 몇몇 시공 팀장님들과 마지막 인사를 나누지 못해 아쉽긴 했지만 좋지 않은 상황에 관해 일일이 설명하고 싶지 않은 마음이 더 컸다. 탁상용 선풍기와 허리 쿠션을 넣은 가방을 메고 점심을 먹으러 나가는 동료 무리에 껴서 엘리베이터를 탔다. 1층 로비에서 조만간 보자는 말과 함께 팀장과 작별 인사를 나눴다.

　내 기분처럼 우중충한 느낌의 하늘은 곧장 비라도 내릴 듯했다. 약을 타기 위해 정신과로 향하는 길에는 팀원인 동료C가 함께했다. 빗방울이 한두 방울 떨어지는 것을 보고 동료C에게 그냥 동료들 따라서 점심 먹으러 가라고 재차 말했지만 동료C는 어서 가자며 오히려 나를 보챘다. 우리는 후드 모자를 뒤집어쓴 채 그대로 비를 맞으며 강남대로 인도를 저벅저벅 걸었다. 항상 함께 걷던 퇴근길이었는데 이젠 이 길을 함께 걷는 것도 마지막이었다. 처음 회사에 들어왔을 때 나의 온보딩 교육을 담당하기도 했던 동료C가 마지막 배웅도 함께하니 뭔가 많은 감정이 뒤섞였다. 동료C를 보내고 마주한 병원장은 내게 진료의뢰서 한 장을 건넸다. 집과 조금 더 가까운 병원으로 옮기기 위함이었고 그렇게 다신 올 일이 없는 병원을 나섰다. 집으로 돌아오는 내내 헛헛하기도 했고 허망하기도 했다. 단 2일 만에 급속도로 퇴사가 진행된 탓도 있겠지만 이런 식의 엔딩은 전혀 생각한 적이 없었기 때문이었을 수도 있다. 그래도 한 가지 목표는 명확해졌다. 일상에 지장 없던 예전의 모습으로 돌아가는 것, 이제부터는 그것만 생각하기로 했다.

6.
에필로그

6-1.
그때도 맞고 지금도 맞다

    퇴사한 지 10개월이 지났다. 퇴사한 다음 날 새로이 등록한 정신과에는 꾸준히 다니고 있다. 예상대로 지속적인 약물 치료가 무조건 필요한 상황이었다. 효과적인 치료를 위해 약물을 최대 용량까지 증량해서 일정 기간 복용했고, 다행히도 다시 최소 용량까지 줄이는 데 성공했다. 이제 몸 상태의 추이를 보고 약을 끊는 일만 남았다. 2주에 한 번씩 규칙적으로 전문의를 만나 상담 치료를 한 것도 큰 도움이 되었다. 왜 자꾸 과거를 돌아보는지, 무슨 근거로 현 상황이 엉망이라는 건지 왜 그런 기분을 느끼고 왜 그런 마음이 들었는지 질문에 질문이 꼬리를 이었다. 질문의 꼬리를 따라가면서 다시 한번 내가 외면했던 것들과 마주했다.

나는 과거의 내가 잘못된 선택을 했다고 믿었다. 내 삶의 무기력과 무의미함이 과거의 나로부터 온 것 같았다. 결국 현재를 타개할 방법을 현재에서 찾지 않았고 과거를 탓하기 바빴다. 역설적으로, 과거에 얽매이지 않기 위해 내 과거의 경험이 헛되지 않았다는 증거를 찾아야만 했다. 어쩌면 이러한 작업은 자기합리화일 수도 있겠다. 합리화는 내게 이로울까 아니면 해로울까. 그러나 나는 이를 발판 삼아 앞으로 나아갈 것이다. 아니, 그래야만 한다. 합리화를 평가하는 주체는 오로지 나일 수밖에 없다. 나는 이 점만 명심하면 된다.

지난 12년간의 여정을 한마디로 정리한다면 '다양한 경험을 했다' 정도로 정리할 수 있지만 '뭐 하나 진득하게 해낸 게 없다'로도 정리할 수 있다. 곰곰이 생각해 보면 이러한 기질은 어렸을 때부터 타고났던 것 같기도 하다. 학창 시절, 게임을 하던 모습은 지금의 모습과 많이 닮았다. 긴 시간 진득하게 게임을 해서 레벨을 올려야 하는 RPG 장르와는 잘 맞지 않았다. 여러 캐릭터 중 하나를 고르고 그 캐릭터가 지닐 수 있는 여러 특성 중에서 또 하나를 골라 레벨 1부터 레벨 99까지 키워야 하는 것들이었다. 친구들은 레벨 업을 통해 새로운 기술을 구사하고 금지된 무기를 해금하는 과정에 열광했으나 내겐 지루하기 짝이 없는 시스템이었다. 그리고 무엇보다도 캐릭터와 특성을 한번 선택하면 다른 계정을 만들어 새로이 시작하지 않는 한 더 이상 무를 수 없다는 점이 스트레스로 느껴지기도 했다. 친구들과는 달리 대전 액션 게임, 일인칭 시점으로 총싸움을 하는 게임, 스포츠 게임, 수많은 총알을 피해야 하는 슈팅 게임, 박자에 맞춰 버튼을 눌러야 하는 리듬 게임 등 단시간 내에 끝을 보는 게임을 좋아했다. 각 게임의 고수들보다는 실력이 떨어졌지만 가볍게 즐기는 사람들보다는 잘하는 정도인 어중간한 실력이었다. 어중간한 실력으로 이것저것 즐기는 게 더 큰 행복감을 줬다.

아마도 한 가지 게임에 열중하지 않고 이것저것 즐기는 사이 내 몸에는 게임과 관련한 능력들이 키워지고 있었을 것이다. 예를 들어, 대전 액션 게임에서 익힌 심리전과 상황 판단력은 스포츠 게임에서 상대방을 위협에 빠뜨렸을 것이고, 비행기 슈팅 게임에서 익힌 순발력과 좋은 동체 시력은 리듬 액션 게임에서 진가를 발휘했을 것이다. 이처럼 다양한 게임을 통해 체득한 능력을 나도 모르는 새 써먹고 있었다고 생각해도 무방하지 않을까.

지난 12년의 세월도 이와 비슷하다. 주변 친구들은 첫 직장을 수년째 다녔다. 직장을 옮겨도 이전 경력을 살려서 이직하는 것이 대부분이었고, 아예 다른 길로 전직을 하는 친구는 없었다. 그사이 나는 이것저것 해보고 싶은 걸 들쑤시고 다녔다. 그러다 보니 그 업계의 신입 사원보다는 낮지만 대리 직급과 견주기엔 애매한 그런 포지션이 되어버렸다. 신입 사원이었던 친구들이 대리, 과장, 팀장 직책을 달며 점점 위로 올라갈 때, 나는 올라가기는커녕 이쪽에서 저쪽으로 전혀 다른 산업을 옮겨 다니며 전직하기 바빴다. 친구들이 차곡차곡 경험치를 쌓으며 레벨 업을 해 나갈 때, 나 혼자만 레벨 업을 하지 못하며 레벨 1인 상태로 도돌이표 인생을 사는 것만 같았다. 그렇게 허송세월 시간을 보내고 남은 거라곤 껍데기뿐인 삶처럼 느껴졌다. 정신이 건강할 때는 '다양한 경험을 했다'라는 문장으로 나를 토닥였지만 정신이 피폐해지니 '뭐 하나 진득하게 해낸 게 없다'라는 문장으로 나를 두드려 패기도 했다. 지난 경험이 오늘을 사는 데 도움이 된다는 것을 충분히 인지하며 살아왔지만 마음의 체력이 약해지면서 이조차 기억해 내지 못했다. 이번엔 확실하게 내가 체득해 온 것들에 관해 다시 한번 생각을 해보련다.

방송 작가 경력은 내게 직업 세계에서 살아남을 수 있는 잡초 같은 생명력을 선사했다. 주말·연휴·명절·새벽에 상관없이 일을 하는 것에 관한 거부감 없이 사회생활을 시작할 수 있었다. 어찌 됐든 예정된 방송은 송출해야 하니 방송을 만드는 사람들은 쉴 새가 없었다. 열심히 일하고 받은 첫 급여는 2012년 기준 96만 7천 원이었다. 100만 원에서 세금 3.3%를 제한 금액이었다. 그런데도 행복하고 뿌듯했다. 자칫 이러한 표현이 방송 작가의 노동환경이나 처우에 관해 비하하는 것처럼 들릴 수도 있지만, 진심으로 내게는 첫 직업이 방송 작가였다는 사실이 축복과도 같다. 업을 선택하는 데 근무 환경이나 급여를 재지 않고 오로지 원하는 일을 할 수 있다는 마음 세팅이 가능했으니까.

구두 수선공 경력은 언제 어디서든 도구만 있다면 돈을 벌 수 있는 기술을 선물했다. 구두 솔과 슈크림, 클리너만 있다면 전 세계 어느 나라의 길바닥에서라도 돈을 벌 자신이 있다. 더불어 이력서를 쓸 때마다 항상 '특기'란에 쓸 게 없어 고민이었는데 이제는 자신 있게 '구두 손질'이라고 적는다. 이러한 특기를 살려 재능기부도 꾸준히 해 오고 있다. 심심할 때마다 들락날락했던 인터넷 카페에 구두 관리 방법에 관한 질문 글이 올라왔고 댓글에 관리 노하우를 남기면서 소소한 재미를 느꼈다. 이후에는 자발적으로 글을 써서 유저들에게 질문을 받았다. 댓글에 다양한 질의응답이 쌓이면서 조회 수는 2,600여 회를 기록했고 댓글은 240여 개가 넘게 달렸다. 해당 글에는 지금도 질의응답이 이어지고 있다. 시공간에 제약 없이 재능기부를 할 수 있다는 점이 좋고, 얼굴도 모르는 누군가에게 듣는 칭찬 한마디가 그렇게 짜릿하지 않을 수가 없다.

제약 영업 사원 경력은 친구들과 함께 협업할 수 있는 기회를 가져다줬다. 사업가, 독립영화감독, 외과의사인 친구들 셋이 함께 운영하는 자그마한 회사에서 스카우트 제의를 받았다. 병의원을 대상으로 영상을 제작해서 납품하는 회사인데, 방송 작가와 제약 영업 사원의 경력을 둘 다 가진 나만큼 제격인 사람은 없다며 함께 일하고 싶다는 내용이었다. 정식으로 입사한 것은 아니라 보수는 없지만 주말마다 진행하는 주간 회의와 촬영 전에 진행하는 아이디어 회의에 매번 참여하고 있다. 다른 일은 하지 않고 오직 이 일만 전업으로 해도 나쁜 선택은 아니지만, 카드 게임에서의 조커 카드처럼 궁지에 몰렸을 때 입사하기 위해 아껴두고 있다. 직업 세계에서 마음만 먹으면 언제든 입사할 수 있는 곳이 있다는 것만큼 든든한 조커 카드는 없을 것이다.

독서 콘텐츠 기획자 경력은 감히 이 책을 써 볼 엄두를 낼 수 있게 만들어 줬다. 책과는 담을 쌓다시피 살아왔는데 업무상 항상 접하다 보니 책이 그리 어렵게 느껴지지 않았다. 판매량과는 별개로 언제나 누구든 쓸 수 있는 것이 책이라는 인식을 갖게 되었고 덕분에 이렇게 글솜씨가 없음에도 몇 자 적고 있다. 또한 독서 콘텐츠 기획자 시절에 하던 콘텐츠 검수 업무를 외주로 받아서 하고 있다. 일을 쉬는 동안에도 어느 정도 숨통이 트일 수 있는 수입을 제공하는 유일한 수입원이기에 참 감사한 마음이다.

이외에도 수많은 사람과 감정을 통하고 나눈 경험은 조금이나마 상대방의 마음이 어떨지 가늠하고 공감할 줄 아는 마음을 길러주었고, 고객 접점에서 다양한 문제 상황을 해결해 본 경험은 앞으로 어떠한 역경이 오더라도 스트레스는 조금 받겠지만 어찌 됐든 해결은 할 수 있다는 믿음을 심어주었다.

이렇게 하나하나 따지고 보면 무엇 하나 쓸모없는 경험이 없다. 약 반년 동안 이러한 내용을 쓰기 위해 희미한 기억을 다시 되살렸다. 클라우드에 저장된 사진이나 문서 파일을 보며 추억에 젖기도 했고, 끔찍했던 악몽을 떠올리기도 했다. 머릿속에 산발적으로 떠오르는 에피소드를 모아 글로 정제하는 과정에서 가장 큰 위로를 받았다. 무엇보다도 앞으로 나에 관한 확신을 가지고 살아갈 용기를 얻었다. 덕분에 그때는 맞고 지금은 틀리게 느껴졌던 것들이 이제는 그때도 맞고 지금도 맞게 느껴진다.

6-2.
다시 길을 잃지 않는 방법

    이렇게 주저리주저리 떠들어 댔으니 이제는 이 깨달음을 기억하는 일만 남았다. 사실 이 책을 쓰는 가장 큰 이유이다. 혹여 마음의 체력이 약해져서 또 과거에 관해 후회하거나 미래에 관해 걱정할 때, 이 책이 내 마음을 다잡아주었으면 하는 바람이다. 과연 나는 이 책을 쓰면서 곱씹었던 것들을 기억하며 앞으로의 삶을 살아갈 수 있을까. 아니면 이전과 동일한 수순을 밟으며 고통의 굴레를 벗어나지 못한 채 생을 마감할까.

    당연한 이야기이겠지만 책 한 권 썼다고 해서 사람이 단번에 변하는 일은 없다. 나를 둘러싼 상황도 물론 그대로이다. 수 개월간 글을 쓰면서 12년간 내가 배우고 느꼈던 것들에 관해 다시금 되새김질했다. 글을 쓰는 동안에는 겨우겨우 떠올린 것들을 평생 잊지 않겠다고 다짐했지만, 이리저리 치이며 정신없이 살다 보면 과거의 깨달음은 현재의 고통에 파묻힐 게 분명하다. 지금껏 살아온 날보다 앞으로 살아내야 할 날이 훨씬 많이 남았다는 사실이 내게 행운이 될지 불행이 될지는 온전히 나 하기에 달렸다.

외부에서 힘이 가해지지 않는 한 모든 물체는 자기 상태를 그대로 유지하려고 하는 것을 '관성의 법칙'이라고 한다. 이 '관성의 법칙'은 인간에게도 적용되는 듯하다. 변화의 필요성을 알면서도 나 역시 36년간 이어온 습성을 단번에 바꾸기가 쉽지 않다. 하지만, 앞으로의 날들에서 뻔히 예상되는 고통을 덜어낼 수만 있다면 조금 힘들고 시간이 걸리더라도 '관성의 법칙'을 깨기 위해 노력하는 편이 더 나을 것이다.

후회에 사무쳤던 내 시선은 쭉 과거를 향할 수밖에 없었다. 그동안의 경험이 헛된 것이 아님을 진작 알았다면 그러진 않았을 것이다. 남들 생일은 그렇게 잘 기억하면서 정작내가 체득해 온 것들은 왜 기억해 내지 못했을까. 스스로 성장하고 있다는 확신이 있었다면 조금은 위로받을 수 있었을 것이다. 그렇다면 성장에 관한 증거를 지속해서 남긴다면 앞으로의 삶을 살아가는 데 큰 용기를 얻을 수 있지 않을까.

급작스럽게 퇴사했지만, 뒤이은 조치는 꽤 잘 해냈다. 퇴사한 다음 날 새로운 병원을 찾아 원장과 치료 계획을 세웠고, 몸 관리를 위해 체육관에 등록했다. 이로써 하루 만에 나름의 루틴이 만들어졌다. 나는 공백기에서 심적으로 흔들리지 않기 위해서는 일정한 루틴을 세우는 것이 중요하다는 것을 누구보다 잘 알고 있었다. 전직 간 여러 번 공백기를 거치며 나름대로 터득한 조금은 슬픈 노하우이기도 했다. 운동을 통해 미미하지만, 소중한 성장의 증거를 남기고 확인했다. 운동 기록 앱을 이용해 그날 수행한 운동 종류, 무게, 횟수, 세트 간 휴식 시간, 실패 지점 등 모든 내용을 기록했다. 지난번에 들었던 무게보다 5kg이라도 더 무겁게 운동 기구를 들거나, 동일한 무게이지만 단 한 번이라도 더 수행한 날의 쾌감은 짜릿했다. 어찌 됐든 최고 기록을 경신한 것이니 이전의 나보다 성장했다는 증거였다. 나의 성장을 너무나도 명확하게 온몸으로 느낄 수 있는 행위였다. 꼭 기록을 경신해야만 내게 도움이 되는 것은 아니었다. 루틴대로 움직여 그날 수행해야 할 운동을 끝마쳤다는 행위 하나만으로도 오늘 하루를 열심히 살았다는 감정을 느낄 수 있었다. 운동 후 근육에 혈액이 몰려 펌핑된 모습은 꾸준히 노력한다면 충분히 일궈낼 수 있는 미래의 모습과도 같았다. '언젠간 근육이 펌핑되지 않아도 이 정도로 몸이 두꺼워지지 않을까?'라는 생각을 하며 머릿속에 미래의 모습을 그려보기도 했다. 어찌 보면 운동 하나로 1석 3조의 효과를 누렸다. 운동을 통해 성장의 추이를 끊임없이 확인하고, 현재를 충만히 살아내고 있다고 자신을 다독이며, 명확한 미래의 모습을 그렸으니 말이다.

육체의 건강을 챙기듯 마음의 건강도 챙기고자 노력했다. 힘든 일상을 살아가면서 지치지 않기 위해 체력을 기르듯, 스트레스를 견디기 위해 마음을 잘 가꾸고 마음의 힘을 길러야 한다던 병원장의 말이 크게 와닿았다. 자신을 구석으로 몰아넣었을 때 극한의 힘을 발휘하는 사람이 있는가 하면 반대로 자신을 갉아먹는 사람도 있다. 나의 경우엔 후자에 더 가까웠기에 조금 더 마음 챙김에 힘쓸 필요가 있었다.

생각해 보면 오랜 기간 성장하지 못했다는 자책감에 힘들어하기도 했지만 나를 더욱 암울하게 만들었던 건 미래에 관한 걱정이었다.

'12년째 원룸에 살고 있는데, 내 집을 마련할 수는 있는 걸까.'

'나 하나도 이렇게 벅찬데, 내가 가정을 꾸릴 수나 있을까.'

'만약에 어머니가 돌아가시면 나는 고아가 되어버리는 걸까.'

'40대, 50대, 60대에는 도대체 뭐로 돈을 벌어야 하나.'

'100세 시대라는데 노후에 파지를 줍고 다녀야 하나.'

'나이를 먹을수록 점점 더 불행해지면 어쩌나.'

내가 썼지만, 다시 한번 글자만 읽어도 숨이 턱 막힐 만한 걱정거리들이다. 여기에 더해서 이번 일을 겪으며 얻은 또 다른 걱정도 있다.

'다음 직장에서도 공황 발작 증세 때문에 일을 그만두게 되면 어쩌나.'

'이대로 영영 직장 생활을 못 하게 되면 어쩌나.'

나는 종종 걱정되는 상황을 머릿속에 그려보곤 한다. 예를 들면, 회사 책상에 엎드려서 공황 발작 증세를 숨기려는 모습이라든가 어머니마저 돌아가신 후 세상에 홀로 남는 모습을. 병원장은 이렇게 벌어지지도 않은 일을 걱정하며 머릿속에 그려내는 행위가 그동안 나를 갉아먹어 왔을 것이라며 그만둘 것을 권고했다. 뇌는 현실과 상상을 구분하지 못한다고 한다. 상상의 주체인 나는 머릿속에 그려낸 그림이 '상상'인 것을 알고 있으나 뇌는 그 그림을 겪은 것으로 받아들인다는 것을 그제야 알았다. 대부분의 운동선수가 이미지 트레이닝을 하는 것도 이러한 이유 때문이다.

병원장의 말대로라면 나의 뇌는 공황 발작에 정복당한 채 수십 년째 원룸에 살면서 파지를 주우며 세상에 홀로 남겨지는 것을 겪은 것과도 같았다. 그동안 고통받았을 나의 뇌에 참 미안한 감정이 들었다. 평생을 걱정 없이 살 수는 없기에 걱정을 잘 다스리는 방법을 터득하는 것이 중요하다. 고맙게도 병원장은 내게 중요한 팁을 줬다. 걱정 속에 빨려 들어가 걱정과 관련된 모든 상황을 세세히 그려내며 그 속에 나를 집어넣으려는 순간을 재빠르게 알아차리는 것이다. '내가 지금 본격적으로 걱정하려고 하는구나.'라는 생각을 떠올리며 걱정 속으로 빨려 들어가기 전에 나를 구하는 것이 중요하다. 마치 전지적 작가 시점에서 내 인생을 관찰하다가 안 좋은 생각을 하려고 하면 화면 정지 버튼을 누르는 것과도 같다.

'내일 점심에 뭐 먹지?'

그래서 나는 걱정을 하고 있다는 사실을 알아차리면

걱정거리 대신 내일 점심 메뉴를 떠올린다. 내가 기아 체험을 하지 않는 이상 내일 점심은 먹을 것이니까. 1일 1식을 한다고 해도 저녁은 굶어도 점심은 먹을 것이니까. 덕분에 요즘은 미래에 관한 걱정거리 대신 다음 날 먹을 점심 메뉴를 생각한다. 있을지 없을지도 모를 미래의 일보다 당장 내일 먹을 점심 메뉴가 더 중요해진 걸 보니 연습의 효과가 드러나는 듯하다. 이러한 변화가 참 다행이다.

과거로부터의 성장을 확인하고 미래에 관한 걱정을 차단했으니 이젠 현생을 충만히 즐기기만 하면 된다. 어쩌면 가장 어려운 일이기도 하다. 그나마 다행인 건, 과거와 미래를 제쳐두고 현재에만 시선이 머물 나름의 방법은 찾아냈다는 점이다. 그런데도 하루하루를 기분 좋게 보내는 데는 걸림돌이 있다. 여기저기서 불쑥 튀어나오는 골칫거리가 그 원흉이다. 업무와 관련된 골칫거리나 가족이나 친구, 지인 등 인간관계에 얽힌 골칫거리가 대부분일 것이고 아마도 나처럼 개인 신변과 관련된 골칫거리도 있을 것이다. 골칫거리를 마주한 순간 체온은 올라가고 심박수는 높아진다. 갑자기 신체 부위 일부가 가렵거나 지끈지끈한 편두통에 시달릴 때도 있다. 어떤 날은 온종일 끊임없이 밀려 들어오는 스트레스 때문에 세상이 나를 가만히 내버려두지 않는 생각이 들 때도 있다.

내게 스트레스를 안겨다 주는 골칫거리를 사전에 차단할 수만 있다면 얼마나 좋을까. 하지만 애석하게도 우리는 골칫거리와 마주해야 하는 운명이다. 모든 골칫거리를 사전에 방지하거나 요리조리 피해 갈 수는 없다. 골칫거리에 얻어맞아야 하는 상황이라면 마음 편히 내 처지를 인정하는 게 정신 건강에 좋다. 어떻게 하면 능숙하게 잘 얻어맞아서 스트레스를 덜 받을 것인가에 관해 생각하는 편이 더 나를 위하는 방법이지 않을까.

'차라리 잘됐다.'

얻어맞지 않는 게 가장 좋겠지만 죽기 전까지 안 맞을 확률은 0%에 수렴하니 차라리 지금 맞는 걸 다행으로 생각한다. 어차피 언젠가는 겪을 거 지금 겪는 게 낫다는 생각이다. 마치 함께 다니는 유치원 친구들이 포경수술에 겁을 먹고 있을 때 가장 먼저 수술을 하고 종이컵을 떼어내는 것과도 같다. 이런 식으로 생각하면 골칫거리와 마주하는 시간은 스트레스를 받는 시간이라기보다는 인생 경험치를 올리는 시간에 더 가깝게 느껴진다.

(이전) '이 나이에 일을 그만두게 되다니… 몸은 또 언제 괜찮아지는 거야…'

(현재) '책임져야 할 식솔이 없을 때 이렇게 된 게 참 다행이야. 덕분에 책도 쓰고 말이야.'

남과 비교하는 행위는 지양하지만, 세상 어딘가에 있을 이름도 얼굴도 모르는 미지의 인물을 떠올려 보면 왠지 모르게 흐뭇해진다.

(흐뭇해하며) '나니까 이렇게 위기를 기회로 만들었지, 넌 못할걸?'

실체가 없는 인물이기에 죄책감을 느낄 필요가 없다. 미지의 대상에게서 우월감을 느끼는 행위가 약간은 어처구니없을 수도 있으나 심적 안정에는 큰 도움이 된다.

지금껏 그래왔듯 앞으로의 인생도 어떻게 흘러갈는지 모르겠다. 지금의 시기가 인생의 1막 1장인 건지, 1막 2장인 건지 아니면 2막으로 넘어가는 중인 건지 전혀 감이 오질 않는다. 아마도 한 치 앞을 알 수 없는 것이 인생이기에 이처럼 이리저리 부딪히고 다양하게 경험하며 살아 올 수 있지 않았을까. 부디 앞으로 마주하는 모든 순간에서도 많은 걸 느끼고 배우길 바라본다. 단, 심신의 안녕은 철저히 유지하면서.

정미소는 한 세계를 깨뜨리고자 하는
모든 개인의 고백을 응원합니다.

다섯 개의 직업으로 남은 사람

1판 1쇄 인쇄 2024년 8월 16일
1판 1쇄 발행 2024년 8월 31일

지은이 김솔
펴낸이 김민섭
편집자 이유나
펴낸곳 도서출판 정미소

출판등록 2018.11.6. 제2018-000297호
주소 서울특별시 마포구 성산동 218번지 402호
이메일 xmasnight@daum.net

ISBN 979-11-985182-3-1 03810